キス・イン・ザ・ダー
KISS IN THE D
gooneone《著》
ゴーワンワン
一夜人見《絵》

「北川くんを……名前で呼びたい」

名前。それは、三崎の特別――。

「輝。好きだ」

キス・イン・ザ・ダーク

装　画　　一夜人見
デザイン　　MOBY design

contents

character introduction

清家会直系橘組若頭
橘組系三崎組組長

三崎《みさき》 隆司《りゅうじ》

【清家会《せいけかい》】

■橘組

清家会理事長
清家会直系橘組組長
橘《たちばな》源一郎《げんいちろう》

［橘組系三崎組］
富本《とみもと》、半田《はんだ》
稲尾《いなお》、鳴島《なるしま》

■西村組

清家会理事長補佐
清家会直系西村組組長
西村《にしむら》勝之《かつゆき》

［西村組系八剱組］
八剱《やつるぎ》、渋川《しぶかわ》、湯浅《ゆあさ》

■稲垣組

清家会筆頭理事長補佐
清家会直系稲垣組組長
稲垣《いながき》良一《りょういち》

鍼灸師

北川《きたがわ》 輝《ひかる》

■イマリ鍼灸治療院

伊万里《いまり》、石和《いさわ》

■患者

重光《しげみつ》、シゲ
川村《かわむら》、古賀田《こがた》
周藤《すとう》、樋口《ひぐち》

■友人

駒居勇気《こまいゆうき》

1

北川《きたがわ》輝《ひかる》は、火をつけることのない線香を一束リュックに入れると灼熱の空の下に出た。

カツン、カツン。

アスファルトの上を一歩一歩、白杖《はくじょう》を振りながら歩いていく。

駅まではさほど遠くはない。しかしまだ家を出て五分ほどだというのに、燃え尽きてしまいそうなほどの暑さだった。着くまでに蒸し上がってしまうのではないかとさえ思う。

（……どこまで気温が上がるんだろう……）

まぶたを上げても、生まれつき機能していない両目は光さえ感じることがない。これほど暑いのだから、光だって強いはずなのに――照りつける太陽の熱に、一筋の汗がこめかみを伝う。

酷暑《こくしょ》。ここ数年の異常気象はラジオでも連日伝えられていた。家を出る前に聴いたパーソナリティーの声を思い出す。

『今日も体温を超える気温になります。熱中症にご注意ください。各地の気温は……』

昨日は、マンホールに触れた子どもがひどいやけどを負ったと言っていた。変なところで転んだら自分も危ないかもしれな――

「わっ！　……痛《ツ》っ！」

思ったそばから何かに足を引っ掛けた。

地面に強《したた》か膝を打ち付け、手のひらを擦りむく。

「いたた……」

いったい何が——白杖には何もあたらなかったのに。

マンホールのような金属の上でなかったことは幸いだった。それでもアスファルトは温度が高く、慌てて手を離す。

（よかった、折れてない……）

白杖の無事に安堵《あんど》した時、アスファルトを何かがこするような音が聞こえた。

「……すまない……大丈夫かい」

年配男性の弱々しい声に、驚き振り返る。

血の気が引いた。足を引っ掛けたのは人だったのだ。

「すみません！　大丈夫ですか!?」

声の位置は低かった。転ばせてしまったのだろうか。

「お怪我《けが》はっ」

「いや、それより君は——」

力のない声が、途中で途切れた。

「あの、大丈夫ですか、どこか怪我を——頭を打ったりしましたか」

状況も距離感もつかめない。危ないので白杖は使わず、地面に手をついて這《は》うようにして老爺《ろうや》を手探りする。アスファルトに触れた手のひらが焼けそうだ。が、早く老爺を見つけなければ。

「あぁ……」

しわがれた声が少し先から聞こえた。ようやく手に硬いものが触れる。老爺の靴だった。体を辿《たど》って腕に触れると、ひどい熱だった。ただ事ではない。

1

「おじいさん！　どうしたんですか！」

「頭が痛くて……座っていたんだが……」

「頭痛……」

（体温が高くて、頭が痛い――あ！）

風邪か、熱中症か。おそらく後者だ。どちらにしても急いで体を冷やさなくてはならない。

慌ててリュックからスポーツドリンクのペットボトルを出し、キャップを開けて老爺に差し出す。

「これ、新品なので飲んでください！　今救急車を呼びますから！」

場所の説明はうまくできないが、ＧＰＳで確認してくれるはず。しかし鞄《かばん》から携帯を出した輝の手に、水分を失った手が触れた。

「救急車は……」

「でも……」

何か、救急車を呼ばれたくない理由があるのだろうか。

「少し……休めば――」

「おじいさん？　おじいさん！」

どうしよう。救急車がだめとなると――。

「ちょっと待っててくださいね、ええと……」

突然のことに動転した気持ちをなんとか落ち着かせ、現在地を頭の中に思い描く。

（ここは……そうだ！）

「おじいさん、ここから動かないでくださいね！」

白杖をしっかりと握り直し、立ち上がる。

1

この道の先を少し進んだところの角を曲がると、輝のかかりつけの平塚《ひらつか》診療所がある。今頼れるのはそこだけだった。

白杖を必死に動かして先を急ぐ。道のりがいつもより遠く感じられた。

診療所の自動ドア。触れながら動きを確かめ、こらえきれずに開き始めた隙間から叫ぶ。

「先生！　誰か！　助けてください！　外でおじいさんが倒れてて！」

「北川くん！　どうしたの！」

最初に聞こえたのは看護師の高い声だった。間隔の狭い足音が近づいてくる。

「外で、おじいさん、熱中症だと思うんですっ！　体が熱くて、頭が痛いってっ！」

「どこかわかるかい!?」

奥から聞こえてきた平塚院長の声。頭の中で、今歩いてきた道を思い返す。

「ここから駅に向かって右に曲がったところです！　バス停の近くの！」

輝が言うとすぐ、バタバタと走る音が聞こえた。重い音は輝の隣を通って外へ、軽い音は診療所の奥の方へ。きっと平塚は現場に向かい、看護師は必要なものを取りにそれぞれ走ったのだろう。

荷物持ちを手伝いたかったが、今は平塚を追うことにした。おそらく間違った案内はしていないはず――しかし自分の動転具合を考えると不安だった。

焦りをこらえながら道を戻ると、老爺に話しかける平塚の声が聞こえた。無事に合流できたらしいと安堵する。

しかしそれも束の間、平塚の焦った声が公道に響いた。

「おじいちゃん！」

「先生！」

1

背後から看護師らしき声が聞こえた。それから数人の足音が輝の前や後ろを通り過ぎる。声や音が一度に四方から聞こえ、みんなの動きが把握できなくなってくる。

「大丈夫か！」

「早くタンカを！　急いで診療所へ！」

こういう時、もどかしさで胸が苦しい。目が見えたら何かできることもあっただろうに、輝は邪魔にならぬよう、塀に背中を張り付けておくことしかできない。

輝の胸すれすれのところを誰かが通った。顎を引いて体を薄くする。

「おじいちゃん！　すぐ診療所に運びますからね！」

「頑張って！」

（おじいさん……）

さっきまでは話ができていたのに——。

祈るような気持ちで待合室のベンチに座っていると、こちらに近づいてくる重い足音が輝のすぐ隣で止まった。

「北川くん。おじいちゃん、もう大丈夫だよ。まだ少し安静は必要だけど」

平塚の穏やかな声。少し前まではバタバタしていたけれど、どうやら落ち着いたらしい。座ったまま頭を下げる。

「よかった。ありがとうございました」

「お礼を言うのはこっちだよ。教えてくれてありがとうね。大手柄だよ。あと少し遅れていたら危なかった。驚いただろうに、おじいちゃんのヘルプに応えて、偉かったね」

「あ……いえ、実はおじいさんにぶつかっちゃって。転んだことで気付いたんです。おじいさん、

1

怪我していませんでしたか」

「転んだ？　おじいちゃんに怪我はなかったけど、北川くんは？」

「ちょっと擦りむいただけです」

　自分では見えないので怪我の程度はわからない。ジンジンという痛みは続いているけれど、耐えられないような痛みではないのでかすり傷だろう。

「見せてごらん」

　温かい手が輝の腕を取った。しばし無言のまま手首を返されたり、曲げられたりする。

「だいぶ痛かったんじゃない？　思い切り擦りむいてるよ。ほら、洗うからおいで」

　蛇口に導かれ、丁寧に洗ってもらう。平塚の手つきはとても優しい。

「他に痛いところは？　足を捻《ひね》ったりはしていないね？」

「大丈夫です」

　体の怪我や不調で、輝の生活はがらりと変わってしまう。両親もいない今、こうして気にかけてくれる人がいるというのは心強かった。

「そういえば、出掛けるところだった？　帰り？」

「もうすぐお盆だから、両親のお墓に行こうかと思ってたんですけど」

「あー……時間、遅くなっちゃったな」

「いいんです。またにします。僕が勝手に待ってただけですから」

　仕事の休みは週に三日。出勤は月水金土でほぼ一日おきなので、今日がだめでも、また後日行けばいい。そろそろお盆だからと思っていたけれど、法要があるわけでも、親戚と待ち合わせをしているわけでもなく、毎年一人で行き、手を合わせて帰ってくるだけだった。

1

「じゃあ、おじいちゃんに会ってく？」

「いいんですか？」

「今は寝てるけど、じきに目を覚ますと思うよ。たぶんそろそろご家族が来ると思うんだけど……それまでついていてもらってもいいかな」

平塚の、こういうところが好きだった。輝が気にしていることに気付いていて、頼みごとという形にしてくれる。

立ち上がり、平塚の腕を掴んで移動する。示された椅子に腰を下ろすと、膝に布団があたった。

「目の前がおじいちゃんのベッドだよ。左が頭、右が足。腕に点滴はしてるけど反対側だから、歩いたりしても引っ掛けないよ。北川くんがいるのは腰の辺り」

「わかりました」

顔も様子も見ることはできないけれど、この前で老爺が寝ていると思うと安心できる。

「じゃあ、頼むね。何かあったら大声で呼んでくれたらいいから。あとこれ、ご褒美兼お駄賃」

持たされたのは、冷たいペットボトルだった。何味なのか教えてくれないところが平塚らしい。

「ありがとうございます」

「よーく振ってから飲んでね」

「……まさか炭酸飲料じゃ」

平塚は「ははは」と笑うと、輝の質問には答えずに部屋を出ていった。

（……まさかね）

そんないたずらをして、ベッドが濡れて困るのは平塚――いや、看護師たちか。

少し悩んだものの、言われたとおりぶんぶんと振ってからおそるおそるキャップを開けた。

(……何もない)

プシュッとくるかと思ったのに。

飲んでみると、オレンジ味のゼリー状の飲み物だった。おいしい。

キャップを閉めて、もう一度振る。するとゼリーがさらに細かくなり、とろとろと口に流れ込んできた。飲み込むと、老爺の無事を知った安堵により感じ始めていた空腹感が楽になる。

静かになった部屋で鼻から息を吸い込むと、オレンジの中に消毒液の匂いがした。

この診療所に入院設備はないので、ここは点滴治療をする人のための処置室だ。輝も以前、ここのベッドで寝かせてもらったことがあった。本当は点滴が必要というほどではなかったけれど一人暮らしだからということで、平塚たちが帰る時間までここで寝かせてくれたのだ。

(懐かしい……)

静かな時が流れる。ペットボトルがすっかり軽くなった頃、正面から衣擦《きぬず》れの音がした。

「……おじいさん?」

寝返りを打っただけだったら起こしてしまう。静かに尋ねると、またかすかな音が聞こえた。でも起き上がった気配はない。

「あ……あぁ……」

老爺の声が聞こえた。やはり目が覚めたのだ。

「気分はどうですか」

輝からは何も見えないものの、老爺には輝の顔が見えた方が安心できるだろう。立ち上がり、体を伸ばす。

「君は……」

「ぶつかってしまって、申し訳ありませんでした。ここはさっきの場所の近くの診療所なんですけど、ご気分はいかがですか」

「あぁ、もう大丈夫だよ。君が運んでくれたのか。すまなかったね」

話しているうちに、老爺の声がしっかりし始める。

「いえ。今、先生を呼びますね」

診療所内の間取りはわかっている。処置室のドアを開け、その場で「せんせーい」と呼ぶとすぐに「はーい」という大きな応答。そのままベッドわきの椅子に戻る。

「ずっとついててくれたのかい？」

「そんなに長い時間では――」

控えめなノックの音が聞こえた。それからドアが開く音。

「失礼します」

平塚かと思ったが、違った。落ち着いた男の人の声。三十代くらいだろうか。

「おお、隆司《りゅうじ》」

「遅くなりまして申し訳ありません。熱中症とのことでしたが、お加減はいかがですか」

老爺の家族かと思ったが、敬語を使っている。ただの知り合いなのだろうか。

「わしは熱中症だったのか」

「は？」

「あ――あの、おじいさん、たった今目が覚めたばかりで、ちょうど先生を呼んだところなんです。たぶんもうすぐ来ると思うんですけど……」

輝が言うと、今度は老爺が説明を加えた。

「隆司。彼が助けてくれたんだ――すまない、名前を聞いていなかったね。わしは橘《たちばな》 源一郎《げんいちろう》という」

「北川輝です」

「北川くんか。こっちは三崎《みさき》隆司。わしの孫で――」

言葉を切った老爺が、慌てた様子で続けた。

「そうだ、転ばせてしまったね。すまなかった。怪我はなかったかな」

「いえ、僕がぶつかってしまって」

答えながらさりげなく手のひらを伏せる。

「いやいや、違うよ。頭痛がひどくて座っていたんだが、それもつらくなってきてね。目を閉じたまま、周りも確認せずに足を伸ばしてしまった」

「そうでしたか。祖父がご迷惑をおかけしました。お怪我は大丈夫ですか」

「大丈夫です。それより、おじいさんが元気になってよかったです」

「ありがとう。ここに運んでもらって助かったよ」

「僕は何もしていないんです。ただここの先生におじいさんのことを伝えただけで、本当に何もできなくて。今も見ていただけっていうか、見ることもできないんですけど。でも元気になって本当によかったです」

挨拶《あいさつ》をして帰ろうとした時、平塚が部屋に入ってきた。

「橘さん、ご気分はいかがですか」

「ああ、だいぶ楽になった。ありがとうございました」

「よかったです。でも念のため、数日は入院した方がいいでしょう。うちには入院設備がないので、ここから他の病院に移送します。近くだと――」

1

平塚が輝でも知っている病院の名前を挙げた。

「恐れ入りますが、大田原《おおたわら》総合病院にお願いします。そこに祖父のかかりつけ医がいますので」

「そうですか。では手配してきますね。このまましばらくお待ちください――北川くん」

急に呼ばれ、声のする方を向く。

「ごめん、少し待っててくれる？　俺は送っていけないんだけど、息子にこっちに来るように連絡するから」

「いえ！　大丈夫です。すぐ近くですから。今日はありがとうございました」

笑いながら言うと、厳しい声。

「こら。また襲われたらどうするんだい」

以前、仕事帰りにひったくりに遭ったことがあった。そのときに怪我を診《み》てくれたのも、本当は内科のこの診療所だった。

「けど仕事の日は今日より遅いですから」

確かに今も、夜に外を歩くのは怖い。けれどそれを言っていては何もできなくなってしまう。

「それはそうかもしれないけど、人を頼ることも覚えようよ。せめて頼れる相手がいるときくらいはさ」

「でも息子さん、一人暮らしでしたよね？　わざわざ来させちゃうのも申し訳ないですよ。アパートまでは歩きで五分程度ですから」

「……わかった。じゃあ、本当に気を付けるんだよ。もしリュックを掴まれたら、素直に渡してしまいなさい」

「はい。あのとき以来、財布と携帯と家の鍵は服のポケットに入れてますから」

「ひったくりですか？」

唐突に会話に入ってきた三崎に、平塚が憤《いきどお》りながら答える。

「ええ。二か月くらい前だったかな。白杖を持った子を襲うなんてあんまりでしょう。それ以来心配で心配で。まだ逮捕もされてないんですよ」

「そうでしたか。それはご不安でしょう。私がご自宅までお送りします」

見知らぬ人からの親切は、あまり断りたくなかった。断り方次第では、今後、困っている人に声を掛けられなくしてしまう。

「ありがとうございます。でも、おじいさんが」

「わしはまだ点滴が残っているし、会計や手続きもあるから。それに寝ているだけだから、大丈夫だよ。お医者さまもいるしね」

玄関まできちんとお送りしなさい、と源一郎が三崎に命じる。

「……じゃあ、すみません。お言葉に甘えさせてください。先生、ありがとうございました。おじいさん、お大事になさってください」

「本当にありがとう」

三崎らしき足音が先に処置室を出た。白杖を握り直して後を追う。途中、看護師たちから「ありがとね！」と声を掛けられ気恥ずかしい。

外に出ると、むわっとした熱気が全身を包んだ。

出口のところで待っていてくれたらしい。隣から三崎の声がかかる。

「今日は本当にありがとうございました」

「いいえ、ほんと僕は何もしてなくて。それよりすみません。おじいさん、心配なのに」

「いえ――どちらの方角ですか」

「あ、えっと……」

うまく説明ができない。

「道は把握しているので、近くを歩いていただいてもいいですか」

「わかりました。すみません、どのように歩いたら楽ですか」

「慣れてる道なんです。だからその、ひったくりさえ出なければ大丈夫なので」

本当に、送ってもらうほどの距離ではない。

白杖を動かしながら足を進める。

「ひったくりなんて、本当に怖い思いをされましたね」

「はい。でも貴重品はすべてリュックに入れていたので、取られた袋の中身は野菜とか牛乳とかだけだったんです。だからまだよかったなって」

「ですが、お怪我もされたんでしょう」

「突然後ろから衝撃があったから、転んでしまって。でも擦り傷だけでしたし、ちょうど平塚診療所の近くで、偶然先生が通って診療所に連れて行ってくれて、警察対応とかもしてくれたんです。転んだときって、怪我もそうなんですけど、方向がわからなくなってしまうのが一番怖いんです。だから不幸中の幸いでした」

「そうでしたか……」

そのときふと、背後に人の気配を感じた。

「どうされました」

「あ――」振り返っていた体を正面に戻す。「いえ、誰かいたような気がして」

輝の歩みは速くない。それなのに抜かされることなくずっと同じペースで歩いている人がいるような気がした。

辺りを見回したのか、三崎の返事には少しの間があった。

「見てきましょうか」

「いえ、たぶん気のせいです」

今はもう、気配は消えていた。きっとひったくりのことを思い出して、過敏になっていただけだろう。

「もし一人の時につけられているような気がしたら、家には入らずコンビニかどこかに避難なさってください。そのまま帰ると家を教えることになってしまいますし、そこでご家族を迎えに呼ぶなど――」

「あ、いえ、一人暮らしなんです。両親はもう亡くなってて」

「……そうでしたか」三崎の声のトーンが落ちた。「では、警察を呼ぶなどなさってもいいかもしれません」

「そうします」

しかし実際にそうすることは難しいだろう。いくら障がい者が相手でも、つけられている気がするというだけで警察が動いてくれるかはわからない。

「一人暮らしは長いんですか」

「十八からなので、もう八年になります」

「ではもう慣れたものですか」

「はい。両親が生きている時から一人暮らしをしてましたし、盲学校時代も半分は寮生活をしてたんです。それよりあの、敬語、いらないので。僕より年上の方ですよね？」

「三十七になります」

「僕は二十六です。なので、敬語、いりませんから」

「――ありがとう」

ふわっと、隣からの気配が柔らかくなる。

（そういえば、声の位置が高いな……）

きっと背が高いのだろう。けれど歩くペースは合わせてくれている。

「仕事は何を？」

「鍼灸《しんきゅう》あんまマッサージ師です」

「すごいな」

それは、目が見えないのに働いていてすごい、ということだろう。しかし目が見えたことがないので、この何もない世界が輝にとっては普通だった。

（確かに、不便ではあるけど……）

見える人のために作られた社会。けれど助けてくれる人もたくさんいることを知っている。

「ツボの位置を覚えるのが大変そうだ」

「――え？」

つい卑屈な考えをしてしまっていたので、聞き逃した。

「鍼《はり》はツボに刺すんじゃなかったか。覚えるだけで大変そうだなと思って。それに加えて刺し方だって覚えるんだろう？」

「まあ……そうですね」

「プロだな」

思っていたのと違った。同情的な意味ですごいと言ったわけではなかったのか。

「俺は受けたことがないんだが、経験してみたいな。肩こりがひどい」

「お仕事でパソコンを使っていらっしゃいますか」

「ああ。一日の半分は見ているな」

「肩こりだけじゃなくて頭痛や目の疲れもありそうですね。たまに肩をぐるぐる回すとか目頭を揉むだけでも違いますよ。あと――背が高いですよね」

「あぁ、そうかな。百八十二だったか、三だったか」

百八十センチと言われてもどれくらいなのか、視覚ではわからない。けれど輝の身長が百六十八センチであることを考えると、かなり高いように思えた。

「机の高さがあっていないと姿勢が悪くなります。もし合ってないと感じるようなら変えた方がいいかもしれません」

「肩を回すのも、机の見直しもしてみるよ。つい集中してしまって、気付いた時にはガチガチなんだ。今度北川くんの勤め先に行ってもいいか」

「ぜひ」

社交辞令だとわかりつつ、訊《き》かれるがまま職場の場所を伝える。

夜の空気に、カツンカツンという白杖の音と三崎の革靴の音だけが響く。でも不思議と居心地の悪さは感じない。もう少し一緒にいてみたいな、とさえ思う。

しかし、家にはあっという間に着いてしまった。アパートの入り口で足を止めて三崎に向き直る。

「家はここです。おかげさまで、安心して歩けました。ありがとうございました」

「世話になったのはこちらの方だ――手を」

断りの後、三崎の手が輝の手首を握った。上に向けられた手のひらに、重みのある紙が置かれる。

「本当に助かった」

親指を動かしてそれに触れる。封筒だった。きっと中身はお金だろう。

慌てて封筒を押し戻す。

「いえ！　本当に、元気になってくれたことでじゅうぶんです。送っていただきましたし」

「だが、本当にありがたかった。お礼をさせてほしい」

「……じゃあ、もしどこかで視覚障がい者を見かけたときは、手伝えることがないかって訊いてあげてくれませんか」

「わかった。約束する」

「よろしくお願いします。まだ暑い日が続くそうなので、お大事になさってください。おじいさん、早く退院できるといいですね」

頭を下げて、三崎が早く戻れるように大急ぎでアパートの敷地に入る。その間も、意識はずっと背後にあった。

足音は聞こえない。玄関の鍵を開けた後、念のため振り返って頭を下げてから中に入る。

（お礼なんてびっくりした……）

でも、三崎にはこれから視覚障がい者を意識してもらうことができるだろう。それだけで外を歩く困難さが少し減ったような気持ちになる。

源一郎のことは心配だけれど、今日はいろんな人の優しさを感じられたいい日になった。

1

＊＊＊

入院手続きを終えた三崎隆司は、組長付き《ボディガード》を廊下に残して特別室に入った。ベッドの傍《かたわ》らに立ち、リクライニングを起こして座る橘源一郎を見下ろす。

腕には点滴が刺さっているが、源一郎の顔色はよかった。

「どうして屋敷を抜け出したりしたんですか、理事長」

「ああ……いい子だったなぁ」

三崎の鋭い視線を無視し、源一郎が相好《そうごう》を崩す。

「今時の子はだめだなんて言う者もおるが、あの子は本当にいい子だった。ずっと目を閉じていたのは残念だったが、顔立ちもかわいらしかった」

「理事長」

一段と低くなった声に、源一郎がしぶしぶ三崎の顔を見た。

「花子さんに会いたかったんだ。別にそれくらいかまわんだろう。それに行きつけの和菓子屋で秋季限定の饅頭《まんじゅう》の販売が始まったんだ」

御年《おんとし》八十七。関東に本拠地を持ち、構成員数日本トップの指定暴力団・清家会《せいけかい》の理事長《ナンバー2》で、直系橘組の組長。様々な組織と兄弟盃《さかずき》を交わしてきた老獪《ろうかい》な男は、ガールフレンドと好物の前では人が変わったように甘くなる。

「それより、北川くんに礼はできたか」

「断られました」

胸ポケットから封筒を見せる。中には万札が二十枚。診療所からの連絡を受けて、用意してきたものだった。

「そうか。そういうところもいい子だなぁ……。あんなにいい子がひったくりに遭ったなんて可哀想に」

気分はすっかりよくなったらしい。普段どおりの饒舌《じょうぜつ》だった。

「自宅はコーポ弥生《やよい》、職場はイマリ鍼灸治療院です」

併せて場所も伝えておく。

「よくやった」

しかし本題はそれではない。語気を強める。

「理事長。出掛けるときは事前に若衆に声を掛けて、正面玄関から出てください。こっそり抜け出すのは何度目ですか。今日は偶然気のいい青年に助けられましたが、何かあってからでは遅いんです」

「わかっておる。それより――」

ほわっとしていた源一郎の視線が鋭くなった。背筋がピンと伸びるのを見て、三崎も居住《いずま》いを正す。

「近々、極龍会《きょくりゅうかい》と虎城組《こじょうぐみ》の三次団体同士が五分《ごぶ》の盃を交わす」

「東北が関西と手を組むということですか」

源一郎が頷《うなず》く。

「動きがあるとすれば、春か秋。おそらく警察の人事異動のタイミングを狙ってくるだろう」

三崎も源一郎に同感だった。

「最短で来春でしょう」

1

源一郎が遠くを見ながら顎を撫でた。

「去年、虎城組と組んだマル暴の一人が殺されたな」

その事件は三崎も詳細を把握していた。

暴対法がきつくなった今も、極道と警官の繋《つな》がりは消えてはいない。

検挙ノルマ達成のために拳銃や薬物を融通してほしいと極道に頼む者や、情報収集に多額の持ち出しを求められて金に困窮し、懇意になった極道を通じておいしい副業を始める者。

極道はそれら警官の求めに応じて甘い汁を吸わせてやることで、安全にシノギを行えるようになる。

その関西のとある警官も、いつしか虎城組と仕事をするようになっていた。しかしある時それが署にばれそうになったのか、足を洗おうと決意した。しかし虎城組としては、万が一その警官に密輸ルートなどを供述されたらまずい。そこで虎城組は、警官を顔もわからぬほど拷問してから海の浅瀬に捨てた。沖合で沈めずにすぐに発見されるようにしてあったのは、他の仕事仲間《警官》への脅しだと考えられた。

「西は気性が荒い。全員がそうとは言わんが、カタギさんにも簡単に手を出す」

「盃の影響がこちらに降りかからなければいいのですが」

しかし勢力が大きくなると、侵攻してくる恐れがあった。

「それに、次の警察の人事で面倒なのが異動してこないか――」

「まぁ、清家会長がそこのところはしっかりと上層部の〝犬〟に釘を刺しておるだろう。だが、気を抜くなよ」

「はい」

1

「それから」源一郎が三崎をちらりと見た。「来年の春、本部長《ナンバー3》の喪が明けた後の話にはなるが、本部長職と筆頭理事長補佐を兼務していた稲垣《いながき》が、正式に本部長に昇格することが決まった」

「筆頭理事長補佐の後任はどなたが」

意を問うような鋭い視線が三崎を貫いた。

「西村《にしむら》理事長補佐だ。その西村の後任に、わしはお前を推薦するつもりでおる。清家会長と親子盃を交わし、執行部入りだ」

「——それは」

三崎は思わず片足を踏み出した。

三崎率いる三崎組と同じ清家会の三次組織は、他にも多数存在する。その組長の中で三崎は最年少で、しかも源一郎の孫という立場。さらに会社経営によって合法的に大金を生み出し、他組織より多くの上納金を納める三崎組は、いわゆる武闘派を自認する組織の反発の的《まと》だった。

「理事長。極龍会や虎城組との情勢が不安な折、内部分裂を招くような人事は避けるべきです」

挑むような視線が三崎を射た。

「これからは金がすべてを解決する時代だ。お前の資金力は大きい」

「しかし——」

「確かに、一部の古参《こさん》組長は自身の傘下組織の組長を推薦してくるだろう。特に西村は、傘下の八《や》剱《つるぎ》組長を推薦してくるはずだ」

「実際、私より適任な組長も多くいらっしゃるかと」

源一郎は首を横に振った。

「確かにお前はまだ若く、経験も浅い。だがこれはきっかけにすぎん。今や暴対法も暴排条例も厳しく、これまでのやり方では食っていけん。おそらく今後、極龍会は北海道とも盃を交わすだろう。わしは数年内にお前を本部長にするつもりだ」

「理事長――」

　三崎の意見は聞かないとはねのけるように、源一郎が視線を正面に向けた。

「推薦は年明けの定例会だ。決まれば春に本部通達にて告知される」

　三崎が病室を出ると、ドア横で待機していた三崎組の若頭《わかがしら》兼秘書の富本《とみもと》が傍らに付いた。

　三崎とそう変わらない年齢。一言えば十を察知して行動する優秀な頭脳。三次団体の若頭ともなれば自分の組を持っていてもおかしくないのだが、今の仕事が好きだと言って独自の組を結成しない稀有《けう》な存在だった。

　組長付きに前後を挟《はさ》まれながら廊下を歩く。

「今月以降、しばらく若衆への酒代を増やす」

　情報は何にも勝《まさ》る武器になる。

「何かございましたか」

「極龍会と虎城組が盃を交わす。現時点で時期は不明だ」

「界隈《かいわい》の飲み屋はすべて、すでに誰かしらが常連になっていますが、範囲を広げますか」

「これまで以上に徹底して情報を集めさせろ。清家会《うち》に関することはもちろん、間接的に関係することもだ。誰かを追うとなれば、人手が足りずに半グレ《若いの》を応援に呼ぶやつがいるかもしれん。じゅうぶんに持たせてやってくれ」

「承知しました」

「それから、組長付きに気配を消して動けるよう指導しておいてくれ。理事長を助けてくれた青年が、あいつらの気配に気付いた」

「問題はございませんでしたか」

「俺の合図で全員離れた後は、気のせいだったと思うと言っていたからごまかせているだろう」

スモークフィルムの貼られた車に乗り込み、大田原総合病院を後にする。

シートに背を預けると、胸ポケットに入れたままの封筒が音を立てた。

(北川くんか……)

儚《はかな》げな姿が目に焼き付いていた。

閉ざされたままのまぶたに生えるまつ毛は長く、色素の薄い茶色い髪は歩く度にさらりと揺れた。

街灯の下でもわかる透き通るような白い肌にのった、みずみずしい小さな唇。

繊細な気遣いの中に感じた凛《りん》とした空気。芯があるのに、背後を気にするさまは心細げで庇護欲《ひごよく》をかきたてられた。

(だが、まさか組長付きに気付くとは……)

距離をおかせていたが、輝は敏感なのだろう。それは彼にとって大切な生きる術《すべ》。

そんな彼と、交わした約束。

「――品揃《しなぞろ》えのいい書店に寄ってくれ」

「少し遠くなりますが」

隣に座る富本に頷くと、即座に運転手に指示が飛んだ。

三崎は足を組むと、しばし体を休めるべく目を閉じた。

2

（おじいさん、元気になったかなぁ……）

今日はまだ、曇っていて気温が低い。それでも二十分も外を歩けばこめかみには大量の汗が流れた。

墓参りを終えた輝は、乗り込んだバスの冷房に癒やされながらハンカチで顔を拭った。

「次は、大田原総合病院前。次は、大田原総合病院前に止まります。お降りの方は――」

（あ、おじいさんの入院先……）

確か大田原総合病院と言っていた。名医が揃《そろ》っていると評判の病院で、輝の勤めるイマリ鍼灸治療院でも通院している患者が多い。

（お見舞い……行きたいけど）

まだ二日しか経っていないので、さすがに退院はしていないだろう。しかし病室がわからない。突撃してみても、個人情報の関係できっと教えてはもらえない。

バスが停車すると多くの乗り降りがあり、輝も腰をずらして場所を詰める。それから三つのバス停を過ぎて、駅に着いた。

（あっつ……）

バスから降りた瞬間の熱気。いつの間にか太陽が顔を出したらしい。気温と湿度の高さにうんざりしながら、バス停から続く点字ブロックを辿っていく。

2

突然、白杖に何かがぶつかった。大きさを確かめるべく数回白杖を動かすと、カツンカツンと高い音が鳴る。

（……なんだろう？）

自転車ではない。看板でもないような気がするけれど、何かはわからない。誰かの持ち物だったら声を掛けられるだろうから、やはり何か置かれているのだろう。

（どうしよう……）

迂回《うかい》しようと点字ブロックから離れれば、彼岸《ひがん》とお盆、命日の年に三回しか来ない駅の改札にまで辿り着ける自信はない。

（誰か――）

顔を上げて首を動かし、人を探すようなしぐさをする。すると、前方から工事の音が聞こえ始めた。

（うそ、最悪……まさか工事中だったなんて……）

行きでは気付かなかった。きっと始業前だったのだろう。

「すみません――すみません、どなたか」

首を回しながら少し大きめの声を出すと、近づいてくる数人の足音が聞こえた。どこか気だるそうな、かかとを引きずって歩く音。

「オニィサン、どうしたの？」

若い声。どこか笑いをこらえるような話し方。

胸に不安という小さなシミができる。けれど、輝の声に応えてくれたのは彼だけだった。

「あ……その、駅に行きたいんですが、場所がわからなくて」

「駅って、ここの？　目の前だけど」

「はい。すみませんが、改札まで連れて行っていただけないでしょうか」

　くちゃくちゃとガムを噛む音。十代後半くらいだろうか。

　胸の中にできたシミがじわじわと広がっていく。

「どうやって連れてけばいいの？　おんぶ？」

「あ、いえ――」

　困った。今さらやっぱりいいですとは言いづらいが、介助の方法をまったく知らない人のようだ。この様子だと、きっと段差があっても教えてはもらえない。

「わっ」

　突然、白杖を持つ右手首を掴まれた。引っ張られ、恐怖に身が硬くなる。背後からは友達らしい数人の軽薄な笑い声。

「あ、あの、」

　判断を誤った。どうしよう。まずい。怖い――。

「北川くんじゃないか」

「え……？」

　突然割り込んできた男性の声。

「俺だ。三崎だ」

「三崎さん……あ！　おじいさん――橘さんの！　あの、おじいさんのお孫さんですか」

　助かった。

「ああ。一昨日は祖父が世話になった。本当にありがとう。彼らは――」

「なんだよ、知り合いかよ。じゃあねオニィサン。またね」

2

「あ……」

言葉だけでもありがとうと言うべきだったろうか。しかし輝の手首の解放とともに、「せっかく助けてやろうと思ったのになァ」、「おめー見てただけじゃんかよ」という笑い声が遠ざかっていった。

「大丈夫か」

「あ、はい。駅まで行きたかったんですけど、何かが置かれていて点字ブロックを辿れなくて。助けを求めたら、あの子たちが声を掛けてくれて……」

さっそくだ、と思った。さっそく三崎は約束を守ってくれた。

「車がある。送るよ。帰るのか？」

「ありがとうございます。でもここには年に数回しか来ないので、駅を使っておかないと忘れちゃいそうで」

「そうか――じゃあ一緒に行こう」

「え、でも車が」

「俺が運転してきたわけじゃないからかまわないよ」

いいのだろうか――申し訳ないが、今は助かった。駅に辿り着けない不安、そしてふざけた様子の男の子たちに感じた恐怖心がまだ胸に残っている。

「じゃあ、すみませんが改札までお願いします」

返事がくるまでに、少しの間があった。

「――わかった。手を」

「あ……ありがとうございます」

2

　輝が左手を浮かせると、三崎が手首を持って腕に導いてくれた。

　一昨日は腕を握らせることすら知らなかったようなのに。

（もしかして、勉強してくれた……？）

　そう考えて、気付く。

（あのときのお礼……のためだ）

　輝は、視覚障がい者を見たら助けてほしいと三崎に頼んだ。そのときのために介助の方法を学んでくれたのだ。

　なんて誠実な人だろう。もう輝に会うことは二度とないだろうと、口約束で終わらせることだってできたはずなのに。声を掛ける約束どころか、それ以上のことをしてくれた。

「歩くよ。ここからまっすぐだ」

「はい」

　身長は高いのに、今回も歩みは速くなかった。できる限り寄り添おうとしてくれている優しさを感じる。

　まっすぐと聞いていたけれど、わずかに右に逸《そ》れているような感覚があった。けれどプレッシャーを与えないように、何も言わずにそのまま進む。

「あの、おじいさん、具合はいかがですか。さっき僕、バスで病院を通りかかって。大丈夫かなって気になってたんです」

「ありがとう。問題ないよ。まだ退院にはなっていないが、本人は帰る帰ると騒いでる」

「そうでしたか」

　よかった。きっと輝に心配をさせないために少し誇張しているのだろうが、後遺症の心配はないということだろう。

三崎が止まった。エレベーターの音がする。

かごに乗り込むと、突然腕を捻るように持っていかれた。

「あっ」

「ああ、すまない。方向転換だ。俺たちしか乗っていないから、大丈夫だ」

大丈夫というのは、どんなふうに動いても人にはぶつからないという意味だろうか。たぶんそうだろうと推測して、握らせてもらった腕を軸に向きを変える。

ポーンと音が鳴った。周囲の気配を意識しながら、かごから出る。

輝の靴の裏には点字ブロックの感触があった。それだけで、家に帰ってきたような安堵感を覚えた。

「このまままっすぐ行くと改札だ。切符は？」

「ICカードがあります」

「俺は切符を買ってくる。すまないがここで少し待っていてくれるか」

「あ、いえ、もう大丈夫です。とても助かりました」

足の下の点字ブロックを辿って行けば、辿り着ける。

「おじいさんに、お大事にしてくださいってお伝えください。本当にありがとうございました」

頭を下げて、白杖を頼りに改札に向かう。しかし改札口にICカードを触れさせると、エラー音が鳴ってしまった。

「あれ……」

タッチ面を間違えたのか、それとも出口専用に入ってしまったのか。自分ではエラーの理由すら知ることができない。試しにもう一度触れさせてみる。しかし結果は同じだった。

(他のところ……)

隣のゲートに入ってみよう、と踵《きびす》を返した時だった。

ドンッ！

「あっ」

肩に受けた衝撃。

改札口でまごつく輝が邪魔だったのだろう。かすかに、チッと舌を打つ音が聞こえた気がした。

「すみません……」

もう相手はいないかもしれない。それでもぶつかった方向に頭を下げる。相手からの反応はなかった。やはりわざとだったのだ、と悲しく思う一方で、変に絡まれなかったことに安堵する。

(……びっくりした……)

悪かったのは自分だとわかりつつ、それでも突然ぶつかられると心臓が跳ねる。

目が見えないことで特別扱いしてほしいとは思わない。ただ、少しだけ理解してもらえたら……と、こういうときはつい自分目線で考えてしまうけれど、もし仕事や待ち合わせのために急いでいたのなら、怒りたくもなるだろう。それに、白杖が見えなかったのかもしれない。

(気を付けよう……)

一度改札から離れようと足を動かした時、三崎の声が飛び込んできた。

「大丈夫か！　怪我はないか」

ひどくほっとする。まだいてくれたのだ。

「すみません、大丈夫です」

2

「すまない、切符を買っていて——ぶつかられてたな？」

「入場エラーになってしまって、邪魔だったみたいで」

貸してごらん、と言われてICカードを渡す。聞こえてくるエラー音。

「残高不足のようだ。券売機に行こうか」

「あ……すみません」

恥ずかしい。

まだ残金はあると思っていたけれど、思い違いだったようだ。もしくは電車やバスが値上がりしたのかもしれない。

おいで、と言われて手を握られる。導かれた腕を握るとゆっくりとした歩みが始まった。

しばらく歩くと突然三崎の動きが止まった。咄嗟《とっさ》のことでつんのめり、体が三崎の肩にぶつかる。

「っ、すみません」

「大丈夫か」

「はい」

券売機に着いたのか、と手を伸ばす。しかし触れたのは三崎の体だった。

「これでいい。おいで」

「え、あのっ、」

困惑で宙をさまよう手にICカードを持たされた。入金してくれたということだろうか。それならお金を払わないといけない。けれど三崎はまた歩き始めてしまう。

「あの」

「あと五歩で改札だよ」

そう言われるとカードを提示するしかなくなる。

改札を通り抜けると、「手を」という言葉と同時に腕を取られた。けれどぬくもりを感じたのは一瞬で、手触りはすぐにスーツの背広に変わった。

「あの、チャージしてくださったんですよね？　おいくらで――」

「おっと」

突然、右肩を抱き寄せられた。

ふわりと漂うフレグランスの香りにドキッとした直後、服が触れるほど近くを誰かが通り過ぎていく。

（あ……）

「大丈夫か」

「はい。ありがとうございます」

三崎は介助には不慣れでも、人を庇《かば》うことには慣れている。

（子どもとか、いるのかな）

まるで大事にされているみたい。ただ危険のないようにしてくれただけだとわかっているのに、介助のたどたどしさと相まってか、優しさを感じて胸が温かくなる。

「エレベーターに乗るよ」

「はい」

今度はかご内での方向転換の際に、肩を抱いて回してくれた。やはり知識がなかっただけで、情報の不足に気付けば対応してくれる人だ。

「ホームだ。ここで待とう。三分ほどで来るよ」

2

「ここは何両目ですか」

「車両？」

「はい。最寄駅は慣れているので、何両目かわかると改札に出やすいんです」

「そういうことか――三両目だ。だが、家まで送るよ」

「いえ、そんな！」

「もう切符も買ってあるんだ」

「すみません……あの、チャージ額と切符代を教えてください。おいくらですか」

「かまわない」

最寄り駅までの料金を出してもらったのではない。チャージは最低千円からだ。

「そういうわけには――」

突然胸の前に何か――おそらく三崎の腕だ――を差し出された。

またしてもすぐ近くを、今度は聞きなれない言語を話す団体がぞろぞろと通り過ぎていく。

「すみません」

「いや」

三崎にとってはなんでもないことなのだろう。

ふと、輝の両親も同じようにしてくれていたことを思い出した。家の中で輝がコードに足を引っ掛けそうになったときや、母が置きっぱなしにした踏み台が足元にあったときなど、父は言葉では間に合わないときはいつでも腕で輝の体を止めてくれた。

懐かしい。けれど思い出に浸ってはいられない。もう電車が来てしまう。今のうちにお金を返さなければならない。

2

「あの、僕にはお金をいただく理由がありません。三崎さんは一昨日のことを気にしていらっしゃるのかもしれませんが、あのときも家まで送っていただきましたし、今もこんなによくしていただいてます。もうお礼はじゅうぶん以上にしていただきました。だからチャージしてくださった分もきちんとお返しします」

「いや、だから――」

「それとも……僕の目が見えないからですか」

きつい言い方をしたつもりはなかった。

しかし、二人の空気の間にしんとしたものが通った。駅の喧騒《けんそう》が遠くに聞こえる。

三崎は何も言わない。

せっかく優しくしてやったのに、と気分を害してしまったのかもしれない。もしくは後悔させてしまったのかもしれない。一瞬で不安が胸に渦を巻く。

「君を障がい者だから、なんて考えたことは一度もない。障がいがあることは、金銭的な施《ほどこ》しを受ける理由にはならない」

その声は、確かに怒っていた。しかし輝が想像していたものとは理由が違っていた。

そして、とても失礼なことを言ってしまったのだと悟って後悔する。輝の発言は三崎への侮辱だった。三崎を、障がい者に同情で施しをするような人だと言ってしまった。

「……すみません」

「いや……そう感じさせた俺が悪かった」

輝と三崎との間に沈黙が降った時、電車が到着した。失礼なことをしてしまったのに、大きな手が輝に腕を握らせる。

「まっすぐ、五歩くらいで電車だよ。少し段差がある。電車の方が高い」

「……ありがとうございます」

三崎の口調はこれまでどおり。電車に乗り込む瞬間にも声を掛けてくれた。軽い段差を上がって乗車する。

「空いてる席はないな。立ったままでも大丈夫か」

三崎は輝を誘導し、ドア横の手すりを握らせてくれた。

「すみません、助かります……」

自分が恥ずかしかった。こんな優しい人に、なんてことを言ってしまったのだろう。

「一昨日の礼をしたかったんだ」

「えっと……でも、お金はお金ですから。それに僕はお礼をしてもらうほどのことはしてないので……ただ、先生を呼びに行っただけなんです。ほんとはもっと、何かできたらよかったんですけど」

「それだけでじゅうぶんありがたかったんだよ。もし北川くんが医者を呼んでくれなかったら、祖父はあのまま死んでいたかもしれない。君が思っている以上に、とても大きなことをしてくれた」

「そんな……大げさです」

「本当のことだよ。断られはしたが、やっぱりお礼をしたいとずっと気になっていた。だから今日は偶然会えてよかった」

電車が止まった。輝の降りる駅まであと一駅。携帯を取り出す。もう、後日返すしかない。

「あの、ご迷惑でなければ連絡先を教えていただけませんか」

三崎は「借りるよ」と言って操作を始めた。音声ガイダンスが操作内容を教えてくれる。

電話番号の登録を終えると、手に携帯を戻された。

2

「ありがとうございま——わっ！」

　突然電車が大きく揺れた。輝の上体を安定感のある腕が支えてくれる。

「大丈夫か？」

「すみません、助かりました」

「いや——着くようだよ」

　直後に到着を告げるアナウンスが流れ始めた。心を込めて頭を下げる。

「本当にありがとうございました。お金の件は、後《のち》ほどお電話させていただきます。それに、失礼なことを言ってすみませんでした」

「いや、それより簡単にICカードを人に渡してはいけないよ」

「え？」

「返してもらえなかったらどうする？　それにスキミングされたら個人情報を抜かれてしまう」

　それを聞いて、「荷物を持ちましょうか」と言われて預けたらそのまま持ち逃げされてしまったという同級生の話を思い出した。犯罪者からすれば、輝たちは絶対に顔を見られることのない格好の相手なのだ。

「さぁ、降りよう」

「でも、さっきの駅まで戻りますよね？　車があるって」

「いや、もうこちらの駅に向かってる。一緒に行こう。エレベーターは右前方だ」

　優しい人だ。穏やかな話し方も安心できる。輝はさっき、とても失礼なことを言ったのに。

「すみません。何から何まで」

「いいんだ。それに、もっと話してみたいと思っていた」

2

「え――」

自分もだ、と言いたかったのに驚きと喜びでなんと言ったらいいかわからなくなった。言葉を探しているうちに「エレベーターに乗るよ」と言われ、周囲に人の気配を感じたこともあって、続きを話すタイミングを見失ってしまう。

輝が改札を過ぎると、声掛けの後に三崎が腕を握らせてくれた。

「パンのいい匂いがするな」

三崎が言ったのは、改札のすぐ前にあるパン屋のことだろう。焼きたての香りが漂ってくる。

輝も一気に空腹を感じた。

「あの、パン、お好きですか」

「好きだよ」

「じゃあ、お礼にお渡しさせてください」

「お礼はいらないが、パンは買って行こうかな。北川くんのおすすめはあるか」

三崎が匂いのもとの方に歩き始める。

「あ……いえ、見えないのでパン屋さんでは買いづらくて。けど、僕に購入させてください」

「お礼はいらないと言っただろう？」

パンの匂いが強くなる。あと一メートルで店だよと言われ、少しだけ緊張する。無意識に腕を握る手に力が入ってしまったのか、三崎が安心を与えてくれた。

「通路は広いから大丈夫だ。トレーを取るよ」

三崎の腕が動く。けれど握ったままでいさせてくれた。

面倒だろうに、三崎は一つずつ商品名や特徴を教えてくれた。そこから甘いパンを三つ取ってもらう。

「三崎さんはどんなパンがお好きなんですか」

「俺は総菜系かな。ウインナーパンとサンドイッチを選んだ」

「正反対ですね」

輝が言うと、三崎がくすくすと笑う。その自然な雰囲気が心地いい。

「飲み物は？」

「麦茶を持ってます」

「コーヒーは嫌いか」

「……牛乳と砂糖が入っていれば飲めないことはないです」

また、くすくすという笑い声。

「覚えておくよ。ここで待っててくれ」

「え、お会計――」

これではお礼どころか、自分の分まで買わせてしまう。

「大量に買うんだ。破産してしまうよ」

そんなこと、あるわけないだろうに。けれど初めての場所で、手をほどかれてしまうと動けない。

その場で身を小さくして待っていると「お待たせ」と声を掛けられた。慣れたしぐさで腕を握らせてくれる。けれどパンの袋は渡されない。持たせたくはないが、お金も払っていないのに手を差し出すわけにはいかなかった。

「帰りに寄るところは？」

「いえ、まっすぐ帰ります」

「じゃあ送っていくよ。駅から家までは慣れてるか」

「はい。なので一人で――」

「それなら車に乗ってもいいだろう？」

「すみません……」

甘えすぎにも程がある。けれど慣れない外出と暑さで疲れてもいた。気を張らずに家まで帰れるのはありがたかった。

「目の前に後部座席のドアがある」

「車の形や高さを教えていただいてもいいですか」

「ああ――セダンで、ドアは開いてる。右手を貸してごらん」

白杖を左手に持ち替えて差し出すと、乗り口のへりに触らせてくれた。進行方向を教えてもらい、シートに触れながら後部座席に腰を下ろす。

「俺は反対側から乗るよ」

輝の右側に乗り込んだ三崎が運転手に輝のアパートの場所を告げると、車はすぐに動き始めた。

「あの、運転されてる方――僕のせいですみません」

「いえ」

返ってきたのは端的で硬い声だった。

右隣から声がかかる。

「北川くん、気にすることはない」

「でも、せっかく一緒にお出掛けしていたんですよね？」

「祖父の見舞いに行っていただけだよ。だから駅前の道で偶然北川くんを見つけることができた」

2

そうだったのか。幸運だった。

アパートは、輝の足でも駅から二十分ほどのところにある。車だとあっという間だった。

「おいで」

輝の肩にそっと触れた三崎の手。頭をぶつけることもなく車から降りる。

「部屋は――」

「いいえ、もう大丈夫です。方向と今いる場所だけ教えていただけますか」

もし三崎が一人だったら、せめてお茶でもと部屋に誘えたのに。しかし今は運転手がいた。アパートに駐車場はない。

「そうか――わかった。じゃあ、左手を貸して」

持たされた紙袋。ずしりと重い。

「りんごジュースが入ってる。氷入りだから、飲むのは早めに。パンの種類は手探りで大丈夫か」

「え、すみません、飲み物まで買ってくださったんですか」

「お詫《わ》びだ」

「え？」

「祖父が怪我をさせてしまった。申し訳ない」

「怪我……？　あ」

すっかり忘れていた。手のひらの擦り傷。きっとやりとりのどこかで見えたのだろう。

「日常生活に支障はないか」

「すみません、大丈夫です。その、すっかり忘れてて……」

怪我はない、という嘘をつき通すことができなかった。

2

「もし化膿《かのう》したと思ったら連絡をくれ。病院に連れて行くから」

「もう痛みもありませんから。本当に、忘れてたんです」

そうか、と安堵のような吐息が聞こえる。

「今の体の向きのまままっすぐ五歩進むとアパートの入り口だよ。気を付けて」

「本当に助かりました。ありがとうございました。パンと飲み物、ごちそうさまです」

一礼してから白杖を動かす。三崎の言ったとおり、ちょうど五歩で地面がアスファルトから土に変わった。段差に気を付けながら通路を歩き、部屋の前に着く。

その間に車の音はしなかったので、振り返って頭を下げてから部屋に入った。

すぐにお礼の電話をしたかった。けれどまだ、運転をしていた人と一緒にいる。なので、先にチャージ額を確認することにした。

携帯のアプリを起動し、カードをかざす。

『残高は一万四千八百四十円です』

「え……？」

思わず声が出た。

（一万四千……って言った？）

もう一度カードを読み込ませてみるが、結果はやはり同じだった。

つまり、おそらく一万五千円を入金してくれたということだろう。

（そんなにたくさん……あの場で金額を言われなくてよかったかも……）

あのときは、その場で返してしまうつもりでいた。けれど一万五千円は所持していなかった。

（恥をかくところだった……）

三崎には申し訳ないが、助かった。しかし高額なので、なんとしても早めに返さなければならない。口座からお金を下ろすか、払い戻しをしてもらうか。

ＩＣカードを使う頻度はそう高くない。しかし払い戻しは手数料がかかるうえに、三崎の善意を無下《むげ》にするような気がした。

(明日、銀行に行ってこよう)

シャワーを終え、十九時になったのを確認してから三崎の携帯を鳴らした。

『もしもし』

「三崎さんですか。北川です」

あぁ、という、実物とは少し違う声が返ってくる。

「今日は助けていただいてありがとうございました」

『いや、楽しかったよ』

「パンとジュースもごちそうさまでした。さっそくおいしくいただきました。あの、たくさんチャージしていただいたみたいで。その、一万五千円、入れてくださいましたよね？」

『駅に戻ったのか？』

「いえ、ＩＣカードをかざすと残額を教えてくれるアプリがあって」

『便利だな』

くつくつと三崎が笑う。その自然な笑い方には親しみが持てた。が、今はそれに流されてはいけない。

「お金をお返ししたいんですが」

『いらないよ。そのまま使ってくれ。交通機関だけじゃなく買い物にも使えるだろう』

「だめです。パンもいただいてしまったのに、お金までいただく理由はないですから。振込先を教えていただけませんか」

(会えるなら……会いたいけど)

　また会いたい、もっと話してみたいと思っていた。これきり縁が切れてしまうのは寂しい。だから本当は直接返したかったけれど、知らない場所に一人で行くのは難しい。それに、行くと言えば、三崎のことだから家まで取りに来てしまいそうな気がした。

『じゃあ、頼みごとをしてもいいか。お金のかわりにしてほしいことがある』

　なんだろう。点字の確認とか、視覚障がい者特有の何かなのだろうか。

「僕にできることは限られてますけど……お金はお返ししますけど、何かお手伝いできることがあればさせてください」

『……わかった。じゃあ金は月に千円ずつ頼む』

「千円……？」

　それでは返済に一年以上かかってしまう。やはり金銭的な余裕がないと思われているのだろう。

『ああ。その都度、一緒に食事をしてほしいんだ』

「しょくじ……え、ご飯ですか」

『一人暮らしで食事が味気ない。返済は口実だ。付き合ってくれたら助かる』

　つまり、輝にお金がないから千円と言っているのではなく、回数を重ねるために——というていにしてくれているということだろうか。けれど口実だとストレートに言ってくれるところに好感が持てた。それに、また会えると思うと嬉しかった。しかも食事ならゆっくりと話すことができる。

『何が食べたい？　好き嫌いやアレルギーはあるか』

2

どうやら決定事項らしい。しかし強引さは感じない。

「いえ、どちらもありません。なるべく早くお返ししたいんですが、最短だといつが空いてますか?」

『そうだな、明日——いや、明後日《あさって》の夜でもいいか』

約束は十九時に決まった。


返済が目的のはずなのに、懸念していたとおり、三崎はアパートの前まで迎えに来てくれた。

輝を助手席に乗せた三崎が運転席に戻ると、車が滑らかに動き出す。走行音はほとんどしない。曲がる度にどこかからきしんだ音がした両親の車とは大違い。

輝の両親が使っていた車は軽ワゴンだった。花屋をしていて、仕事と家庭の兼用だった。だから乗るといつも花の香りがしていて——。

(これは高級車なんだろうなぁ……)

そういえば初めて会った日の帰りも、お礼と言って持たされた封筒には重みがあった。

静かな中にエンジン音とエアコンの冷気を送る音だけが聞こえる。振動も少ない。乗っていて心地がいい。

でも静かな車は、歩いているときは少し怖い。突然、すぐ近くからプッとクラクションを鳴らされたことが何度もあった。

「なんでもいいと言っていたから、和食にした。個室を予約してある」

「個室……」

高級な店なのではないだろうか。手持ちが足りるか不安になる。

それに普通の服を着てきてしまった。なるべく新しいものを選んできたつもりだけれど、シミがあったらどうしよう。首元もくたびれていないか触れて念入りに確認したつもりだけれど、急に不安になってくる。

「すまない、知り合ったばかりで個室は怖かったか」

気が回らなくて悪かった、と謝られ、勘違いさせてしまったことを悟る。

「いえ、怖いなんて全然！　まったく思ってません。どんなお店なのかなって」

慌てて取り繕《つくろ》ったけれど、焦りは伝わってしまっただろう。しかし三崎は「そうか」と軽く笑って流してくれた。

「メニューはいろいろある。丼ものもあるし、麺類も」

「よく行かれるお店なんですか」

「ああ。懇意《こんい》にしているから、それなりに融通は利かせてくれるよ」

個室のお店を懇意にしている。なんだか違う世界のような話。

自然と上体が前に傾き、車が減速を始めたことを知る。ふわ、とまた三崎の香りがした。胸の前に、三崎の腕が伸ばされているのを感じる。

守られている。そう思ったら、頬が熱くなった。自分の気持ちをごまかすかのように、勝手に口が動く。

「あの、香水をつけてますか」

「くさいか」

「いえ、いい匂いだなって」

「今日は食事だからつけてなかったんだが、染みついてるのかもしれないな」

スンスン、という音がする。きっと腕か何かの匂いを嗅いでいるのだろう。

「三崎さんの香りって感じがします」

「そうか？　家に帰る頃には北川くんも同じ匂いになってるかもな」

ただ匂いがつく、という意味で言っただけだろう。けれど親密な関係になったと勘違いをしそうになる。

「もう着くよ」

(別に変な意味じゃないのに)

違う、と心の中で何度も自分に言い聞かせる。

車が止まると、すぐに三崎が車を降りた。シートベルトを外していると、助手席のドアが外側から開かれる。

「さあ、おいで」

左手を支えてもらい、車から降りる。

店は、靴を脱がなければならなかった。上がり框《がまち》に座らせてもらい、脱いだ靴を洗濯ばさみでまとめる。一段上がると、畳の感触。三崎に女将《おかみ》を紹介され、挨拶を交わす。

「では、ご案内いたします」

「あ、すみません、待ってください。白杖が――」

外で使っているものだ。室内で使う気はないが、このまま持ち込むわけにはいかない。

石突《いしづき》を拭くのを待ってほしい――そのように続ける前に、三崎が答えた。

「初めての場所で白杖を手放すのは怖いんじゃないか」

「あ――」

きっと三崎は、輝がここに白杖を置いていってもいいか訊こうとしていると思ったのだろう。

「ええ。白杖は北川さまの目でございます。どうぞそのままお持ちくださいませ。お手洗いの際もご案内いたしますが、室内でもお使いになってください」

二人の理解と気遣いがありがたかった。三崎のことは信用しているし、車の危険のない店内だ。介助だって任せられる。けれどそんな二人の気持ちを無下にはしたくなかった。

「ありがとうございます。でも汚してしまいますから。すみませんが拭く間、ちょっと待っていただけますか」

持ち歩いているウェットティッシュで石突を拭く。事前に知っていれば折り畳み式の白杖を持ってきたけれど、仕方ない。

ゴミを引き取ってくれた女将の声を追って、三崎の腕を握って廊下を歩く。広い店かと思ったが、部屋は入り口のすぐ近くだった。

「畳だが、座敷じゃないよ。手を貸してごらん」三崎が輝の手を動かしながら説明をしてくれる。「ここがテーブルの端、こっちが椅子の背もたれだ。座面はこの高さ」

(……あれ)

必要な情報がすべて揃っている。一昨日駅で会った時よりも、介助に詳しい。

礼を言い、座面の大きさを確認しながら腰を下ろす。三崎は輝が腰を落ち着けるまで隣にいてくれた。それが、座りそびれたときに転げ落ちないようにという配慮だとわかって嬉しくなる。

三崎が輝のそばから離れた。椅子を引く音、それから正面に座る気配。

「ご飯ものと麺類、どちらがいいかな」

「じゃあご飯系で」

一からすべてメニューを読み上げるのではなく、先にジャンルで絞ってくれる。やはり、三崎は視覚障がい者の外食時の介助方法を知っている。

「定食のようなものは丼にまとめてくれるから、食べやすさは気にしなくていい」

「え」

「融通が利くと言っただろう？　苦手なものは抜いてくれるぞ」

いたずらっ子のような声に、思わず笑う。

「三崎さん、嫌いな食べ物があるんですか」

「ない、と言いたいところだが、好んでは食べないくらいのものはあるよ。出されたときに残すことはしないが」

何なのかは教えてもらえない。もしかして子どものようにピーマンが苦手だったりするのだろうか。

もう少し会話を続けたかったが、注文が遅くなってしまう。

「肉は一口大に切ってくれるし、魚は骨を取ってくれる。だから箸《はし》でもスプーンでも手間なく食べられる」

ここでも心配事を先に取り除いてくれる。

（すごい……）

こんなふうにしてもらえるなんて――そうか、と気付く。普通のお店ではなかなかそこまではしてもらえない。だからきっと気心の知れた店に連れてきてくれたのだろう。

しかし、値段が気になった。輝の分だけでなく、三崎の分の支払いもある。でも訊きづらい。

（二万円で足りるかな……）

「あの、三崎さんは何を召し上がるんですか」

「真鯛《まだい》の釜めしにしようかな――ああ、言い忘れた。値段はどれも千円前後だ」

（あ……）

値段を気にしていることまで察してくれたのか。気を遣わせて申し訳ないが、ありがたい。

（価格も僕の基準に合わせて連れてきてくれたんだ……）

なんて気遣いのできる人だろう。おかげで好きなものを選ぶことができる。

「じゃあ僕も釜めしがいいです」

女将を呼ぶと、三崎は他にも、てんぷらや刺身の盛り合わせを注文した。

二人きりに戻ると、静かな空間に緊張した。

三崎は今、どこをどんなふうに見ているのだろう。気になるけれど、それを見ることは叶わない。

こんな時『目が見えていれば』と思う。そうしたらたとえば店内の置物の話とか、相手がしている時計の話とか、そういう話ができたのに。

「北川くんは、指の動かし方がきれいだよな」

「……え？」

唐突な発言。脈絡がなさすぎて、褒められているのかどうかもわからない。

「おそらく、指で物の位置や状態を確認するからなんだろうが、がさつさがない」

「そうですか？」

「見習わないとな、と思うよ」

三崎が静かに笑う。

これはたぶん、褒められているのだろう。けれど単に距離感がわからないので、怖くてそっとしか触れられないだけだ。

「手もきれいだ」

きっと今、手を見られているのだろう。なんとなく手を膝に下ろしたくなるが、意識していると気付かれてしまいそうでそれもできない。

「毎日仕事、大変じゃないか」

「あ——いえ、毎日は働いていないんです。体力も使いますし、通勤とかで気も張るのでなかなかフルタイムでは働けなくて。なので、週に四日だけ」

「働こうと思えるだけで尊敬するよ」

「中途失明者は生活に慣れるだけで精いっぱいだと思うんですが、僕は生まれつき見えないので」

「——そうなのか」

少しの間《ま》は、驚きだろうか。

「はい。光も感じないんです」

輝は笑ったが、三崎は静かなままだった。

「僕が生まれた時は、目が見えないってわからなかったそうで。だから輝って名前なんです」

「いい名前だ。漢字は？」

「ありがとうございます。輝《かがや》くって書くそうです」

「北川くんに合ってる」

「そうですか？」

「ああ。一緒にいると、こちらが明るくなる」

ストレートな言葉。なんだかじっと見られているような気がして、指先まで熱くなる。

なんて返そうか——思いつかず焦っていると、お茶が届いた。

三崎が、輝の手にグラスを触れさせた。ここはお茶もうまいぞ、と三崎が産地にこだわっているらしいことなどを教えてくれる。

「——週に四日、仕事の曜日は決まってるのか」

「はい。月水金土です。火曜と木曜と日曜と、あとは祝日が休みです。三崎さんは？」

「俺はだいたい休みなく働いてるな」

「え……そうなんですか？」

「だから、こうして息抜きをさせてもらえると助かる」

「僕が相手では疲れてしまいませんか。その、いろいろと気を遣わせてしまいますし……」

「北川くんは俺の周りにはいないタイプだからな。楽しいよ」

一瞬、障がい者というくくりかと思った。しかし三崎の声にそのような色はない。

「三崎さんの周りって——」

訊きたかったのに、廊下から「失礼いたします」という女将の声が聞こえた。

「ああ」

三崎が答えると、引き戸の開く音。それから揚げ物や香ばしい出汁《だし》の香り。一気に空腹を感じ始める。

女将はひとつひとつ、食べ物の名前を口にしながらテーブルに置いた。

「北川さまのお食事はすべて丼に移させていただきました。お箸とスプーン、フォークもご用意しております。右手側に並べておりますので、お使いくださいませ」

女将が挨拶をして部屋を出ていく。

「丼は左手の前。みそ汁はその右、三時の方向。お茶は二時の方向に置かれている。少し離してあるから飲みたかったら触れさせるよ」

やっぱりそうだ。クロックポジションを知っているということは、三崎は介助の方法を学んでくれている。

「どうした？　何かわからなかったか」

「いえ……あの、初めてお会いした時は、どうしたらいいかわからないとおっしゃっていましたよね」

「どうしたら？」

「その、接し方というか、介助の方法を」

初対面の時と、三崎の様子は明らかに違っている。

「勉強してくださったんですよね」

「……ああ」

あまり芳《かんば》しくない相槌《あいづち》だった。言わない方がよかったのだろうか。

「あの……」

「すまない。本は買ったんだが、なかなか読む時間を取れなかった。だから勉強したと言えるほどじゃないんだ。一昨日の駅でも怖い思いをさせただろう」

「いえ、すごくありがたかったですし、嬉しかったです。まさか勉強していただけるなんて思ってなくて。今もクロックポジション、わかりやすかったです。それにテーブルや椅子への導き方も。おかげで安心して座れました」

休みなく働いていると言っていたのに。

（あれ……もしかして電話で明後日って言い直したの、勉強する時間を取るためだった……？）

駅で会ったのは偶然だったけれど、今回は事前の約束があった。駅での案内が怖かっただろうというのも、帰宅後に本を読んで知識が増えたからなのではないだろうか。

本人に確かめたわけでもないのに、顔がにやけそうになる。

「まだ難しい。どんな情報が必要なのか、どのように伝えたらわかりやすいのか、教えてもらえたら助かる」

「ありがとうございます」

これまでは存在さえ意識していなかったであろう視覚障がい者のことを考えてくれる人が増えた。それだけでとても心強いというのに。

手を合わせて食事を始める。

「一人暮らしと言っていたな。普段は料理も自分で？」

「はい。手の込んだ料理はできないですけど、自分が食べるだけですから」

「すごい――と言うのは失礼かな。だが、俺は見えていても料理ができない」

「普段はどうしてるんですか」

一人暮らしだと言っていた。どこかで買うか、外食しているのだろう。どういうところで食べるのだろうか、という単純な気持ちでの質問だった。しかし、返事には少しの間があった。

「……食べに出ることが多いかな。たまに祖父のところで食べることもあるが」

「そうなんですね」

あまり訊いてはいけないことだったのかもしれない。深くは訊かず、さらりと流して食事を続けた。

「ごちそうさまでした」

「デザートは何がいい？　俺は食べたことがないが、ここのデザートはすべてうまいらしい」

それは誰の感想なのだろう。なぜか嫉妬のような感情を抱いてしまう。

三崎がメニューを読み上げる。

あんみつに、ゆずのシャーベット。あずきのシェイクまであった。

「二つでも三つでも好きなだけ食べるといい。時間はあるよ」

「……どれもおいしそうです」

素直な気持ちを吐露《とろ》すると、三崎の声がどこか嬉しそうなものに変わった。

「若いんだから、遠慮なんて必要ない」

「もう二十六ですよ」

「忘れたか？　俺は三十七だ」

三崎は自嘲的に言うが、輝にとってはその落ち着いた雰囲気に安心できるし、大人ならではの気遣いができる人だと好意的に感じていた。一緒にいて心地いい。楽しい。もしかしたら年上の友達がいないからかもしれない。両親もいないし、なんとなく甘えたくなるような雰囲気。

「大人でかっこいいです。こんな素敵なお店もご存じで」

「ここは教えてもらったんだ。静かだし、飯もうまくて気に入ってる。でも俺がプライベートで人を連れてきたのは北川くんが初めてだよ」

「っ……」

自分が初めてなんてまるで特別扱いされているみたい。でも三崎はモテそうだから、さらりと相手が喜ぶことを言うのが癖付いているだけのような気もする。そんなふうに思うと少しだけ、心が萎《しぼ》んだような気がした。

三崎が、思い出話をするようにつぶやく。

「そういや、あずきのシェイクが絶品だと言っていたな」

「三崎さんにここを紹介した方が召し上がったんですか」

「ああ、祖父だよ。甘党なんだ。医者に止められても甘い物はやめられない、甘い物を食べられないなら生きている意味がないとまで言って、ここにはデザートだけを食べに寄ることもあるらしい」

「え……あのおじいさんが、ですか」

「後から聞いたら、北川くんの世話になったあの日も甘味屋《かんみや》に行っていたらしい。饅頭だかようかんだかが食べたかったとかで」

（そっか、おじいさんだったんだ……）

三崎の特別な誰かではなかった。そう考えた自分に驚く半面、急速に甘い物への欲が復活する。

「いい年して周りに迷惑をかけて、申し訳ない。だが見つけてくれたのが北川くんでよかった」

「いえ、僕は別に」

「祖父も北川くんのことを、最近の若者なのにとてもかわいくていい子だったとずっと言い続けているよ」

「そんなことは――」

源一郎からしたら若いのかもしれないが、大人だ。盲学校という限られた社会で育ったので、晴眼者《せいがんしゃ》ほどしっかりはしていないかもしれないけれど。

「俺も同じように思ってる」

さらりと言われ、動悸《どうき》がした。言葉の意味を考えてしまうと今度は全身熱くなってしまいそうだったので、深い意味はないと自分に言い聞かせる。

「あ、あの、抹茶のあんみつをお願いしてもいいですか」

「飲み物は？　コーヒー以外だとジュースか、ほうじ茶とかのお茶系になるが」

「コーヒーを飲めないの、覚えていてくださったんですね」

「かわいいと思ったからな」

かわいい。今回のその響きは、ただの子ども扱いだった。なんとなく胸の辺りがもやもやする。

三崎が女将を呼んだ。注文を聞き、空いた食器を下げて戻っていく。

今のうちに、とリュックを開ける。

「あの、これ、本当にありがとうございました」

用意してきた茶封筒を差し出す。中身は約束とは違う全額の一万五千円。これで関係が終わってしまうと思うと寂しかったけれど、お金の貸し借りはしたくなかった。

「いらないよ」

「だめです。いただく理由がないですから」

きちんと返したい、と心を込めて強く伝える。

「……わかった」

三崎が封筒を持った感覚がしたので手を離す。すぐに聞こえる紙の音。

「……食事は嫌だったかな」

中身を確認してくれたのだ。

「いえ！　違います」

「じゃあ、これからも誘っても？」

「あ……はい、ありがとうございます。でも負担になってしまいませんか」

「そう思ってたら誘っていないよ」

　でも、三崎の性格はなんとなくわかっている。誠実で真面目。だから祖父を助けてくれた恩人というイメージがあるはずなのだ。そして同時に、両親を亡くして一人で頑張って生活している障がい者というイメージも。

「さっきの話だが」

　三崎が唐突に話し始める。

「俺の周りは無骨《ぶこつ》な男ばかりなんだ。だから北川くんのような子はいない」

「無骨……」

「運転手と話した時、無愛想だと思わなかったか」

「あ……や……」

　思っていても、同意はしにくい。それに「運転手」と言ったのが気になった。

「あの方はお友達とかではなく、三崎さんの運転手さんだったんですか」

「ああ。まあ、毎回同じ人間というわけではないが」

　三崎はいったいどんな立場の人なのだろう。ただ、とても偉い人なのだろうことは察しがついた。

「北川くんといると癒やされる」

「本当ですか」

「本当だ」

　嬉しかった。仕事でも同じようなことを言ってもらうことはあるけれど、それは指圧マッサージの結果のこと。輝の人間性によるものではない。

　三崎が「次の食事は」と言いかけた時に聞こえた女将の声。毎回、なんだかいいタイミングで入ってくる。

　三崎もそう思ったのか、それともそんな顔を輝がしてしまっていたのか、どこか笑いを含んだような声で「どうぞ」と応えた。


　ウインカーの音。それから、三崎が左に曲がると教えてくれる。

「ごちそうになってしまってすみません」

「いいんだ。それより次は何が食べたい？　北川くんの気に入りの店があればそこに行こう」

「あ……ごめんなさい、外食しないのでお店を知らなくて」

「それは……子どもの頃から？」

「いえ、両親は目が見える子と同じ経験をさせたいって、いろいろ連れて行ってくれてました」

　しかし今の輝に、外へ連れ出してくれる人はいない。自分で出るか、ひきこもるかの二択しかないのだ。だから輝は両親亡き後、外に出るときは自分の力で、自分には無理そうだと思えばしないという選択の中で生きてきた。

「思い出の店があればそこに行こう」

「いえ、普通のファミレスでしたから。気軽に入れて、コップがプラスチックのところです」

「そうか。倒しても安全だな」

　三崎の声が穏やかになった。まるで輝と一緒に過去を懐かしんでくれているかのよう。

「はい。両親は経験だけじゃなく、行動も目が見える子と極力同じにできるようにって、そういう意味でも外食に連れ出してくれていたんです。家だとつい気を抜いちゃうけど、外だとしっかりしないといけないじゃないですか。コップ一つ置くにもお皿の配置や他の人との距離がわかっていないとどこに置いたらいいかわからないですし。だから食事はおいしくても疲れ果ててぐったりって思い出でもあるんですけど」

輝が笑うと、今度は三崎も笑った。

「スパルタだ」

「でも、そういう方針のおかげで一人暮らしもできるようになりましたから」

「じゃあ、今日の俺は手を出しすぎたかな」

「いえ。とても的確に必要な情報を教えてくださいました」

「よかった。だが、もう北川くんは大人だろう？　だから甘やかしてもいいよな」

「……え？」

逆じゃないのか。

「すべきことはできるんだ。今からしつけや練習は必要ない。次はもっと気楽に食べてもらえるようにするよ」

「いえ、そんな――その、やっぱり店の構造とかメニューの読み上げとか、大変じゃないですか」

「いや、少しも。車のない友人と遊ぶときに迎えに行くとか、酔っぱらったやつに水を渡すとか、そういう感覚だな。そのときに一緒に過ごすために必要なことをしているだけだ」

やはり心根が優しいのだ。育ちもいいのかガツガツしておらず、心に余裕がある。

「だが、そうは言っても逆に北川くんが疲れてしまうか――じゃあ、次はうちに来ないか。何かデリバリーを取ることになるが、外食よりは気楽だろう？　フローリングだからこぼしてもちらかしても、気にすることはない」

ありがたい気遣い。けれど、やはり知らない場所は気を張ってしまう。それでなくても、年上の魅力的な人に会うというだけで緊張するのに。

「コップや皿はプラスチックのものを買っておくよ。割れるのはかまわないが、気になるだろう」

そこまで言ってくれるのなら——そこまでしてでもまた会いたいと思ってもらえていると思うと嬉しかったし、輝自身も許されるのなら会いたかった。

「あの、じゃあ次はうちにいらっしゃいませんか？」

「いいのか？」

今度は少し驚いている。家に呼ばれるなんて予想していなかったのだろう——それなのに自身は自宅に誘ってくれていたのか、と思うとなんだか可笑《おか》しい。

「大したものは作れないし、見た目もいびつだと思うんですけど」

車がゆっくりと止まった。サイドブレーキが引かれた音。着いたのだろう。でもそのまま会話は続いた。それが嬉しかった。

「迷惑でないのなら。嬉しいよ」

笑っている。声と気配が一層柔らかくなった。

「あ、けどうち、電灯がないんです。だから明るい時間しか無理なんですけど……お仕事は大丈夫でしょうか」

目の見えない友達だったら時間など関係がない。けれど三崎は明かりがないと過ごせないだろう。

「電灯がない？」

「はい。引っ越してきた時は両親が来たとき用につけてたんですけど、実は気付かずにスイッチを押して、電気をずっとつけっぱなしにしちゃったことがあって」

「つけっぱなしだと、どうしてわかったんだ？」

「電気代がいつもよりすごく高くなってて、それで」

「……どうやって電気代がわかるんだ」

どんどん話が逸れていくが、三崎が興味を持ってくれたことが嬉しかった。

「毎月、点字明細書っていうのを送ってもらってるんです。銀行口座の。それで引き落としの額とか残高がわかるんです」

「なるほど、勉強になった。仕事は調整が利くんだ。昼に伺うよ」

「ありがとうございます」

今回もまた、車のドアは三崎が開けてくれた。そしてシートベルトも外して、手を取って車から降ろしてくれる。

「部屋まで送る」

「いえ、大丈夫です。えっと方角は――」

そこまで言って、次は家に来てもらうのだと思い出した。

「あの、やっぱり部屋までお願いしてもいいですか。その、部屋の場所を。って言っても、一〇一なので一番手前なんですが」

土の地面を過ぎ、一段上がって部屋の前の通路に入る。

「ここだな」

「はい。あの……」

今日は楽しかったし、また会えると思うと嬉しい。でも、まだ離れたくない。話し足りない。もっと三崎のことを知りたいし、自分のことを知ってほしいとも思う。しかし駐車場も電灯もない。少しお茶でも、という言葉を無理矢理呑み込む。

「たまに電話してもいいか」

「あ——はい、ぜひ」

輝の気持ちを汲《く》み取ってくれたのか、同じように思ってくれたのか。確かめることはできない。

「本当にありがとうございました」

「こちらこそ。楽しかった」

「僕もです。……じゃあ、おやすみなさい」

「ああ、おやすみ」

三崎が離れる気配はない。玄関ドアはすぐ前にあるのに、きっと見届けてくれるのだろう。

「入ったら、すぐに鍵をかけるんだよ」

「はい」

兄がいたら、こんな感じなのだろうか。でも少し過保護だ。けれどそれが嬉しい。

もう一度おやすみなさいと言って部屋に入る。鍵をかけると、ようやく歩き去る足音が聞こえた。

(……帰っちゃう)

その場で耳を澄ませ、三崎の気配を追う。

もう足音は聞こえない。車の音も、結局聞こえることはなかった。


お礼の電話は、何時にすればいいだろうか。

昨夜、余韻に浸るべく連れて行ってもらった店をインターネットで検索したら、千円なんてとんでもない、その三倍から四倍の値段だった。

三崎がついてくれた優しい嘘を暴くつもりはない。しかし何かしらのお礼は必要だった。かといって電話をしてもいいタイミングがわからず、せめて着信だけでも残しておこうかと思った昼の時間、三崎からの着信があった。

『今仕事中か？』

「いえ、昨日からお盆休みなんです。あの、昨日は本当にありがとうございました」

『俺も楽しかったよ。休みなら食事——いや、お茶でもどうかな。うまいパフェの店があると聞いてきた』

「パフェ……」

食べたい。が、こぼしやすいものだ。それに三崎が言い直したのは、輝が外での食事は負担だと伝えてしまったからだろう。

『あと、うまいたい焼きの店もある』

なんだか甘い物で釣ろうとされているみたい。しかも「うまい」というのは三崎の感想ではなく源一郎の感想だろうし、そんなお店に行っても、三崎は食べるものがないだろうに。そう思ったら、なんだか可笑しくなってしまった。

輝の笑い声が聞こえたのか、三崎がいぶかしげな声を出した。

『どうした』

「もしよかったら、うちにいらっしゃいませんか。おもてなしとか、うまくできないですけど」

『じゃあ、お言葉に甘えて』

素早い決定。まるで早く会いたいと言われているみたい。

2

「あの、もしお昼がまだならご一緒にいかがですか」

『じゃあ買って行く。何がいい？』

目の見えない人が作る食事は、不安なのだろうか。しかしすぐに違うと思い直す。きっと三崎は輝の負担にならないようにと考えてくれたのだ。

「お任せしてもいいですか」

『もちろん』

三崎は一時間はかからないと思うと言って電話を切った。

（へ、部屋掃除しなきゃ！）

転ぶし、把握できなくなるので室内はいつでも片付いている。けれど目が見えない分、掃除には自信がなかった。

（こんなことならもっとちゃんと掃除訓練を受けておくんだった……）

しかし、小学部時代の生活訓練を今さら後悔しても仕方ない。大急ぎで掃除機をかけ、フローリングに這いつくばって、手でゴミが落ちていないかを確認する。

キッチンのシンクを洗い終えたところで、電話が鳴った。

「今近くのコインパーキングに車をとめた。数分で着くが、大丈夫か」

「はい。お待ちしてます」

ドキドキした。昨日よりも緊張しているかもしれない。

緊張をほぐすべく自身の胸をぽんぽんと叩いた時、服が濡れていることに気が付いた。水回りを洗っていた時に跳ねたのだろう。大慌てで服を脱いで洗濯機に放り込み、押し入れからTシャツを引っ張り出す。頭を通した時、チャイムが鳴った。

2

「あっ、はっ、はーい！」

Tシャツから腕を出し、玄関ドアの鍵を捻る。

「危ないぞ」

三崎の第一声は注意だった。

「もし知らない人だったらどうする。開ける前に確認しないと」

怒っている口調ではなかった。柔らかい諭《さと》し方。けれどまさか出会い頭《がしら》にそんなことを言われるとは思っていなかったので、拍子抜けして緊張がほぐれた。

「――忙しかったか？」

「え？」

「髪が跳ねてる。それにTシャツ、前と後ろが逆になってるよ」

「あっ！」

三崎の軽い、くすくすという笑い声。いつでも閉じっぱなしの目をぎゅっと閉じ、「どうぞっ」と声を絞り出す。

玄関からまっすぐ伸びる廊下の左手にキッチン、右手にユニットバス。その先にある居室に三崎を通す。

「今さらですけど三崎さんには狭いかも……座れますか」

「ああ」

居室に通すと、ビニール袋をテーブルに置く音が聞こえた。

断ってユニットバスに引っ込み、Tシャツを着直してタグが左脇腹にあるか確かめ、最後に髪を撫でつける。

2

「すみません、お騒がせしました……」

「そのままでもよかったんだが、首が苦しそうだったたから」

　まだ笑っているようだった。けれど声とともにビニール袋をいじる音が聞こえる。

「オムライスを買ってきたよ。あとプリンも。冷蔵庫に入れてもいいか」

「わ、ありがとうございます。嬉しいです。でも僕が自分で。場所が変わってしまうと、どこに何があるのかわからなくなってしまうので……」

　素直にそう言えば、三崎はじゃあよろしくと言って手に箱を持たせてくれた。冷蔵庫に片付け、キッチンで麦茶をグラスに注ぐ。

「あの、どの辺りに座っていらっしゃいますか」

「テーブルとベッドの間だ。ベッドに寄りかからせてもらってる」

　輝がよく座っている場所だ。そこに三崎がいるのだと思うと、どこかふわふわした気分になる。

　廊下側に輝も腰を下ろし、コップを右斜め前に置く。

「ありがとう――部屋、きれい好きなんだな」

「単に管理しきれないから物が少ないんですよ」

　ワンルームなのでご飯を食べるのも、寝るのも同じ部屋。部屋に入って右の壁際《かべぎわ》にベッド、中央にローテーブル。三段のカラーボックスに細々としたものを片付けていて、テレビはなく、あるのは最低限の白物家電とラジオくらい。

「片付けを面倒くさがってその辺に置きっぱなしにしちゃうと、見つけられなくなっちゃうので。痛い思いもしたくないですし」

「痛い思い？」

「寄宿舎で一緒だった友達がしょっちゅう物を置きっぱなしにしていて、よく踏んだんです」

思い出すだけでため息をつきたくなるが、明るくて正義感が強く心根の優しい元ルームメイトは輝と同じ甘党で、今でも輝の一番の友達だった。

「その点、この部屋は安心だな」

ええ本当に、と笑って答えながら財布を出す。

「ご飯、おいくらですか」

「気にしないでくれ。蓋《ふた》を開けて、北川くんの正面に置くよ」

ふわりと香ってくるデミグラスソースとケチャップの香り。一気に食欲が爆発する。

「すみません。ありがとうございます。おいしそうです！」

スープはオムライスの右側に置かれた。両手を合わせて食べ始める。

「――本当に慣れているんだな」

急いで飲み込み、会話に備える。

「昨日も思ったが、うまいものだなと思って」

「そうですか？　まあ、これまで一度も見えたことがないので、感覚です。でもちょっと緊張してます。家に人がいるなんてあまりないから」

「そうなのか。友達は？」

「盲学校の友達なので、なかなか行き来はできなくて。それでもたまーに泊まりに来ますけどね」

「友達はどこで寝るんだ？」

「一緒にベッドで。くっついて寝れば落ちないんですよ、意外と」

三崎は何も言わなかった。ベッドは普通のシングルサイズだ。来客用の布団もないなんて貧乏くさいとか、いつまでも子どものノリだとか思われただろうか。

「ベッドは小さいですけど僕も友達も小柄なので。もし落ちても笑い話になりますし」

「……そうか」

三崎の声は低かった。表情が見えない分、不安になる。

「……あの……すみません、僕変なことを」

「あぁ、いや、すまない。友達が羨《うらや》ましいなと思って」

右斜め前から、スプーンを動かす音が聞こえる。たぶん、この話題はもう終わりということなのだろう。

輝も食事を再開した方がいいと思いながら、それでもこの空気感をどうにかしたかった。

「あの、実はお願いがあって」

「何かな」

三崎の声のトーンは、もう普段のものに戻っていた。気にしすぎていたのかもしれない。心が楽になる。

「おじいさんのお見舞いに伺わせていただけませんか」

「見舞いに？　面倒じゃないか？」

（……面倒）

三崎の感情が読めて、笑ってしまった。血縁関係だからこそ言えるのだろうが、可笑しい。

「はい。面倒じゃないです。ちょっとお会いしただけで図々しいというか、踏み込みすぎかなとも思ったんですけど……」

しかし何かの縁だ。それに今は、三崎の祖父という印象も強くなっている。

「喜ぶよ。じゃあ、この後行こうか」


「北川くんじゃないか！」

「こんにちは。突然お邪魔してしまってすみません」

「いやいや。来てくれたのか。嬉しいよ。さあ、こちらへお座り」

嬉しそうな声に出迎えられ、照れくささを感じながら源一郎に歩み寄る。声の反響から感じていたとおり、部屋はかなり広いようだった。

「北川くん、ここに」

介助してくれていた三崎が触れさせてくれたのは、布張りのソファだった。

座りながら、源一郎が好きだというたい焼きの入った紙袋を差し出す。

「これ、よかったら。全部違う味です」

「おお！　ありがとう。北川くんも食べるだろう？　隆司、全部半分に切ってくれ。おい、たい焼きの切り方は――」

「左右ではなく上下、でしょう」

「わかっておるならいい」

「何度切らされたと思っているんですか」

二人のやりとりに思わず笑う。

「おい、隆司のせいで北川くんに笑われてしまったじゃないか」

「私のせいですか」

2

「さあ北川くん、何味から食べる？」

源一郎のマイペースさにさらに笑う。

「いえ、僕は。廊下にどなたかいらっしゃいませんでしたか。あの方たちはおじいさんとは関係ないんですか」

源一郎や三崎の空気が一瞬張り詰めたような感じがした。

「あの……？」

「彼らはいいんだ」

「いいって……」

三崎の様子がいつもと違う。

「すごいね、北川くん。気配がわかるのかい」

「はい。なんとなくですけど。最初は立ち止まって避《よ》けてくれただけなのかと思ったんですけど、歩き出す気配がなかったので」

「鋭いね。だがいいんだ」

言い切った源一郎に、たい焼きを手渡された。話しながら食べる。

「そういや北川くん、あの店のデザートはどうだった？　何を選んだのかな」

あの店、というのは三崎が連れて行ってくれた和食屋だろう。三崎は源一郎に紹介された店だと言っていた。

「理事長」

割り込むように三崎が呼んだが、源一郎は答えなかった。何か、輝には感じ取れないやりとりがあったのだろうか。

源一郎が重ねて問う。

「口に合うものはあったかな」

「あずきのシェイクとどちらにするか悩んだんですが、抹茶のあんみつをいただきました。濃厚ですっごくおいしかったです」

「ああ、あれは本当にうまい。あそこは甘味も絶品だからね。今度そちらにも一緒に行こう。抹茶アイスのもなかなんていくらでも食べられるよ」

しばらくおすすめの甘味屋談義をしていると、ドアがノックされた。

「あ、長居《ながい》してしまってすみません。僕はこれで」

「せっかく来てくれたのにすまないね。今度うちに遊びにおいで。犬がいるよ。隆司、そこのお菓子を北川くんに」

「いえ！　突然すみませんでした。早く退院できますように」


三崎の運転でアパートに着くと、「もう一度部屋にお邪魔していいか」と問われた。

「見舞いで集まった菓子を持ってきた。中身や賞味期限を伝えるよ」

「えっ、すみません。ありがとうございます」

「実は賞味期限が、というのは建前だ」

いたずらっぽく告げた三崎が「車をとめてくるから部屋に入っていてくれ」と言って走り去っていく。ぼうっとその場に立ち、そこで頂き物の袋を持たされていないことに気が付いた。

（たぶん、この辺に置かれてはない、よね？）

2

三崎のことだ、おそらく持って来てくれるのだろう。

後で礼を言うことにして部屋に入ると、トイレを済ませたタイミングで三崎が部屋に戻ってきた。

「ただいま、と言いたくなるな。落ち着く」

「そうですか？　じゃあ、おかえりなさい」

そんな挨拶をするのはいつぶりだろうか。両親がいた頃を思い出す。

部屋に通し、お茶を出す。

「何かメモ――いや、どうにか触ってわかるようにしたいんだが」

「じゃあ、品名と賞味期限を読み上げていただいてもいいですか？　点字で打ちます」

「そんなことができるのか」

はい、と答えながら棚から使い慣れた点字器を出す。

三崎は驚いたようだったが、さっそくお菓子の期限を読み上げた。

伝えてもらった内容を、紙に点筆《てんぴつ》で打っては貼っていく。

「たくさんいただいてしまってすみません」

「祖父は、医者から甘い物を減らすように言われてるんだ。食べてもらえると助かる」

三崎は箱に最後の点字を貼り終えると、また遊びに来させてくれと言って帰っていった。

一人になった部屋で、大量のお菓子を前に膝を抱える。

(もうちょっと一緒にいたかったな)

しかし三崎も忙しいだろう。あまり引き留めては、今後もう来てくれなくなってしまうかもしれない。

(……お菓子、たくさん)

2

嬉しい。けれど三崎と一緒に食べられたらもっと嬉しかったのに。

（せっかくだし、勇気《ゆうき》を呼ぼうかな）

三崎と話しながら元ルームメイトである勇気のことを思い出していたので、無性に会いたくなってしまった。急な誘いだけれど、勇気はフットワークが軽い。携帯の音声ナビがあればどこへでも一人で出掛けて行くタイプだし、何よりお菓子があると言えば都合が悪くない限り来てくれるだろう。

さっそく、勇気に誘いの電話をかけた。

3

「久しぶり！」

元気な勇気の声とともに、外の熱気が玄関に流れ込んだ。

「いらっしゃい。来るのは一年ぶりだよね。迷わなかった？」

「僕、輝みたいに忘れっぽくないしどんくさくないから」

「よく言うよ。学校でしょっちゅう忘れ物して怒られてたくせに」

笑いながら勇気を部屋に通す。

「全部箱に点字が貼ってあるから」

「すごい量だね。誰からもらったの？」

箱を確かめる勇気に、倒れた源一郎を蹴飛ばしてしまったところから、昨日までの出来事を話す。

三崎がわざわざ点字を貼ってくれたことまで伝えたときには、輝も勇気もお菓子を三つずつ食べ終えていた。

「輝、ついに人様まで蹴るようになったんだ」

「ちょっと！　どういう意味？」

「泊まりのとき、毎回僕のこと蹴るじゃん」

「そう言う勇気は、毎回僕の手とか踏むじゃん」

「踏まれるようなところにいるからだよ」

「蹴られるようなところにいるからじゃん」

二人で笑い合い、それぞれ食べたいお菓子に手を伸ばす。

勇気とは盲学校の幼稚部から一緒で、大きくなってからは同じ寮に入っていた。もう友達というより兄弟、家族に近い。

「ね、その三崎って人、いい人だね」

「うん。すごく優しい人だよ。車に乗ってる時も止まったり曲がったりが丁寧だったし。少し強めのブレーキをかける時も、たぶん腕を差し出してくれてた気がする」

「へぇえ」

「……何？」

何か言いたげな反応に、わざと低い声を出してみる。

「いやぁ、輝がそんなふうに他の人の話をすることって初めてだったからさ。すっごい楽しそうだし」

「そんなことないと思うけど」

「そう？　でもさ、輝が人を頼るなんて珍しいし」

「別に一人で食べきれるよ」

「そうじゃなくて。賞味期限とか、読んでもらったんでしょ。いつもの輝なら、さらっと聞いて、それまでに食べ終えちゃうから大丈夫ですとか言って終わりでしょ」

まるで隠し事を暴かれたような気恥ずかしさを覚えた。けれど頼ったのではない。あのときはただ、少しでも長く三崎と一緒にいたかったのだ。それに共同作業をしているようで嬉しかった。

勇気には何を言っても見透かされてしまいそうで、ごまかすべくお菓子を取ろうとしたとき、ふいに三崎が貼ってくれた点字に触れた。親指でそっと撫でると胸がじんと熱くなる。

3

（……三崎さん）

勇気といても、心の中にはずっと三崎がいた。

――北川くん。

たくさん話したはずなのに、浮かぶのは輝を呼ぶ声ばかり。

（……名前で呼んでほしいな……）

そう言ったら、三崎はなんと答えるだろう。普通に輝と呼んでくれるだろうか。それとも遠慮して輝くんだろうか。もしかしたら、北川くんのままかもしれない。

「――輝ってば！」

「えっ」

「三崎さんのこと考えてたでしょ」

「え……何、そんなことないよ。勇気が前回、お菓子をこぼしまくったことを思い出してたの。最近は何もやらかしてないの？」

胸は、焦りで動悸が激しくなっていた。

「失礼な言い方！　でもさあ、こないだ駅で鞄をぶちまけちゃったんだよね」

「うわ、それ最悪。大丈夫だった？　全部拾えたの？」

「それが、出勤前でさ。あんまり時間がなかったんだけど、近くにいた駅員さんが拾うの手伝ってくれてさ。しかも家の鍵が拾えてなかったらしいんだけど、帰りにわざわざ声を掛けてくれて、返してくれたんだよね。これ拾ったんですが違いますかって」

「失敗談っていうか、いい話じゃん」

「うん。でも鞄の中身ぶちまけた時は終わったって思ったけどね」

「勇気は普段から駅を使うから大変だよね」

　勇気の話を聞いて思い浮かんだのは、先日の駅での出来事だった。改札で、ぶつかられたときのこと。それは不快な記憶のはずなのに、やはり三崎が出てきてしまう。

（いっぱい助けてもらっちゃったな……）

　駆け付けてくれたときの声。腕を握らせてくれたときの体温。

「しかも女の人だったっぽいんだよなぁ」

「――え？」

　突然女の人と言われ、なんのことかわからなくなった。

「え？　って。もう！　また聞いてなかったでしょ。舌打ちだよ。舌打ちしてきたの、たぶん女の人だったんだよね。絶対恋人いないでしょ！」

　どうやら怒りは冷めていないらしいが、この様子だともう引きずることはないだろう。嫌なことは一度盛大に笑ってネタにして、さっさと忘れてしまう方がいい。

「恋人がいないのは勇気も同じだけどね」

「輝もじゃん」

「そりゃあね」

「輝は目が見えないこと気にしすぎじゃない？」

「だってさぁ……いろいろ気を遣わせちゃいそうだし。勇気はなんで恋人作らないの？」

「僕はあれだよ、いらないの。面倒だし」

「面倒？　なんで？」

「えー……だって……なんでって言われるとわかんないけど、自分の生活だけで精いっぱいなのに恋人の世話までできなくない？」

「なんでお世話してあげる前提なの？　それぞれ自分で自分のことをすればいいんじゃないの？」

「これだから輝は」

「何？」

「もう少し読みなよ、恋愛小説。相変わらず時代小説ばっかり読んでるんでしょ。せっかく配送会社が点字図書の送料安くしてくれてるんだからさ、どんどん借りればいいのに」

「だから借りてるって、時代小説。少し前は戦国の頃のだったんだけど、今は江戸時代。おすすめあるよ？」

「いらないいらない。僕、そういうの読まないから。恋愛もまぁ……あんまり読まないけどさ、ミステリーとかがいいな」

「犯人を捜す時代ものもあるよ。町奉行《まちぶぎょう》とか」

「まじそういうの歴史の授業でお腹《なか》いっぱいだから」

「もう十年も満腹なの？　じゃあ残りのお菓子は僕が食べるよ」

「そういう意味じゃないから！」

　麦茶をおかわりしながらお菓子を頬張っていると、あっという間に時間が過ぎていった。

4

三崎隆司はマンションの隣室に住む若衆に見送られ、運転手の待つ車に乗り込んだ。

黒塗りの高級国産車が滑らかに走り出し、駅から徒歩数分の一等地にあるビルの地下駐車場に入っていく。

止まった車のドアを、若頭兼秘書の富本が開けた。

「組長。おはようございます」

挨拶を返し、並んで歩きながら今日のスケジュールを確認する。

駐車場階に用意されていたエレベーターは、三崎が乗り込むと社長室のさらに上、三崎用の特別室がある最上階に昇った。

「本日の橘理事長のお見舞いは午後からでよろしいですか」

「かまわない。見舞いに甘いものはだめだ。お茶を用意しておいてくれ」

「かしこまりました」

特別室の前には、社長が直立不動で立っていた。三崎が挨拶を返すと、頭を下げて自分の部屋に降りていく。

実質の経営者は三崎隆司。しかし暴対法や暴排条例をかわすために、社長にはカタギの人間をあてていた。

三崎は自席に着くと、すぐにパソコンを起動した。

経営する風俗店の店長からのメールが届いていた。利益は順調に上がっていたが、ここのところ立て続けに風俗嬢が辞めているようで、求人広告を増やしたいとの要望だった。

風俗嬢が辞める。それはいい傾向だった。

三崎の経営する風俗店は、どの店舗も主に借金を持つ子、具体的な目標金額を持っている子を採用している。ただ遊ぶ金欲しさの採用はしないように厳命しているし、他の風俗ではしないような雇用契約書の取り交わしも行っていた。そこには個人の目標金額も書かれているので、退職は金の悩みから解き放たれたことを意味していた。

店長への返信で予算を提示し、その範囲内で効率的だと思うものを自分で選択するよう指示をする。


コンコン。

三崎は顔を上げると、入室を許可した。

「橘理事長が至急三崎組長にお越しいただきたいと」

「すぐに行く」

三崎は背広を取ると、階下で待っていた車に飛び乗った。


「おお、来たか。待っておったぞ」

源一郎が、点滴の刺さっていない手をひらひらと振った。仕事中の人間を突然呼び出したとは思えない態度。

「……何かございましたか」

4

「そんな顔をするな。忙しかったのか」

「仕事をしておりました」

「そうかそうか。結構結構」

「それで……どういったご用件でしょうか。何かトラブルでも」

「いや？　それより北川くんとは会っておるか」

まさかその用件でわざわざ呼び出されたのか。

三崎は一瞬虚を突かれたが、すぐに気を取り直した。

「ここに来た後は会っておりませんが」

三崎は北川輝との付き合いを、源一郎には一切話していなかった。しかし一昨日源一郎の見舞いに来た際、そうとは知らない輝が源一郎のカマかけに引っ掛かり、三崎が特に気に入っている和食屋に連れて行ったことを知られてしまっていた。

「会ってはいなくても連絡は取っておるのか」

「……ここに来たのは一昨日なのですが」

もとから三崎は口数の多い方ではない。それでも輝と一緒にいると楽しくて勝手に口が動くし声も聞きたいと思うのだが、前日に会ったばかりの相手に電話をかけるほどの内容は思いつかなかった。

「なんだ、毎日連絡を取っておるんじゃないのか。わしも来週には退院になるだろう。そしたら屋敷に連れてきなさい」

まだ、輝には極道であることは伝えていなかった。できれば知らせずにいたい。伝えない限り表面的な付き合いしかできないとわかってはいても、真実は言えそうになかった。だから輝が病室前の立ち番に気付いていたと知ったときには、どうごまかそうかと内心慌てた。

「まだ関係を築けておりませんので。私の介助に安心して身を任せてもらえるようになりましたら、そのときは必ず」

源一郎の鋭い目が三崎を貫いた。しかし数瞬の後、でれっと目じりが下がる。

「そうか。それなら気長に待っていよう。ところで、昨日花子さんから新しく開店したパン屋を教わってな。そこのマドレーヌがうまいと聞いたので、北川くんの分も買ってこさせた。早いうちに届けてくれ」

「承知しました」

しかし、一昨日大量のお菓子を置いていったばかりだ。一人で食べきれるのだろうか。とそこまで考えて、輝なら食べられるかもしれないと思い直す。

和食屋で輝は、その小柄な体のどこに入るのだろうというほどしっかりと、何よりうまそうに食べた。大の甘党だと言っていたので、お菓子もぺろりと食べるだろう。

できればその姿を見ていたい。頭の中でスケジュールを確認する。

「それから――」

源一郎の気配が変わった。三崎も居住まいを正す。

「近々、極龍会の人間が東北から出てくるとの情報が入った」

「いつ、どなたが」

「詳しいことはまだわからん」

「何もないといいんですが――」

「目を光らせておけ。まだよその組織の人間を知らぬような若い子に目を付けて接触してくるかもしれん」

承知しましたと頭を下げると、三崎はマドレーヌの箱を持って車に戻った。

「富本。極龍会の人間が関東入りするそうだ。まだ誰かはわかっていない。目的も不明だ。情報を集めろ」

「かしこまりました」

三崎が会社に戻ると、不動産事業部からのメールが届いていた。管理しているビルの中の整形外科が近日廃院するらしい。その後のリフォームについて返信をしていたとき、富本が社長室にやってきた。

「失礼します」

「どうした。まさかまた理事長じゃないよな」

「いえ。三崎組長が執行部入りなさるとの噂が流れていると報告が入りました」

「どこからの情報だ」

背もたれに体を預け、デスクの正面に立つ富本を見る。

「半田《はんだ》に、半グレからそのような情報が回ってきたそうです」

三崎の指示を受け、富本が隣室から若頭補佐の半田を呼び出した。蛍光灯の光を浴びて、スキンヘッドの頭がつるりと光る。

「組長の噂の件を話せ」

「私が面倒を見ている若いのが昨夜、酒処《さけどころ》ハツミで、カウンター席の男が女将に『三崎組長が執行部入りするかもしれない』と話しているのを耳にしたそうです」

その店のある飲み屋街一帯は、西村理事長補佐の系列のシマだった。

体を前に倒し、机に肘をつける。

「その男にツレは」

「いなかったと聞いています」

「常連か」

「いえ、見たことはないと」

「他にはどんな話をしていた」

「そこしか聞き取れなかったそうで。その後、男は数分で店を離れたそうです」

「男の外見は」

「年は三十代後半から四十代前半くらい。右手に腕時計をしていたというので左利きだろうとは思うんですが……頭には薄いニット帽のようなものを被《かぶ》っていたと。追おうとしたそうなんですが、見失ってしまったらしく。申し訳ありません」

「いや、そういう噂が流れていることを知れてよかった」

「そいつには、三崎組長からの発表があるまでは見知らぬ男の話は信じないようにと釘を刺しておきました」

「それでいい」

源一郎は、理事長補佐への推薦の会は年明けに開かれると言っていた。おそらく源一郎が、見舞いに来た直参組長に根回しをしたことで漏れたのだろう。

半田が退室すると、富本がドアを施錠してから問うた。

「心当たりがおありですか」

三崎は源一郎が、三崎を理事長補佐に推薦するつもりでいることを話した。

「推薦、お受けになるんですか」

「いや、今推薦されても祖父の七光りとしか思われないだろう。直参組長方が同意しても、傘下の組は納得しない」

「そうでしょうか。うちの上納金はどこの組よりも多いかと」

「大事なのは金だけじゃない」

極道としての考え方やふるまいもある。義理事《ぎりごと》を欠かしたことはないが、年齢が若い点も引っ掛かってくるだろう。

「今回の噂の件だが、橘理事長曰《いわ》く、西村理事長補佐は八剱組長を推薦するだろうとのことだった。ハツミは西村組系のシマだし、そこから下に漏れたんだろう」

「あの喧嘩《けんか》しか能がない脳筋系三次団体ですか。面倒なことにならないといいのですが」

富本の辛辣《しんらつ》な表現に思わず頬が緩む。

自称武闘派の八剱組は特に、以前から三崎を経済ヤクザと軽視していた。

「西村組長の傘下はみな体力自慢だからな。喧嘩になったときに負けないよう鍛えておこう」

西村組系はどこも血の気が多く、西村自身、若かりし頃に鉄砲玉として敵対組織に単身乗り込み、今も体に銃痕《じゅうこん》が残っていると言われている。自他共に血が流れることを厭《いと》わない相手だ。

三崎は笑ったが、富本が懸念するのにも頷けた。

(もしあそこが動くとなれば厄介《やっかい》だな……)

虎城組のように、カタギを巻き込むようなことがなければいいが――。

＊＊＊

さすがに一昨日と昨日はお菓子ばかり食べすぎた。けれど勇気と共に、とてもおいしいものを、とても楽しく食べることができた。

輝は胃もたれ気味の腹をさすりながら席に着いた。腕時計の蓋を開いて針に触れると、ちょうど八時半だった。

「北川くん。お盆休みはどうだった？」

伊万里《いまり》院長に答える。

「友達が泊まりに来たりして、楽しく過ごしました」

「そう。よかった。お土産のお菓子、テーブルの中央に置いてあるから好きなだけ食べてね。りんごの焼き菓子だよ」

「青森に帰省なさってたんですね。ありがとうございます」

さっそく先輩の石和《いさわ》が食べているらしい。ガサガサと紙を破くような音が聞こえる。

イマリ鍼灸治療院は、受付兼事務が一人と、院長の伊万里と石和、輝の三人が指圧を行っている。それからごくたまに、誰かが急に休んだときに入る、フリーの指圧師が一人。

「北川くん、今日は九時からシゲさん来るから、よろしくね。一時間、鍼と指圧で」

「わかりました」

情報を頭に入れて、手拭いなどの準備を整える。ベッド周りの備品を確認し終えたとき、九時になった。

シゲが来院すると、院内が一気ににぎやかになる。

「昨日一日将棋指してたらよぉ、もう腰が痛くって痛くって」

「ふふ。じゃあうつ伏せになってください」

十五歳から五十年間漁師をしていたというシゲは、引退して十年が経った今もガタイがよかった。

「腰、パンパンですよ。将棋の途中でも気分転換に立ち上がるとか、腰を捻るとかしてください」

「いやいや、だめなんだよ。それをするとおおぉ……気持ちいい。どこに何を指すか忘れちまうんだよ。もう年寄りだからさ、覚えてらんないの」

隣のベッドから聞こえてくるくすくすという笑い声。常連同士は顔見知りになっていて、「で、シゲさん勝ったの？」なんて話題まで振ってくる。

「おう、なんだ、隣は重光《しげみつ》さんか。シゲ同士よ、今度一局指しましょうや。将棋セット持ってくるからよ、ここで」

「ちょっとシゲさん勘弁してくださいよ。うちは将棋センターじゃないんですから」

「とか言って院長も交じっちゃうでしょ」

石和の突っ込みに、埋まった三つのベッドから笑い声があふれる。

そうしてにぎやかな中で、一本目の施術を終えた。

見送りを終えてスタッフルームに入ると、院長が声を掛けてきた。

「お疲れ様。次、北川くん指名なんだけど、新規なんだよね。古賀田大樹《こがたたいき》さんって男性、知り合い？」

「古賀田さん、ですか……いえ、知らないですね」

苗字《みょうじ》にも名前にも覚えはなかった。顔で覚えられない分、名前はしっかりと覚えるようにしているので知り合いではないだろう。

4

「紹介にチェックがついてたんだけど、紹介者の欄は未記入だったんだよね。ネット予約だったから、誤タップしたのかも。とりあえず三十九歳の男性ね」

五分間の休憩を挟み、待合室に出る。紹介は受付のスタッフがしてくれた。

「北川くん。こちら、古賀田さんです」

「はじめまして。北川です。よろしくお願いします」

「よろしく」

あまり、愛想のいいタイプではなさそうだった。ぶっきらぼうな返事に笑顔を向けてから案内する。

「一番奥のベッドにどうぞ」

返事はなかった。衣擦れの音だけで動いたことを確認し、カーテンを閉めてからタイマーのスタートボタンを押す。

「肩こりがひどいと伺っていますが、左右どちらですか」

「右」

「ちょっと失礼します」

ベッドに腰掛けてもらい、背中側から肩を撫でる。

「かなりこってますね。デスクワークですか？」

「半々かな。結構動いてるけど」

「体のゆがみも関係がありますから、全身のバランスもみていきますね。今日はお休みですか」

「新しい仕事が入ったから実益を兼ねてってところ」

実益。どういう意味かはわからなかったが、尋ねられる雰囲気ではなかった。ほとんど無言のまま、施術を終える。

院長が施術に入っているためか、受付のスタッフが輝に声を掛けてきた。

「お疲れ様でした。次の患者さんは田中《たなか》さんです。いつもどおり四十五分で、指圧で」

「わかりました。あの、すみません。さっきの患者さん、ご満足いただけなかったかもしれません」

「え？　古賀田さんですよね。また来るって言って予約を北川さん指名で入れていきましたよ」

それを聞いてほっとした。つまりあの不愛想さは性格ということだろう。

（そういえば、結局なんで指名してくれたんだろう……）

やはり紹介か。フレンドリーなタイプだったら訊くことができたが、まったくそんな雰囲気ではなかった。気になるけれど、おそらく次回も雑談はできないだろうと諦める。

輝の仕事は朝から昼休憩を挟み、十八時まで。しかし今日は飛び込みで入ってきた患者の施術が終わったのが十七時半だったので、そのまま上がることになった。

「お先に失礼します」

「あ、北川くん、お土産食べてないでしょ。少し持って帰りなよ、明日休みなんだし」

院長が近づいてくる気配があったので、甘えて背負ったままのリュックを向ける。

「ありがとうございます。じゃあ一つだけ」

「お腹でも壊したの？」

大丈夫？　という院長の声は真剣だった。しかしこれはからかいだと、もう知っている。

「頂き物のお菓子が家にたくさんあるんですよ。でも僕のお腹はそんなにやわじゃないので大丈夫です」

そうだった、と笑う院長に挨拶をして職場を出る。

ふと信号待ちで携帯を確認すると、三崎からの不在着信が一件あることが伝えられた。

鼓動が速くなる。

どうしたのだろう。気になる。

普段なら安全のため、家に帰ってから折り返すのだけれど、待てなかった。歩道の隅に寄って、一呼吸おいてから架電する。

「北川です。すみません、お電話をいただいていたみたいで。仕事をしてました」

『お盆休みは終わってたか』

「はい。今日から仕事でした。何かありましたか」

『もし時間があるなら北川くんと飯を食いたいなと思って』

それは輝のアパートに来たいという意味だろうか。しかしそれでは図々しいと思って婉曲的に表現したのか。

つい、三崎の真意を気にしてしまう。

『あと、祖父から昨日マドレーヌを預かったんだ。北川くんに届けてほしいと』

「そうなんですか？　ありがとうございます。今日はもう終わりましたし、明日は休みです」

『お邪魔してもいいか』

「あの、今からですか」

『迷惑だったかな』

「いえ！　全然。でも電灯が」

『そうだった。忘れていた』

やはり晴眼者には明かりがないとどうにもできないのだろう。こんなことなら用意しておけばよかった。

「あの、明日とかではご都合悪いですか」

『いや——まだ明るい。暗くなったら携帯のライトで過ごすよ』

本当にそれでいいのだろうか。しかし今から電灯を買って取り付けて——ということはできない。

三崎は、夕飯を買ってから行くと言って電話を切った。

頬が火照っている。

会える。

しかも、今から。

浮き立つ心を抑え、深呼吸をして白杖を持ち直す。この交差点の信号機は、音が鳴らない。車の音や他の人の動きに意識を集中させなければならない。


帰宅する頃には汗だくだった。何より先に汗を流したかったが、少しでも早く会いたいという気持ちも抑えられなかった。シャワーを浴びている間に移動してもらえるよう、エアコンのスイッチを入れながら三崎の携帯を鳴らす。

「もしもし、北川です。今家に——はい。お待ちしてます」

すぐに向かう、という返答を聞いて電話を切り、ユニットバスに飛び込む。

冷たい水を浴びて体温を下げていると、シャワーの音に紛《まぎ》れてチャイムが聞こえた。

「えっ」

まさかもう着いたのか。

4

大慌てで体をざっと拭い、下着とズボンに足を通す。その間にもう一度チャイムが押された。Tシャツまでは着ていられないと、バスタオルを肩から巻くようにして玄関を開けた。

「はーい！」

「こら、まずは確認――刺激的な格好だな。シャワーを浴びてたのか」

「すみません、お待たせしちゃって。中で待っていただいてもいいですか。汗を流したくて」

三崎はそうさせてもらうよと言って靴を脱いだ。

お客様を待たせてゆっくりなどしていられない。頭から冷水をかぶり、手早く頭や体を清めていく。さっぱりした体を拭いてバスタオルを肩にかけて出ると、どこにいるかはわからないものの、室内に人がいる温かな気配があった。

「前回と同じところに座ってるよ」

「暗さは大丈夫ですか。懐中電灯もなくてすみません」

頭を下げながら、輝も前回と同じ廊下側の位置に座る。

「問題ないよ。これ、祖父からのマドレーヌだ。北川くんの前に置くよ」

「ありがとうございます！　おじいさん、退院なさったんですか？」

テーブルから辿っていくと、箱に触れた。大きくて重みがある。たくさん買ってくれたのだろう。

「いや、まだだよ。だがうまいマドレーヌがあると聞いて、北川くんに食べさせたくて買ってこさせたらしい。それから、俺からはアイスだ」

「アイスまで！」

いつもいただいてばかり。三崎は手土産の感覚なのだろうが、もらいすぎだった。

「ドライアイスは危ないから持ち帰るよ。中身だけ渡すから手を出して」

「お気遣いいただいてすみません」

　優しいだけでなく、不便や困難を考えて先回りしてくれる。

　渡されるカップアイスを次々冷凍庫にしまっていく。

「北川くんはうまそうに食べるからな」

「三崎さんまで僕を食いしん坊扱い……」

「ん？」

「院長も、僕を食いしん坊扱いするんですよ」

　笑いながら、リュックを開ける。

「帰りに、これを買ってきたんですけど」取り出したドリップバッグのコーヒーを三崎に渡す。「お湯は沸かすので、淹《い》れていただいてもいいですか。見えないとちょっと難しそうで」

「ありがとう。嬉しいよ――ん？」

「どうかしましたか」

「そこにある潰された箱は、あのときのお菓子のものだよな」

「あっ、それは友達と……」

　またからかわれる前に説明をしたかった。しかし三崎の意識はお菓子ではないところにあるようだった。

「泊まったのか」

「はい。二人でおいしくいただきました」

「じゃあ、俺も泊まっても？」

　声からは、冗談なのか本気なのか読めなかった。

「え……あ、はい。じゃあ布団、早いうちに用意しておきます」

「友達は一緒に寝たんだろう？」

「そうですけど……狭くないですか？」

「くっつけば大丈夫じゃないか」

　そうだろうか。輝と体形の変わらない勇気とでも、くっついて眠らないと必ず片方が落ちるのだけれど。

「……冗談だ。ここでは難しいな」

「ぁ……」

　狭いだろうと言ったのは自分なのに、残念でならない。前もって布団を用意しておけば、このまま泊まってもらえたかもしれないのに。

「そう身構えないでくれ」

「え、いえ、そんな——」

　身構えるなんてしていない、と言おうとした時、ケトルからカチッと軽い音がした。話を続けるタイミングを見失ってしまう。

　三崎がキッチンに立つと、すぐに香ばしいコーヒーの香りが部屋に広がった。

「ああ、うまそうだ。ありがとう」

「すみません、お客様なのに」

「いいんだ。自分でできることは自分でするよ。レンジも借りるぞ」

　自分でする——勇気とした会話が思い出された。

（お互い大人なんだから……）

目が見えないせいで誰かの助けを必要とすることは多いが、自分でできることは自分でする。相手にもそうしてもらうことができたら――。

(恋愛だってできる……?)

「ほら、お待たせ。ご飯もおかずも全部一つの器に入ってるから」

「あっ、すみません」

三崎が買ってきてくれたのは、ロコモコだった。おいしそうなデミグラスソースの香り。

二人で一緒に手を合わせる。

「もし負担にならないなら、次は北川くんの手料理が食べたい」

「僕が作ったもの、いびつですけど」

目が見えないので、食材を均等に切ることが難しい。食材のサイズより自分の手を守る方に意識が向いてしまうのだ。そのせいで火の通りもバラバラになってしまう。自分で食べる分にはもう慣れたもので気にならないけれど、三崎にはおいしくないかもしれない。

「かまわないよ。気にしない」

「じゃあ、もしリクエストがあったら言ってください」

「意識しなくていいんだ。その日、北川くんが食べようと思っていたものを分けてほしい」

「休日の昼なんて焼きそばとかですよ」

「好きだよ、焼きそば。一度挑戦したことがあるがべちゃべちゃになった。そばじゃなくて、もはやうどんだったな、あれは」

そうか、自分で作ってみようと思うくらい焼きそばが好きなのか。

「わかりました」

「北川くんの特製焼きそば、今から楽しみだ」

「普通ですよ。粉末入りのを買っちゃいますし」

「じゅうぶんだ」

「でも――」

「じゃあ、目玉焼きをのせてくれ」

かわいいおねだりだった。つい、また笑ってしまう。

「わかりました。特別に二つのせますね」

「最高だ」

食事を終えると、三崎はうまいと言って再びコーヒーを飲んだ。輝もマドレーヌを食べ、源一郎にお礼と、おいしかったと伝えてほしいと頼む。

とりとめのない話だってたくさんしていたのに、ふと、会話が止む瞬間があった。なんとなく、三崎が帰宅を意識している気配。

（帰っちゃう……）

しかし三崎にも都合がある。平日の夜だ。明日も仕事だろうし、まだ仕事が残っているかもしれない。普段から忙しい人を長く引き留めることはできない。

「そろそろお暇《いとま》するよ」

「いただいてばかりですみません。本当にありがとうございます。おじいさんにもよろしくお伝えください」

玄関に向かう三崎を追う。寂しい。帰ってしまう。しかし三崎にも都合がある。

（次はいつ会えるんだろう……）

また明日、と言ってくれたらいいのに。

「じゃあ、また」

「はい。本当にありがとうございました」

「それはこちらの台詞だ」

お邪魔しました、という丁寧な挨拶は、いつだってとても寂しい——。

5

昼時になり、キーボードを叩く手を止めた三崎は隣室に控える富本を呼び出した。

「俺の明日のスケジュールは？」

富本が分厚い手帳を開く。

「朝九時からは三崎組傘下の定例会、十三時からは駅裏の空きビルについての商談、時間は決まっておりませんが商談が済み次第、横丁の――」

少しでも時間が空くのなら抜け出してでも輝と食事をしたかったのだが、スケジュールを聞く限り、それもなかなか叶いそうにない。

先日、輝の部屋で手作りの焼きそばを食べた。輝はただ炒めただけだと言ったけれど、火の通り加減もよかったし、半熟の目玉焼きが絶品だった。何より、小さな口を動かして食べる輝が愛らしく、三崎の皿は苦手なはずのピーマンまでいつの間にか空になっていた。

毎日でも輝のもとに行きたい。甘いものを渡した時の笑顔や、三崎の視線に気付いた時のはにかみが忘れられない。

「次の休日は」

パラパラと手帳をめくる音を聞いて「もういい」と切り捨てる。

「今後は極力、火曜と木曜の昼から夕方には仕事を入れるな」

三崎から休暇を求めたことはなかった。富本が一瞬言葉を失う。数拍おいてから、了承の旨が返ってくる。

「今日この後はどうなっている」

「橘理事長から十二時四十五分までに病院に来てほしいとのご連絡が」

「わかった」

それなら昼食はその帰りでいいか、と背広を取って部屋を出る。

源一郎は、ベッドの上で東北スイーツ特集と書かれた雑誌を読んでいた。

「お加減はいかがですか」

「もういい。ばっちりだ。そろそろ退院でいいと医者には言ってるんだが、なかなか許可が下りん」

「まだ心配なんでしょう」

「ここにいてはろくに菓子も食えん」

源一郎に逆らえる者のいない屋敷より、ここにいる方がよほど健康的に過ごせる——という言葉を呑み込む。

「ところで、何かございましたか」

「ああ。ちょっと売店に行きたい。付き合ってくれ」

「……売店ですか」

また甘い物を買い込むのだろう。しかし、その程度のことでわざわざ呼び出さないでほしい。

源一郎はベッドを下りると軽い足取りでドアを開けた。廊下で立ち番をしていた若衆二人が反応する。

「お前たちはここにいなさい。隆司を連れて行く。ただの売店だ」

源一郎のわがままには慣れているのだろう。二人は三崎を見ると、頼みますというように頭を下げた。

　つゆ払いをすべく、源一郎の前に出る。

　売店は地下一階にあった。エレベーターに乗り込み、ボタンを押す。

　しかし二人しか乗っていないにも関わらず、気付けばB1だけでなく2のボタンも点灯していた。

　二階にあるのは談話室。

「理事長」

「お前は心に遊びがない」

　また源一郎のわがままが出た。

　最初から、このためだけに三崎を呼び出したのだろう。万が一何かあったときに、責任を取らせるために。

（立ち番の若衆に迷惑をかけないようにと考えただけ、まだいいか……）

　しかしすんなりと認めるわけにはいかなかった。もう一度強く呼ぶ。

「理事長」

「ほれ、降りるぞ」

　源一郎が先にエレベーターを降りた。慌ててその前に出て尋ねる。

「どちらに向かわれるんですか」

「談話室だ」

「目的は最初からそちらですか」

　返事はなかった。

　大田原総合病院の院内は把握している。周囲に注意を向けながら談話室を目指す。

5

このままま っすぐ行けばあと十メートルで談話室、というところで背後から呼ばれた。

「隆司。ここでいい」

「ですが――」

「どこに孫を連れてデートに行く男がおる」

「……密会のお相手は花子さんですか」

「お前ももう少し恋愛について興味を持って学んだ方がいい。だからその年にもなって独り身なんだ。わしは自分の結婚だけでなく、若い頃には舎弟の結婚まで面倒を見てやったんだぞ」

面倒な話が始まってしまった。

源一郎の意識を逸らすべく視線を談話室に向ける。すると源一郎の視線もそちらに向き、笑顔になった。

「おそらくもう来ておる。お前は帰っていい。一時間後に、テーブルの紙袋を持ってここに来るように立ち番に伝えておけ」

「何かあってからでは――」

「この病院の中で何がある。もちろん花子さんと何かあるなら本望だが」

源一郎は三崎の制止も聞かずに一人で足取り軽く談話室に向かってしまった。

本来、この稼業では上の者に反論することは許されない。三崎が源一郎に苦言を呈することができるのは、そこに本当の血縁関係が存在するからだった。

しかし、ここまできっぱりと拒否されてしまえば何もできない。

三崎は足早に病室に戻ると、二人の立ち番に源一郎からの伝言を渡して病院を出た。

5

夜になっても気温が高かった。

エアコンをつけていてもその暑さがなんとなく感じられて、三崎はネクタイを抜いたラフな格好でキーボードを叩いていた。

先日連絡が入った風俗店の人手不足。

三崎はその後、もし障がい者からの応募があった場合は必ず一度報告を上げること、単独で採用の可否を決めてはならないことを追加で指示していた。

(今のところ障がい者からの応募はなしか……)

これまで、障がい者の性風俗勤務について考えたことは一度もなかった。しかし輝と知り合ったことで、もし障がい者が大金を必要とした場合、いったいどう都合することができるのかを考えるようになっていた。

もし障がいのない者なら、極論、風俗を選択肢に入れることができる。しかしそうでなければ、金に困った彼らはいったいどうするのだろう。借りられたとしても、返すあてもないだろう。

頭の中は、輝のことばかり。輝に借金があるとは思っていないのに、どうやったら彼を救えるか、と考えてしまう。

「失礼します」

ノックの後、入ってきたのは富本だった。

「極龍会の件ですが、昨夜動きがあったようです。まだ誰がこちらに入ったのかはわかりませんが、車種や隊列から考えるに、かなり上位の——総長代行や副総長レベルかと推測されます」

5

つまり、直系団体のナンバー2とナンバー3。もしそれが本当なら、随分上の立場の人間が出張ってきたものだ。

「目的は」

「観光の可能性もありますが、中谷一家の幹事長がこちらに収監されていますから、面会するのかもしれません」

「ああ……それもあるかもしれないな」

虎城組と盃を交わすことが決まった、という旨を伝えに入ったのかもしれない。しかし、その程度で総長代行のような立場のある人間が出てくるだろうか。

「他にも目的があるかもしれん。こちらの外国系マフィアと協定を組まれでもしたら厄介だ。引き続き情報を探れ」

「かしこまりました」

日々厳しくなる暴対法と暴排条例。外面的には他組織とも共栄共存するていを取っているが、中身は極道。隙あらば敵を攻めて侵略する。シノギは多いに越したことはない。

富本が一礼して部屋を出ていこうとしたとき、若頭補佐の半田が部屋に入ってきた。

「組長、八剱組の若頭からお電話です」

「きたか」

意外と早かったな、と言いながら三崎は受話器に手を伸ばした。

「三崎です」

『お忙しいところ申し訳ございません。八剱が三崎組長にお会いしたいと申しておりまして』

八剱組長本人ではなく若頭から、組長である三崎への電話。立場は同じ三次団体だが、八剱は自身が三崎よりも年上なこともあって、位の違いを見せつけたいと思っているようだった。

『できれば、今夜お会いしたいと……突然で申し訳ございませんが、ご都合はいかがでしょうか』

今夜ですか、とつぶやくように言いながら富本に視線を向ける。三崎のスケジュールが書かれたページを差し出された。

「……わかりました。では今夜——二十一時半ですね」

若頭はよろしくお願いいたしますと丁寧に言って電話を切った。

電話を置いた三崎に、富本が頭を下げた。

「申し訳ございません。私が要件を聞き出すべきでした」

「いや、かまわない。プライドの高い相手だ。下手《したて》に出ておいた方が面倒がない」

スケジュールの変更を富本に頼み、三崎は書類の決裁に頭を切り替えた。


「三崎組長。えらいお忙しいところすんませんなぁ」

八剱はいやらしい笑みを浮かべながら、下座《しもざ》に座す三崎におちょこを向けた。その斜め後ろには、子どものような体形の男が控えている。こいつが連絡をしてきた若頭だろう。

「いえ、こちらこそ八剱組長直々にお越しいただきありがとうございます」

丁寧に返しながら、酒を注いでやる。三崎が八剱にちらりと視線を向けると、隣に控えていた若頭が素早く徳利《とっくり》を持った。どうやら八剱は接待される側でいる気らしいと判断し、若頭に向かっておちょこを差し出す。

「——それで、今日はどのような」

5

「ああ、三崎組長は会社をいくつも経営してらっしゃるからお忙しいようで。毎日時間に追われて大変ですな」

「未熟者で、まだ自分で書類に目を通さないと安心できない性分でして」

「そうですかそうですか。でも、下の者を信用するということも大切ですよ」

「ご注進《ちゅうしん》ありがとうございます」

初めて来た、八剱指定の料亭だった。足を崩すことなく酒を一息に飲み干す。

「おお。いい飲みっぷりだ。お若い方だから、野菜ジュースしか飲まないのかと思っておりましたよ」

いつになったら本題に入るのか。面倒な思いをさせて楽しもうとする悪趣味さが不快だった。

(明日には北川くんに電話をできるか――)

本当なら今夜電話を入れるつもりだった。会えることはなくても、声を聞くくらいのことはできたはずだったのに――苛立ちが増す。

三崎の気配が鋭くなったことに気付いたのか、ようやく八剱が本題を話し始めた。

「先日、うちの若衆が居酒屋で三崎組長の噂を耳にしまして」

「噂、ですか」

居酒屋というのは酒処ハツミのことだろうか。

「ええ。三崎組長が近日、執行部入りする、とか」

あえて、西村理事長補佐から聞いたということを伏せているのだろうか。しかし八剱には、窺《うかが》うような様子があった。

「三崎組長はご存じない?」

「そういった噂があると耳にはしましたが」

5

「ああ、ではあくまで〝噂〟ということでしょうかね」

　安堵したその表情は本物のように見えた。

（おかしい）

　酒処ハツミで噂話をしていたのは、三崎昇格の話を聞いた西村傘下の者ではなかったのか。

「いやいや、こちらの思い違いでお時間を頂戴《ちょうだい》して」

「いえ……ちなみにどこでその噂を？」

「うちのシマの飲み屋ですよ。てっきり三崎組の若衆が酔ってぽろりと内部情報を口にしたのかと」

「いえ、そういったことはありません」

「そうですか」

　いやぁ、先走ってしまった、と笑っていた八剱が急に真顔になった。

「――もしそのようなお話が実際に出たならば、ご辞退いただきたい」

「何かご事情でも」

「来年春には、おそらく筆頭理事長補佐が本部長に上がられるでしょう。そうすると現理事長補佐のどなたかが筆頭に昇格し、理事長補佐の席が一つ空席になる」

「ええ」

　言いたいことはわかっていた。気のないふりをしてわざと酒を口に含む。

「ありがたいことに、西村の親父は私を推薦するおつもりのようで」

「ではわざわざ私に辞退の申し入れをなさらずとも、直参組長たち上席がお決めになるかと」

「その手間を省きたいのですよ」

「――つまり、私たち二人の名しか推薦には挙がらないと？」

「そうは申しません。が、敵にはならないでしょう」

敵。同じ清家会の人間をよくそのように言えたものだ。

「ではそうなった場合は、そのときに検討させていただきます。まだ仕事が残っておりますので、私はこれで」

一礼して腰を上げる。

「おい」八剱が若頭を呼んだ。「湯浅《ゆあさ》に車を回させろ。送って差し上げるんだ」

「いえ、結構です。若衆を待たせておりますので」

三崎は車に戻ると、すぐに富本に電話をかけた。

「酒処ハツミで俺の噂話をしていた男を探せ」

続けて三崎は八剱の言葉を富本に伝えた。

(八剱は、西村理事長補佐からはまだ何も聞いていなかった……ではいったい誰が……)

6

　当初、三崎は月に一度、千円を返金する度に食事に行こうと誘ってくれていた。けれど三崎は二日に一度は電話をくれたし、月曜に会ったばかりだというのに、その週の木曜日にも甘いものを片手に遊びに来てくれた。

　だからもう、三崎が実はピーマンが嫌いなことも、けれど輝がそれを調理すればおかわりまでしてくれることを知っている。

『仕事、お疲れ様』

「三崎さんもお疲れ様です。今日はもう終わりましたか」

『いや、まだだ。今夜は付き合いで飲みに行かないといけない』

「そうなんですね……」

　では、きっと長くは話していられないだろう。しかしそれでも、忙しい中合間をぬって電話をくれたのだと思うと嬉しくなる。

『もう夕飯は食べたか』

「いえ、まだです」

　もしかして今から、と期待する。

『そうか。一緒に食べられたらよかったな』

「はい……」

期待した分落ち込みが激しい。素直に頷けてしまえるのは、電話だからだ。

『明日、休みだろう。お邪魔してもいいか』

「はい、ぜひ」

何時になるだろう。今夜遅いのであれば、昼過ぎになってしまうだろうか。そうしたら一緒に昼食は取れないけれど、お茶くらいはできる。

『昼飯、焼きそばが食べたいんだが』

つまり、遅くても昼時には来てもらえる。嬉しい。それなら午前中に買い出しに行けばいい。

「ピーマンは抜きますね」

『北川くんが作ってくれたものなら食べるよ』

思いがけない言葉に、返答の仕方を見失う。

三崎はきっと、人たらしだ。


「ごちそうさま。洗い物くらいはさせてくれるか」

「いえ、お客様ですから」

「本当においしかったからな。また作ってもらえるように点数稼ぎをしておきたいんだ」

冗談とわかる言い方。可笑しくて、嬉しくて、素直に甘えることにした。

「ありがとうございます」

「食事の準備、疲れただろう。ゆっくり座っていてくれ。俺の家じゃないが」

「ふふ」

6

三崎は結構冗談を言うタイプのようだ。初対面の時は落ち着いた大人だと思っていたけれど、楽しい。

洗い物をしてもらって、二人でベッドに寄りかかり、輝はアイスを食べながら、三崎はコーヒーを飲みながらラジオを聴いた。食事は斜めの位置でするので、車内以外で隣に座るのは初めてだった。なんだか急に近くなったように感じる。

「北川くんのことを知りたいな」

「僕のこと、ですか」

「趣味は？　休日は何をしてるんだ？」

「読書が好きです。点字図書館は本を送ってくれるので、それを読んだり」

「点字の本か。あれを読めるのはすごいな。指先が繊細だ」

「ああ……点字が読める人って実は多くないんですよ」

「みんな読めるんじゃないのか」

「そう思われているらしいんですけど、確か十パーセントくらいだったかな。視覚障がい者って、先天性よりも病気や事故による中途失明者の方が多いんです。生まれつきや幼い頃に失明していたら点字も読めるようになるんですけど、ある程度大きくなってからだと難しいそうで」

「そうなのか。知らなかった」

「まぁ、だからってなんでも読めるわけじゃないんですけど」

「どういうことだ？」

「出版されるすべての本が、点字翻訳されるわけじゃないんです。今も読みたい本はあるんですけど」

「なんていうんだ？」

6

問われたので、先日ラジオで紹介されていた本のタイトルを告げる。

「それは俺も聞いたことがあるな。売れているそうだから、きっと点字翻訳されるよ」

「はい。のんびり待ってます」

静かな空気になる。しばらくして、三崎が立ち上がった。

「居心地がよくて、つい長居してしまった。そろそろ帰るよ。うまい飯をありがとう」

「いえ、本当にお粗末なもので」

見送るべく輝が立つと、腕を取られた。手のひらを上に向けられ、紙製のものをのせられる。

指を動かすと、どうやら封筒のようだった。

「今月と来月分の食費だ」

「え——いえ、いりません！　食材だって買って持ってきてくださったのに」

封筒を押し返しながら、心は喜びに震えていた。来月分の食費。つまり今後も付き合いを——もしかしたら今以上の付き合いをしてくれるのかもしれない。そう考えてしまうのは浮かれすぎか。

しかしそう思いたくなるような言葉を、三崎はいつも使っていた。

（やっぱり、そういうのを無意識に使っちゃう人なんだよね）

その都度自分に言い聞かせておかないと、つい期待してしまいそうになる。

「家にある食材も使っただろう？」

「そんな……ほんの少しですよ。それどころか使わなかった食材までいただいてしまって」

「いいんだ。光熱費や水道代だってある。これでまたおいしいご飯を作ってくれ」

「微々たるものですよ。僕一人でだって使うんですから」

「本当にうまかった。それに一緒に食事ができて嬉しかった」

「三崎さん……」

「また作ってほしい。手間賃も含めてるんだ。テーブルに置いておくよ」

「いただけません」

「次はピーマンの肉詰めを楽しみにしてる。北川くんの料理ならピーマンもうまい」

「……わかりました。じゃあ三崎さんの食事用ってことで、別のお財布に入れておきます」

それでかまわない、と言った三崎は、今日も輝の施錠音を確認してから帰っていった。

＊＊＊

退院した源一郎を屋敷に送った三崎は、会社に戻ると富本を呼んだ。

「ご退院、おめでとうございます」

「ああ。これでまたうるさくなりそうだ」

「退院祝いのお品はどのようなものにいたしましょう」

「甘い物以外だ」

言い切ると、富本がくすりと笑いながら承知しましたと頭を下げた。

「半田が報告を上げた、カウンター席の男はどうなった。俺の執行部入りの噂の件だ」

「顔写真がありませんので、該当の飲み屋に通い詰めて、男がもう一度姿を現すのを待っています」

「女将にはあたったか」

「はい。ですが一見《いちげん》だと。名前も知らないようで」

やはり西村組系の組員ではなかったということだ。

6

「情報が入り次第すぐに上げろ」

極龍会の関東入り、三崎の昇格の噂。手数はいくらでも必要だった。

「うちの傘下の組員を全員使え。例外はなしだ」

7

今日は会えない。でもきっと声は聞ける。

まだ知り合って一か月だというのに、輝の頭の中は三崎のことでいっぱいになっていた。

三崎のことをもっと知りたい。自分のことも知ってほしい。そんな感情を持ったのは生まれて初めてで、輝は胸の疼《うず》きの治し方も知らず、昨夜はほとんど眠ることができなかった。

寝不足のせいもあってか、月曜だというのに朝からなんとなく体がだるい。

「あれ、なんか疲れてる？　どうしたの」

さすがに、年上の知人のことが気になって仕方なくて……なんてことは院長相手には言えず、輝は先日勇気が送ってくれた本のことを持ち出した。

「先日友達が、僕が読んだ方がいいっていう小説を選んで送ってくれたんです」

「へえ。どんな本？」

「恋愛ものなんですけど……夫に不倫された奥さんがその不倫相手と共謀して旦那さんを殺そうとするんです。でも実は旦那さんには男の恋人もいて」

「濃いね。恋だけに。友達はどうしてそれを選んだの？」

「なんか、相手を殺したいと思うほどの愛があることを知った方がいいって」

「極端だね。友達は恋愛小説が好きなんだ？」

「いえ、それが読み終わった後に電話をしたら、最初はミステリーだと思って読んでたんだけど途中で違うって気付いたから送ったって、しれっと」

「ははは。いい友達を持ったね」

「想像もしないとんでもない結末がやってくるのかと思って、それだけを楽しみに辟易《へきえき》しながら読み続けたんですけど……疲れました」

「お疲れ様。ちょっと肩、揉んであげようか」

「えっ、いえ！　大丈夫です。今日の予定は――」

　読書で気が疲れたのは確かだったが、本のおかげで三崎のことを考えずに済む時間ができたのは確かだった。

「今日の一人目は九時に古賀田さん。確か先週来たばかりだけど……施術を受けたいってより北川くんに惚れてるんじゃないの？」

「何言ってるんですか」

　輝が笑うと院長もけらけらと笑った。

「よっぽど疲れる仕事をしてるんだろうね。がっしりしてるし、柔道とかやってそうなんだけど」

「わかるんですか？」

「耳がね、潰れるんだよ。上の方。畳にこすりつけられて腫れて、それが戻らなくなっちゃうの。柔道耳って言うんだけど」

「へえ。さすが院長。いろいろ知ってますね」

「ふふん。かみさん落としたのも俺の博識――」

「院長のは博識ってよりマメ知識！　ほら、開けますよ！」

　石和のつっこみにみんなで笑う。

「さて、じゃあ今日も一日頑張りますか！」

「はい！」

　にぎやかな職場。

　予約時間きっかりに古賀田はやってきた。

「こんにちは。奥のベッドへどうぞ」

　今日も古賀田は寡黙だった。輝もあまり話しかけることはせず、ベッドに寝転んでもらって全身の状態を確かめる。

（あれ……？）

　今日は肩よりもふくらはぎが張っている。これでは、だるさを越えて痛みを感じているのではないだろうか。

「足を念入りにいたしましょうか」

「よろしく」

　注文や文句もない。まぁいいか、と思いながら足を指圧していると、次第に静かな寝息が聞こえてきた。本当に疲れているのだろう。

　古賀田は結局、タイマーが鳴るまで眠り続けた。お大事にと言って見送り、ベッド周りを片付ける。

（……三崎さん、何してるかなぁ……）

　施術が終わるとつい三崎のことを考えてしまう。

（無理してないといいけど……）

　その後、二人の施術を終えてスタッフルームに戻ると、院長たちはすでに昼食を始めていた。輝も冷蔵庫から自分のお弁当を取り出して席に着く。

「お疲れ様です」

「お疲れ様。ね、北川くん。さっき午後のキャンセル枠に予約が入ったんだけど、新規なのに北川くんをご指名だよ。周藤克明《すとうかつあき》さん、二十歳《はたち》……古賀田さんも新規で指名だったよね。北川くん、SNSとかで話題になってるのかな？」

水筒の蓋を開けながら答える。

「そんなことないと思いますけど」

もしそうだったら、施術中にそんな話が出ただろう。しかし常連も含め、誰一人SNSに輝の名前が出ていると言った人はいない。

「でもさ、新規で紹介でもなく指名だよ？　事前問診の『何で知りましたか』ってところの欄は空白だし……こんなこと今までなかったよ」

院長の疑問に石和が答えた。

「ここのところ立て続けですね。ぶっきらぼうな古賀田さんに、若い周藤さん？　最近、施術とか変えた？」

「いえ、何も」

なんとなく、二人が食べている気配がないので輝も箸を置く。

「たぶん口コミだと思うんだけど……」院長が言葉を切る。「やっぱ顔かな？　俺たちが熊みたいなおっさんだから？　その中にうさぎみたいな子がいるから？」

「は!?　俺たちってまさか俺も含まれてます!?」

「当たり前じゃない。石和くんはもはや木彫りだよ、木彫り。魚咥《くわ》えてるやつ」

（熊……）

院長や石和は猛獣だったのか。

「まぁ偶然だと思うけど、もしプライベートなことでも何か変だなって思うことがあったら相談してね。俺も、どこから知ったのかとか訊けるときは訊いてみるから」

二人が食事を再開した気配があったので、輝も礼を言って箸を取った。


新規で指名。まだ若い周藤は時間どおりにやってきた。

周藤は人見知りなのか、それとも視覚障がい者に接するのが初めてなのか、どうしたらいいかわからないような様子だった。

「今日は鍼はなしで、指圧ですね」

「は、はい……」

周藤はのそのそとベッドに上がった。

「じゃあ、失礼します」

腰は確かに張っていた。ツボをぐーっと押すと、「ああ……」とため息が聞こえてくる。

五分ほど経った時、周藤はおもむろに話し始めた。

「あの、やっぱり目が見えないんですか」

(やっぱり……?)

やはり、誰かに噂を聞いて来たのだろうか。

「はい。何も見えません」

柔らかい口調を意識して伝えると、「そうですか……」とどこか申し訳なさそうな声が返ってくる。

「どうかなさいましたか」

「いえ……あの、どういうときに困ったって思いますか」

「うーん。点字ブロックの上に自転車が置かれていたときとかですかね。点字ブロックの上で立ち話してたりとか」

「他には何かありますか」

今度ははっきりとした口調だった。

ひょっとして、視覚障がい者に興味があるんじゃないだろうか。学生で、視覚障がい者について調べようとしているとか。しかしストレートには言えないので、こうしてこっそり調査をしているのかもしれない。

(最初のすみませんは、リサーチ相手にしてすみませんってところかな?)

輝にとっても、いろんな不便を知って気にかけてもらえるのならありがたい。

「困ったことっていうか、タクシーで遠回りされるって話はよく聞きます。どこを走られているかが見えないですから。あとは、これは女性ですけど、性被害によく遭うとか」

「他にもありますか」

やはり何かの調査のようだ。

「日常生活では、音が出ない信号だと赤なのか青なのかわかりません。一応、車の走行音で判断するんですけど」

「そうか……」

何か参考になることがあったらしい。深く考え込むようなつぶやきの後、周藤はすっかり黙ってしまい、輝も特に話すことはなく、ピピピ、と輝のアラームが鳴って予定していた三十分の施術が終わった。

頑張って、と声を掛けたかったが、周藤は調査ということは口にしていなかったので、輝も気付かなかったふりをする。

「お大事になさってくださいね」

残念ながら、次の予約は入らなかった。しかし若いし、何より周藤の目的は痛みを取ることではなかった。だからこれでいい。

見送りを終えると、意識は三崎のことに戻っていた。

＊＊＊

ここのところ、三崎は遠方での義理事が続いていた。

極道がブラックスーツを着るのはいつでも葬式に駆け付けられるように、なんて言われるが、まさにそれを実感するような日々だった。

幸いだったのは、どれも不審死ではなく病死だったことだろうか。極道社会も高齢化が進んでいる。代替わりが進むのはいいことだが、一か月の間に香典だけで数千万円が飛んでいた。

「お疲れ様でした」

三崎が事務所に戻ると、富本がコーヒーカップを机に置いた。

「もう当分義理事はごめんだ」

ただ葬式や通夜に出席するだけではない。大人数相手に挨拶をして回らなければならないのだ。この禿頭《はげあたま》は誰だったか、なんて考えたことに気付かれれば大問題になるので、ずっと気を張っていた。

こんな時は、いつも以上に輝に会いたくなる。世の中の穢《けが》れを何も知らないような、あの無垢な顔を見て癒やされたい。それでなくてもここのところずっと忙しく、ほんの数分、電話で声を聞くことしかできなかったのだ。輝もなんとなく寂しいと思ってくれていることが、声から伝わってきていた。

今から少しでも顔を見られないだろうか。腕時計に視線を向ける。二十一時半。ポケットに入れた手から携帯を離す。

「お疲れのところ大変申し訳ないのですが、また極龍会に動きがあったようです」

「なに。また関東入りか」

「おそらく——ですがまだ情報が集まっておりません」

「結局、先月も状況がつかめなかったな」

何か目的があって、極秘で動いているのだろうか。

「情報が入り次第お伝えします。それから、数分前に八剱組の若頭からお電話がありました」

「用件は？」

「先日ご相談した件、お考えいただけたか、と」

どうやら源一郎が三崎を推薦する旨を、正式な話として西村から聞いたらしい。

「せっかちだな。放っておけ」

検討する、とは言った。しかしいつまでに回答するとは言っていない。

「喧嘩しか能がないんですから、黙って待っていればいいものを」

「——お前、その性格は他の組の前で一切出すなよ」

「出したことがございましたか」

さらっとした言い方。富本の本性を知らない他の組や正業の関係者はみな、できた部下がいていいですね、なんてことを言う。

「――さすがに疲れた。近々一日休みを取る」

三崎は富本を部屋から追い出すと、溜まっていた書類に視線を落とした。

8

三崎は今、何をしているのだろう。どこにいるのだろう。家はどこで、どんな雰囲気の部屋で暮らしているのだろう。施術中以外、三崎のことが頭から離れない。

あっという間に十月に入った。

ここのところ、電話は毎日もらっていた。しかし三崎は忙しいようで、いつもほんの少し会話をするだけで、電話は早々に切れてしまう。頭では、忙しい中電話をくれているのだから、と思っている。しかし心はついていかない。

(ほんとは仕事じゃなくて、恋人の関係とか……)

あり得る。三崎はとても素敵な人なのだ。外見こそわからないけれど、優しくて、強くて、守ってもらっているような気にさせる包容力がある。誰であろうと、あんな人と知り合って好きにならないはずがない。

治療院に着くまでに、この鬱々《うつうつ》とした気分をどうにかしなければ、と輝は無理矢理頭の中から三崎を追い出した。

出勤すると、すぐに院長に呼ばれた。

「北川くん、ちょっといいかな」

深刻な声に、身構えながら席に腰掛ける。

「何かありましたか」

8

「……また指名。ご新規さま」

「え……また、ですか」

古賀田、周藤に続いてこれで三人目。さすがに多い。

「あの、事前問診には……？」

「来院のきっかけは紹介。でも紹介者のところはまた空欄」

「なんでなんでしょう……」

「わからない。あのさ、しばらくホームページから北川くんの写真は消しておこうか。来てくれるのはありがたいけど、なんか気持ち悪いし。紹介ってのも嘘っぽい気がするし」

その方がいいと思います、と席に座っていたらしい石和が同意する。

「すみません、お手数をおかけします」

「そんなのはいいんだって。でもなんなんだろうなぁ……どこで聞いてきたんだろ。今日は北川くんは体調不良で休みってことにして俺が代わりに施術しようか」

どうしよう。頼んでしまった方がいいだろうか。けれどせっかく指名してくれた人だ。紹介者の欄は面倒くさくて未記入にしただけかもしれない。

「あのさ」院長が言いにくそうな声を出す。「セクハラとか……受けたことない？」

「え？」

「ほら、施術中に体に触られたりとか」

「肩をほぐすときとかは、患者さんの手が僕にあたることもありますけど」

「まあ、それはね。答えにくいかもしれないけど、股間を触られたとか、そういうことはない？」

事務所の空気がしんとなった。院長と石和の視線を感じる。

8

「えっと……まったくないわけではないですけど、触られるってよりあたっちゃってるって感じかなって思ってて……」

しかし自信がなくなってきた。どうしても体勢のせいで触れてしまうことはあるものだ。逆に、患者にそれを意識して腕を動かされると体に力が入ってしまい、施術しづらくなる。

「……んー……やっぱり、あたっても手の甲とかだと思います。ペタペタ触られるとか撫でられるとかってことはないです」

だから違うと思う、と言う輝に、石和が言いにくそうに口を挟んだ。

「バレないように手の甲で痴漢するやつもいるんだよ」

「え……そうなんですか」

ぞっとした。

「この患者さんは嫌だなって思ったこととかはあるかな」

院長も言いにくそうで、気を遣わせていることが申し訳なくなる。

「あの……そういう目的で、僕には触れるって噂が流れてるってことでしょうか」

「あくまで可能性としてだけど。もしそういう噂が流れてるなら、これからすごく嫌な思いをしちゃうかもしれないから」

すぐには答えられなかった。もし本当にそんなことになったら、仕事を辞めなければならなくなる。しかしこの仕事は好きだし、他にできることもない。この職場だって大好きで大切だ。常連もたくさんいる。

何か思い当たることはあっただろうか、と考えてハッとした。

「――あ、でも、新規の指名で来てくださった古賀田さんも周藤くんも、変に体に触れることってなかったです」

「そうなの？」

これは自信をもって言えた。

「はい。まあ、腕がぶつかるとかはもちろんありましたけど、セクハラと感じるようなことはなかったです」

「うーん……そっか、じゃあセクハラ目的の線は消えたか。でも今日の人はどうしようか」

「大丈夫です。僕が施術します」

「わかった。でもホームページからは一応消しておくから。実際、もう営業する必要はないくらい予約は埋まってるわけだし」

「すみません、ご迷惑をおかけして」

「いいんだって。北川くんは、俺には子どもみたいなもんだから。長く勤めてもらえるようにちゃんとしますよ、俺は」

「俺にも優しく……」

「何言ってるの、木彫りの熊さん」

みんなで笑う。明るい雰囲気は、きっと輝の気分を盛り上げるためのものだろう。

午前は常連が続いて和やかに過ぎ、午後一番に話題の新規患者がやってきた。

「北川くん。患者さんは樋口《ひぐち》さんね。七十代男性。指圧マッサージで」

「わかりました」

ベッド周りの状態を院長に確認してもらい、樋口をベッドに案内する。

「北川です。よろしくお願いします」

8

「おお。よろしくな」

年齢のわりに闊達《かったつ》で、気さくなタイプのようだった。輝の目が見えないことは知っていたようだし、気難しいタイプでもなさそうなことにほっとする。

「ちょっと失礼します」

肩に触れる。しかし、あまりこっているようには感じられなかった。今度は腕を持ってぐるりと動かしてみるが、痛がる様子はない。しかし主訴《しゅそ》は肩周りだと聞いていた。

「全体のバランスを見ます。仰向けで横になってください」

膝を押し曲げるようにして股関節のストレッチを施していく。

しかし、やはりやりがいはない。樋口本人も気持ちいいというようなことを口にすることもない。

「そういえば、ご紹介で来てくださったんですよね。どなたからか、お聞きしてもよろしいですか」

「え？　ああ、はは、ナイショ」

内緒ですかぁ、と笑っておく。

樋口の態度から、怪しい雰囲気は感じられないけれど――。

(うーん……)

胸にもやもやしたものを抱えながら、今度はうつ伏せになってもらい、背中を押す。やはりこっている部分は見つからない。

樋口は、いったいどうしてここに来たのだろう――。


仕事を終えて気持ちが切り替わると、三崎に会いたい気持ちに襲われた。これでは今夜も明日の休みも、ずっと三崎のことで頭がいっぱいになってしまうだろう。

そんなことを考えていたら、信号で出遅れた。車が流れ始めた音がする。

もう一度流れが止まるのを待ち、足を踏み出す。

「まだ赤です」

若い男性の声とともに、背後から腕を引かれた。

「あ——すみません、助かりました」

危ないところだった。ただ車の流れが途絶えただけだったのか。

しばらく待っていると、走行音が止んだ。

「青です」

まだいてくれたのか。

「ありがとうございます。とても助かりました」

頭を下げてから、交差点を渡る。

(考えごとしてたらやっぱり危ないよね)

しっかりしなければ、と気を引き締める。

玄関に入ったタイミングで携帯が鳴った。三崎の名前が聞こえた瞬間、飛びつくように応答する。

『お疲れ様。今少しいいか』

「はい」

会いたい。けれどやっぱり、声が聞けるだけでじゅうぶんだと思わなければ。輝は三崎の恋人でもなんでもないのだ。

『ここのところ忙しかったんだが、ようやく少し時間が取れそうなんだ。体も疲れているし、会いたい。北川くんの職場に行ってもいいか』

　疲れているのに会いたいと思ってくれたのか。嬉しくて、胸が弾けそうだった。

「指圧だけなら家でしますよ」

『だめだよ。仕事なんだ。きちんと行って金を払う』

「でも、家でならそのまま寝られますし」

　ただ三崎の部屋でした場合、寝られると輝が帰れなくなってしまう。だから狭いけれど、輝の部屋のベッドで施術をしたかった。

『働いている北川くんを見たいっていうのもあるんだ。近々スケジュールを見て予約を入れるよ』

　わかりました、と言うしかない。

『――ん？　ホームページに北川くんの名前がないな。イマリ鍼灸治療院で合ってたよな』

「あー……最近ちょっと変なことがあって、院長が外してくれたんです」

　写真を消すとは聞いていた。一緒に名前も消してくれたのだろう。

『変なこと？』

「新規なのに指名をいただくことが重なって。三崎さんみたいに知り合いとかってならわかるんですけど、全然知らない人で」

『他の患者からの紹介じゃなくてか』

「それが……普通そういう人って誰々さんから聞いたよーとかって言ってくれるんですけど、そうじゃなくて。なんか体がつらそうじゃない人とか……」

　患者のことは言わないつもりだったが、ついぽろりと樋口の話をしてしまった。紹介者は内緒だと言われたことも、引っ掛かっていたのだと思う。

『つらそうじゃない？』

「まあリフレッシュしたいだけかもしれないんですけど。普通は肩こりとか腰痛とかそういうのでいらっしゃるので。うちはアロマや美容じゃないですから」

だから、院長が念のため輝の掲載を消すことを提案してくれたのだと改めて説明する。

『もし心配なことがあったら言うんだよ』

「ありがとうございます。でも、大丈夫です」

『ならいいが……。院内はどんな感じなんだ？　前にも言ったかもしれないが、こういうところには行ったことがない』

「ベッドが三つ並んでいて、それぞれカーテンで囲われていて、だいたいは横になってもらって施術します。メインは指圧と鍼って感じですね」

言葉が返ってくるまでにわずかに時間が空いた。

『施術を受けるには何が必要かな。保険証か？』

「いえ、保険適用でなければ何もいりません。ホームページには載ってないですけど、僕の名前を言ってもらえれば大丈夫ですから」

『わかった。院長も心配だろうから、そのときは知り合いだと伝えるよ。もし不安にさせそうなら、俺の名前を伝えておいてくれ』

「ありがとうございます。でも緊張しちゃいます」

三崎が穏やかに笑う。

『普段どおりしてくれればいい』

三崎に触れるのだ。介助のために触れられることはあっても、輝から触れたことはない。せいぜい、移動のときに腕を握らせてもらうときくらい。

『そうだ、鍼もやってるんだったな。経験はないんだが』

「はい。金属アレルギーはありませんか？」

『ないよ』

「怪我をしているところや、刺青《いれずみ》やタトゥーが入っているところにはできませんけど。手の甲に、無料でお試し鍼ができます」

『じゃあ、それも頼もうかな』

三崎は楽しみだと笑った。

＊＊＊

「今日も九時から古賀田さん。すごいね、初診からほぼずっと二週に一度は来てるじゃない。やっぱり北川くんに片思いしてるのかな」

「なんで片思い限定なんですか」

石和が不思議そうな声色で尋ねる。

「え、だって北川くん、好きな人いるでしょ」

「えっ――」

「へえ」

どうして気付かれたのだろう。

「わかりやすいよね、北川くん。最近ずっと携帯意識しながらそわそわしてるし。でも確認すれば

8

音声を俺たちに聞かれちゃうから、確認できないってところでしょ」

「え、え、え……え、その……あの……」

「おいおい北川くん、素直すぎない？」

石和がゲラゲラと笑った。それで、カマかけに引っ掛かったのだと気付く。

「まぁまぁ。で、北川くんに振られてしまった可哀想な古賀田さんの後はすぐに三崎さんね」

「えっ」

「ん？　北川くんの知り合いって書いてあったけど、違った？」

「あ、いえ……はい、知り合いです」

いつの間に。予約をしたのなら教えてくれたらよかったのに。きっと驚かせようとしたのだろう。

院長に礼を言って着替え、施術に使う手拭いを用意する。

来院した古賀田は、今日も不愛想なままだった。

（人見知りって感じじゃないんだよなぁ……）

古賀田の背中のツボを押し、パンパンに張ったふくらはぎを揉む。

「かなり運動されているようですね。ふくらはぎに加えて今日は腰も張っているようです」

「立ち仕事が続いてたから」

「そうですか」

いったいなんの仕事をしているのだろう。気になるけれど、今の関係では到底訊けない。

四十五分の施術を終えてスタッフルームに戻った時には、意識はすっかり三崎に奪われていた。

（もうすぐ会える……）

しかし職場だ。いつものように話をすることはできない。

8

けれどほんの少しの間だけだけれど、会える。それが嬉しい。顔がにやけてしまいそう。

「北川くん、三崎さんがいらっしゃいました。指圧とお試し鍼、一時間です」

受付のスタッフに声を掛けられ、意識して顔をこわばらせるようにして待合室に出る。

「北川くん」

「びっくりしました」

「たまには驚かせたくてな。今日はよろしく」

「こちらこそ。一番奥のベッドにどうぞ」

緊張で、どこかギクシャクしてしまう。

今は仕事、と思うとどう接したらいいかわからない。

「えっと、その……」

「俺まで緊張してしまいそうだ」

「すみませんっ。えっと、じゃあ……どの辺りを施術しましょうか」

「任せるよ」

「わかりました。じゃあちょっと確認しますので、壁の方を向いて座ってください」

三崎の肩に手拭いをかける。触れるのはその上からなのに、いざ腕を伸ばすとさらに緊張が増してしまった。

(三崎さんの体……)

「し、失礼します……」

改めて触れると、肩幅が想像以上に広かった。それに筋肉がついていて、厚みがある。

「あ――この辺りですね」

三崎の体は、左側がこっていた。右利きなのだろう。全員がそうとは言えないが、普段あまり使わない方がこりやすい。

「ああ。これでもたまに腕を回すようにはしてるんだが」

「つらいですよね。じゃあ、うつ伏せで横になってください」

体の張りに触れると、自分でも驚くほど仕事のスイッチが入った。お試し鍼を刺している間に股関節をほぐし、その後は三崎の腰を跨《また》いで、揉み返しが起こらないよう加減しながら背中を押す。疲れている中、わざわざ来てくれた三崎を癒やしたかった。つらそうなところを手探りし、懸命に指圧する。

三崎も静かに施術を受けていた。

あっという間に一時間が経ってしまう。

「ありがとう。すごく体が軽くなった」

「よかったです」

またお待ちしています——しかしそれを言えば営業をしているようで言えなかった。

「また来るよ」

不自然な態度を取れば、カーテン越しでも院長たちに感付かれる。しかし気の利いた言葉が出てこない。

「……はい。お大事になさってください」

出入り口まで見送りに出た時、ふわっと三崎の香りがした。

「後で電話する」

耳元でささやかれた小さな声。

8

顔が一瞬で熱を持った。

遠ざかる足音。出入り口のドアが開く音。

「あ、お疲れ様でした」

背後から聞こえた声。どうやら受付のスタッフは、席を外していたらしい。慌てて熱くなった頬を両手で包む。

「どうかしました？」

「いえ。ご満足いただけたそうです」

「北川くんの施術に文句言った患者さん、いませんけどね」

笑うスタッフに笑顔を向けてスタッフルームに入る。

——後で電話する。

まるで心臓が耳に移動したかのようだった。

＊＊＊

三崎は軽い足取りでイマリ鍼灸治療院の駐車場に向かうと、待たせていた車に乗り込んだ。すぐに富本からの確認が入る。

「お疲れ様でした。いかがでしたか」

「特に違和感はなかったが、俺が彼の施術を受けていたから謎の患者はいなかったんだろう」

車が駐車場を出て会社に向かう。

「お前の方は何かつかめたか」

新規なのに、指名を入れてくる患者。そしてあまり体に不調のなさそうな患者。

念のため、輝にその話を聞いた後すぐに数人の若衆を輝の警護につけていた。

「今のところ不審な患者は見つかっておりません」

「まだ問題が起きているというわけではないからな」自分の感情を悟られぬように付け足す。「だが理事長の恩人だ。何かあってからでは遅い」

「はい」

(せめて患者の名前だけでもわかれば違うかもしれないが――)

しかし輝は患者の個人情報は明かさないだろう。それに、施術には身分証も不要だった。あれではいくらでも偽名を使えてしまう。

(監視カメラは入り口にしかなかったな)

鍼灸治療のために衣類を着脱するからだろう、カーテンで作られた個室にカメラはなく、飾り気もない室内には隠しカメラの設置もできそうになかった。

(何もないといいが……)

目が見えないこともあって、輝が感じる不安感は三崎たち晴眼者の倍以上になるだろう。

健気で頑張り屋。人に頼らずに一人で生きようとする輝を傷つける者は許さない。

そう思いながら、一緒に過ごすための言い訳を自分にしているだけだとも気付いていた。

「治療院の出入り口を映すカメラを設置しろ。院の関係者に見つかると厄介だ。徹底的に隠せ」

「承知しました。施術の方はいかがでしたか」

「気持ちよかったよ。体は軽くなったが、普段から働きすぎだな」

「メンテナンスされた分、余力がありますね」

8

「お前は鬼か」

「近藤《こんどう》さんをお呼びしましょうか。精力的になるのに的確なツボを押してくださるかもしれません」

　清家会御用達の殺しと拷問のプロの名前を出され、顔をしかめる。拷問が好きで、神経や人体のしくみを知るべく医師免許まで取ったというやる気に満ちたヒットマン。

　三崎は仕事を頼むとき以外は関わりたくないと思うのだが、富本だけは気が合うようで、たまに連絡を取っているようだった。

「勘弁してくれ。あいつが得意なのは的確に殺すツボだろう」

　三崎は体から力を抜くと、これまで聞き流していた源一郎の甘味屋談義を思い出しながら、輝に渡す手土産について思案を始めた。


　しかしその夜、三崎がそろそろ輝に電話をしようかと思い立ったとき、荒々しいノックと同時に富本が駆け込んできた。

「組長。緊急のご報告が」

「どうした」

「北川輝さんのアパート付近に不審な男がいたと」

「尾行は」

「試みましたが、途中で巻かれたそうです。大規模な捜索は北川さんに危険が及ぶかもしれないとの判断で、今はしておりません」

「それでいい。写真は撮れたか」

「携帯にお送りしました」

胸ポケットから携帯を出し、メールを開く。

見たことのない、がっしりした体格の男だった。

短髪。鋭い眼光に、潰れた鼻。

同業者か、もしくは――。

「傘下全員にこの写真を回せ。理事長の恩人に不審な人物が近づいているかもしれないと」

「承知しました」

富本が走り出ていくと、三崎は椅子に背を預けて目を閉じた。

(これまで会ってきた極道の中にはいない……)

まだ、輝を狙ったとは断定できない。単なる偶然、思い違いかもしれない。

しかし輝はひったくりに遭った過去があった。犯罪はエスカレートする。その犯人に、空き巣や強盗のための行動確認をされている恐れもある。

考えられる事態に頭を巡らせてハッとした。

(まさか極龍会か?)

あちらの動きは結局一切つかめていない。万が一、三崎が関わっている人物として輝に目をつけられたのだとしたら――。

しかし、カタギに手を出すだろうか。しかも別組織の組長が気に入っている相手。この稼業ではご法度《はっと》だ。

(だが関東入りした極龍会の人間は何をしていた?)

半グレや、いわゆるやんちゃと呼ばれる若い人間に、三崎は支持されていた。三崎組傘下の組織も三崎の依頼に命令を越えた協力をしてくれる者が多く、人探しには自信があったのだが……なぜか極龍会の件はまったく情報が集まらなかった。厳戒態勢を敷かれていたことは明らかだった。

（不審な患者も、アパート付近にいたこの男もヤクザ者か？）

輝は人の気配に敏感だった。つけられていることに気付いて、不安な思いをしているかもしれない。

電話をかけようかと携帯を手にして、開きっぱなしだった写真を改めて目にする。

耳がいびつな形をしているように見えた。ズームをして目をこらす。

（これは――）

慌ただしいノックの音が響いた。

「失礼します！」

「どうした」

飛び込んできたのは、三崎の昇格の噂について探らせている若頭補佐の半田だった。携帯を握りしめている。

「先ほどの写真の男だそうです！　酒処ハツミのカウンターで、組長の昇格の噂話をしていた男は！」

「何！」

思わず立ち上がっていた。

「目撃した若いやつに先ほどの写真を共有したら、こいつが例の男ですと電話が来ました！」

「それは確かか」

万が一人違いだったら大問題になる。気は急《せ》いていたが、慎重にならなければいけない。

8

「絶対にそうだと言っています！」

改めて携帯の写真を見る。さっき気付いた耳の形。やはり耳の上部が潰れ、いびつに膨らんでいた。

（柔道耳……）

目的は、三崎《ヤクザ》からの保護か――。

「関東近郊の警官を洗え。こいつはどこかに所属しているはずだ」

壁時計に視線を向けると、三崎は携帯を取り出した。

「俺だ。今日はありがとう。体がすごく楽になった。ああ、緊張していたな。ところで明日なんだが、時間はあるか？　祖父の家の犬に会いに行かないか」

楽しみです、という輝の返事を聞き、携帯をしまった。

即座に半田が携帯を耳にあてる。

「明日、そちらに組長と北川さんがお邪魔いたします」

警察が二十四時間体制で輝に張り付いているのかどうかはまだわからない。ただ、三崎の迎えで源一郎の屋敷に入るところを見れば、あちらの意識も変わるだろう。

何があろうと、輝を手放すつもりはない。警察だろうとなんだろうと、降りかかる火の粉は払うまでだ。

9

輝が三崎の車から降りると、元気そうな源一郎の声が耳に飛び込んできた。

「北川くん！　よく来たね。先日はお見舞いをどうもありがとう」

「ご退院おめでとうございます。元気になられてよかったです。こちらこそおいしいお菓子をたくさんいただき、ありがとうございました」

「こうして元気でいられるのは北川くんのおかげだよ。さあ、中へ入りなさい。梅助《うめすけ》も北川くんが来るのを心待ちにしておった」

「嬉しいです。お邪魔します」

用意してきた手土産を渡し、リビングのソファに座る。

犬は室内飼いだろうか。今のところ、犬の気配は感じなかった。

「飲み物は何がいいかな。ジュースかな」

「おかまいなく。あの、わんちゃんは――」

「ああ、梅助なら外におるよ。おいで。縁側に座ろうか」

源一郎に応えるように、隣に座っていた三崎が腰を上げた。輝も立ち上がり、腕に掴まらせてもらう。

「おい、梅助！　北川輝くんだ」

源一郎が呼ぶと、「あんっ！」とかわいい鳴き声が聞こえた。機嫌がよさそうな愛らしさを感じる。

9

「北川くん、そのままここに座ってくれ」

「はい」

そっと腰を下ろすと、すぐ近くから「ハッハッ」と楽しそうな吐息が聞こえた。

「梅助、北川くんじゃ。じいちゃんの恩人だよ。吠えてはいかん」

「梅ちゃん、よろしくね」

「わうっ！」

ぶんぶんという音は、尻尾を振っているのだろうか。

「北川くん、手を伸ばしてごらん」

しかし、目に触れてしまったらと思うと怖かった。そっと下から手を差し出してみる。柔らかな毛が触れた。

梅助は輝の目が見えないことがわかっているかのようにじっと、おとなしくしていた。

「梅ちゃん、ふわふわだね。あったかい」

「わふっ」

「ふふ、お返事してくれるの？　言葉がわかってるみたい」

「梅助は賢いよ。人間の言葉もちゃんとわかっておる」

「あうっ！」

まるで「そうだよ」と言いっているような返事だった。会話にはならないけれど、いくらでも一緒に過ごせそうなほど楽しい。

しばらく体を触らせてもらう。

「さあ、そろそろおやつにしよう。ケーキを用意したよ」

「ありがとうございます。梅ちゃん、また遊んでくれる？」

「わうっ！」

尻尾を振る音。名残惜しくてもう一度体を触らせてもらい、三崎の介助で洗面所に手を洗いに行く。

「ここは広いんですね」

「ああ。大所帯《おおじょたい》だからな」

「そうなんですね」

プライベートな質問をすることは憚《はばか》られて控えていたが、いたるところで人の気配は感じていた。しかし誰も声を掛けてはこなかったので、輝も軽く頭を下げるだけに留めていた。

「梅ちゃん、みんなにかわいがられているのがよくわかりました」

「そうか」

「三崎さんは一緒に遊ばないんですか」

「遊んだことはないな。世話もしていないから、俺にはまったくなついていない」

「かわいいのに……」

しかし三崎は忙しいのだろう。

「いつでも遊びに来るといい。迎えに行くよ」

「ありがとうございます」

リビングに戻ると、紅茶のいい香りが広がっていた。

「おお、おかえり。転ばなかったかい？　ケーキは何がいいかな。おすすめはモンブランだよ。他にもクッキーや、マフィンもある」

「お茶会みたい！　ありがとうございます」

ソファに座り、ミルクティーの入ったカップを傾ける。

「北川くんは、よく隆司の世話をしてくれているそうだね。ありがとう」

「えっ、いえ！　お世話になってるのはこちらなんです。介助の仕方も勉強してくださって、すごくありがたいです」

一緒にいると心地よくて、けれどドキドキして落ち着かなくて、会えたら嬉しいのに緊張して、帰ってしまうと寂しくてたまらなくて、でも電話がくると嬉しくて……素直な気持ちをすべて伝えることはできないけれど、これまで知らなかった感情を教えてくれた三崎には感謝の気持ちしかなかった。

「そうか。困ったことがあったら頼るといい。料理はからきしだめだが、それ以外ならまぁ使えないこともなかろう」

「そんな……」

「北川くんの料理はうまいんです」

「そうか。わしも食べてみたいな」

「えっ、えっと、普通の料理ですけど、ぜひ……でもアパートが狭くって」

他人の家のキッチンは使えない。もちろん社交辞令だとわかっていたけれど、源一郎は嬉しそうに笑った。

「ありがとう。楽しみにしているよ」

「あの、おじいさんはどうしておいしいお菓子に詳しいんですか」

「おお！　よくぞ訊いてくれた！　わしのガールフレンドの花子さんが情報通で、いろんなことを教えてくれるんだ」

「ガールフレンドがいらっしゃるんですね」

「顔も美人で性格は気さく、しかも甘味に限らず、どんなことでも知っておる」

「へえ、素敵な方なんですね」

「そうなんだよ。すごくいい人で、わしはぞっこんなんだ。だが、隆司はそういう話題にとんと興味がなくてな、全然話を聞いてくれん。そうだ、先日隆司に持たせたマドレーヌも花子さんのおすすめなんだよ」

「そうだったんですか。すっごくおいしかったです。お礼をお伝えいただけますか」

「もちろん！　北川くんの話はわしも何度もしておるよ。そうだった！　倒れたわしを助けてくれた子だと言ったとき、お礼を伝えてほしいと頼まれておったんだ。失念していたよ」

すまなかった、と言う声の向きが変わり、頭を下げられたことがわかった。

「いえ！　本当に僕、大したことはしていないので」

「いやいや。これまでは入院しておって何もできなかったが、これからは困ったことがあったらいつでも言いなさい。人手はあるからね。喜んで駆け付けるよ。荷物持ちでも車を出してほしいでも、なんでも。家具の移動なんかでも呼ぶといい」

「ありがとうございます」

またお菓子の話題に戻ってデザートを食べていると、途中で急な来客があったと源一郎が呼び出され、三崎と二人きりになった。

「明るくて優しいおじいさんですね」

「北川くんには特別だよ」

「そうでしょうか。三崎さんのことがかわいくてたまらないって感じがしますが」

「それは――どうだろうな。祖父は北川くんの前では人が変わる」

「ふふ、そうなんですか。でも三崎さんは誰の前でも変わらないですよね。誰にでも優しいから、すごくモテそうです」

「そんなことないよ」

「モテますよ。……でもいろんな人に優しいから、恋人にとっては特別感がないかも」

　恋人がいるのか、探るような言葉になってしまった。でも知りたかった。しかし、もしいると言われたら、これからは会うのを遠慮しなければならないだろう。

「別に優しいわけじゃないが――恋人だけは名前で呼ぶかな」

　そういう相手はいないよ、と言ってほしかったが、肯定も否定もされなかった。しかし話の流れを変えてまでストレートに訊く勇気はない。

「そうなんですね」

　名前で呼ばれるようになりたい。

　そんな気持ちをごまかすように口を開く。

「子どもの頃、どんなふうだったのか興味があります。やんちゃでしたか」

「だったと思うよ」

　昔を思い出したのか、三崎の声が柔らかくなる。

「どんないたずらをしました？」

「どうだったかな」

「あれ、やったことあります？　教室の入り口の引き戸に黒板消しを仕掛けておくの」

三崎がくすくすと笑う。

「随分古いいたずらだな。北川くんの学校にそんなことをする子がいたのか」

「いえ、本で読みました。じゃあ書かれたのが古かったのかな。普段読むのは時代小説ばかりで、先日友達が送ってくれた本が——」

自分ばかりしゃべってしまっていることに気付き、恥ずかしくなった。口を閉じて、膝の上に置いた手を握る。

「友達が送ってくれた本が？」

「あ……いえ、なんでもないんです。それにいたずらが書いてあったってだけで」

どんな小説だったのかと訊かれたら困る。恋愛小説だったなんて言ったら、どうしてそんなものを送ってもらったのか、なんて訊かれ——ることはさすがにないか。

「えっと……」

何か、別の話題はないだろうか。今の話から離れすぎず、さりげなく違う方向に持っていけるもの。

「北川くんは、恋人は？」

「えっ……い、いません！　できたことないです。っていうか、その、目も見えないし……」

「目のことは関係ないだろう」

「でも、出掛けることもままならないっていうか、三崎さんもご存じのとおり頼りっぱなしになっちゃいますから。対等に歩けないし……」

「横を歩けるんだからいいじゃないか」

これは、どういう意味なのだろう。単にフォローされているのか、恋人を作ればいいと勧められているのか。

意味を測りかねていると、源一郎が戻ってきた。

「すまんすまん。おや、手が止まっているね。もうお腹いっぱいかな」

「あっ、いえ。おかえりなさい。すごくおいしいです。このチョコレートケーキも最高です」

言いながらケーキにフォークを向ける。

「北川くん、もう少し左だよ」

「あっ、ありがとうございます」

教えてくれた三崎の声は普段どおりだった。さっきまでの恋愛に関する話は、三崎にとってはなんでもない会話だったということだろう。

気分を変えるためそそくさとケーキを食べ、源一郎に頼んで縁側に出た。


「今日はありがとうございました」

夕食までごちそうになり、梅助ともたっぷり遊んで心も体も満たされて助手席に座った。

「いや、祖父が無理を言って引き留めてすまなかった。気疲れしただろう」

「いえ！　とても楽しくて、食事やデザートもおいしくて、つい甘えて長居してしまいました」

三崎と連絡が取れない間は寂しくてたまらなかったのに、今はもう、そのときの感情など思い出せない。

「梅助は真夏以外は庭で放し飼いされているんだ。地面は平らだから、梅助と歩けるよ」

「わ、すごい！　でも白杖が梅ちゃんにあたってしまいそうで」

「俺が一緒に歩くよ。広いからいい運動になる」

9

「ありがとうございます。でも三崎さん、仕事もお忙しいのに」

「実を言うと、北川くんの手料理が食べたい一心で仕事がはかどるようになった。秘書にもこの調子でお願いしますと言われてしまったよ。次は豚の生姜焼きが食べたいんだが」

リクエストしてくれるのはありがたい。それに、手が込んでおらず、ご飯にのせても食べられるものというのは優しさだろう。

「わかりました。ピーマンは――」

「……生姜《しょうが》焼きにピーマンを入れるのか?」

「冗談です」

「焦った」

もし入れても食べてくれるのだろうに。

次に会えたとき、みそ汁や副菜は何を作ろうか。もっといろんなものをおいしく作れるようになりたい。三崎の食事の好みも知りたい。

しかし、もうすぐアパートに着いてしまう。

「また連絡する」

「はい。今日はありがとうございました。お仕事、無理しないでくださいね」

部屋の入り口まで送ってもらい、別れの時。三崎が帰ってしまうとわかっているのにドアを閉めなければならないのは、とてもつらい。

「おやすみ」

「……おやすみなさい」

でもドアを閉められない。もっと……もう少しだけでも一緒にいたい。けれど輝も三崎も明日は仕事だ。まだ時間が遅いわけではないが、今日はすでに長い時間を一緒に過ごしていた。

自然と肩が落ちてしまう。

振り切らなきゃ、と思ったとき、三崎の携帯の呼び出し音が鳴った。

「すみません。おやすみなさい」

「ああ、おやすみ」

ドアを閉めると、すぐに「もしもし」と三崎の声が聞こえた。施錠もしないといけないのに、三崎がまだそこにいると思うとつまみを捻ることができない。

三崎も施錠音がしていないからか、そこから動こうとはしなかった。

（だめだめ……）

仕事の電話かもしれないのだから。

鍵に手をかけたとき、トントンと玄関をノックされた。急いで開ける。

「はい」

「すまない。祖父からの電話なんだが、梅助が寂しがって、北川くんが使っていたサンダルを放さないらしい。梅助が聞いているから、電話越しに声を掛けてやってくれないか」

「え――ふふ、嬉しいです」

思わぬ話に顔がとろけた。手を差し出すと、携帯を持たせてくれる。

「もしもし」

『あんっ！　あんっ！』

「梅ちゃん？　今日はありがとうね。また一緒に遊んでね」

『あんっ！　わうっ！』

どうやらお話ししてくれているらしい。鳴き声が止むまで「うんうん」と聞き、「またね」と約束して携帯を三崎に戻す。

「すまない」

「いえ、嬉しいです。僕ももう梅ちゃんに会いたくなっちゃいました」

梅助の方が、輝より何倍も素直だ。会いたい、寂しいと主張できる。

「梅助の気持ちがわかるな」

「え?」

「俺もここを出ると北川くんに電話をかけたくなる」

「あ――その、あのっ、僕も、です……」

顔が爆発しそうなほど熱かった。

「嬉しいよ。ありがとう。名残惜しいが、また。今度こそおやすみ。きちんと鍵をかけるんだよ」

「はい。本当にありがとうございました。おじいさんにもよろしくお伝えください」

おやすみの挨拶をしてドアを閉める。鍵をかけると、三崎の遠ざかっていく足音が聞こえた。

10

「北川くん、ただいま」

「おかえりなさい」

なじんだ挨拶。けれど毎回、飛び上がりたくなるほど嬉しい。

十月も終わりに近づいて夜はめっきり寒くなったということで、三崎は今日、エアコンのフィルター掃除をしてくれると言っていた。まるで、ここで一緒に生活をしているような気分。

しかし欲望には際限がない。最初は電話で声が聞けるだけで幸せだったはずで、会えなかった時はほんの少しでも会えたらいいと思っていたはずなのに――。

おそらく先日、別れ際に輝が寂しがる顔を見せてしまったからだろう。三崎はこれまでより早く、午前中から来てくれるようになった。でも日が短くなったせいもあってか、夕方には帰ってしまう。

(電灯、買っちゃおうかな……)

最近、ずっと考えていることだった。しかしそれをすれば、忙しい三崎から帰る口実を奪ってしまう。関係を大切にしたかった。できるだけ長く、三崎との縁を繋いでおきたかった。だからこそ、欲張りになってはいけないと思っていた。でも心は求めてしまう。

「最近、変わったことはないか」

「いえ。あ――職場から家までの間にいくつか音響式ではない信号があるんですけど、少し前から信号の色を教えてくれている男性がいて、ありがたいなって思ってます」

「そうか。よかったな。だが、危ないな。すべて音響式になったらいいのに」

「まぁ、そうなったら助かりますけど」

でも教えてくれる人がいるということは、それだけ視覚障がい者を意識してもらえているということだ。それに輝もその人のおかげで安心して渡ることができているし、教えてくれる交差点はそのときによって違ったりするのだけれど、その男性は、なんとなく周藤克明なのではないかという気がしていた。きっと近くに住んでいて、輝の話を聞いてさっそく実践してくれている。

(三崎さんも、僕が視覚障がい者に声を掛けてほしいって言ったら駅で声を掛けてくれたし)

少なくとも、今の輝の周りは視覚障がい者に優しい。それが嬉しい。もっともっとそれが広まったらいい。

「あ、そうだ。次の土曜日なんですけど、両親の命日でお墓参りに行くんです。休みを取って行くんですが、もしかしたら帰りはお昼を過ぎてしまうかもしれなくて」

「十一月一日か――一緒に行かせてくれないか。北川くんのご両親に挨拶したい」

仕事は大丈夫なのだろうか。尋ねると、調整できると言われた。

「そういえば、駅で会ったときも墓参りの後だと言っていたな。電車で行こうか」

「でもご迷惑じゃないですか」

車で行った方が当然早い。

「電車を使わないと駅の構造を忘れてしまうんだろう？　毎回送っていけるとは限らないから、北川くんがここを出る前に来るよ。一緒に行こう」

「ありがとうございます。時間は三崎さんに任せます。三崎さんがいらっしゃる前に帰ってこようと思っただけですから」

「わかった」

（お父さんとお母さん、びっくりするかな）

　もしかしたら、初恋の人だと見破られてしまうかもしれない。しかし相手が同性でも二人はきっと否定しないし、むしろいい人に会えてよかったねと言ってくれるような気がした。

　三崎がフィルター掃除を始めてくれた。輝は邪魔にならないよう、近くに座って膝を抱える。

「そういえば、今日は満月らしいですね」

「ああ。今日は団子を買ってきたよ」

「……三崎さん、花より団子ですね」

　しかし、それは目の見えない輝も同じだ。

「まぁな。だが晴れてるから見えそうだ」

「そうですか。よかったです」

　三崎も月夜を楽しむのだろうか。

　何かをこするような物音が止まった。

「英語の『愛してる』を『月がきれいだ』と訳した人がいたな」

「それくらいきれいってことなんでしょうね」

「一緒に見ないか」

「え……？」

　輝の目が光さえ感じないことは、三崎もよくわかっているはずなのに。

（……もしかして）

　夜までここにいたい、という意味だろうか。

三崎は何も答えない。

「――はい。うちの掃き出し窓からも見えそうですか」

「見えなくてもいいいんだ」

それは、やはりそういう意味だろう。

「窓のところに座りましょう。でも虫が入るかな……」

「鈴虫の鳴き声が聞こえるんじゃないか。網戸にして、窓の方を向いて並んで座ろう」

「はい」

そのとき、どんな話をするだろう。何も話さず、ただ静かに過ごすのだろうか。


「月、見えてますか」

「見えないいな」

「曇ってますか」

「いや、裏のアパートに遮られてる」

「残念……。三崎さんのマンションからは見えるんですか」

「見える……かな。見ようと思ったことがない」

「そうなんですか」

それなのに、月見に誘ってくれたのか。

見えないけれど、輝もなんとなく上の方を向いていた。

三崎の座る、右側の肩が熱い。触れているわけでもないのに、距離が近いと感じるだけでドキドキしてとけてしまいそうだった。

「月、きれいなんでしょうね」

「おそらく、きれいなんだろうな。だが俺は、北川くんがうまそうに団子を食べているのを見る方がいい」

「また食いしん坊扱い……」

「じゃあ、持って帰るか」

「えっ、いえ、せっかく持ってきていただいたものですから」

振られたような気持ちをごまかすように、背後のテーブルに置かれた団子に手を伸ばす。

「ああ、そこじゃない。ほら」

三崎の手が輝の手を包んでいた。

「ここだ」

「あっ……」

右手を、右手で握られている。そのせいで体の距離が近い。まるで抱きしめられているみたい。

「……北川くん」

しっとりした声。握られたままの手。胸が高鳴る。心臓の音が聞こえてしまいそうで、思わず顔を下に向けた。

「ああ……」

三崎がつぶやくように言い、輝の髪に触れた。

「みたらしが髪に」

三崎の指が数回、髪を軽く引っ張るようにしてそれを拭った。三崎の肌が、輝の耳や頬に触れている。

　顔が熱い。どうしたらいいかわからず、身動きが取れない。

「――取れた」

「あり……がとうございます」

　声が震えていた。恥ずかしい。

　三崎の視線を感じる。

　もう、団子を食べる余裕なんてなかった。けれど串を握っているし、三崎が買ってきてくれたもの。

「……いただきます」

「ああ」

　三崎の気配が離れた。けれど、すぐ近くにいる。視線を注がれている。

　団子の味なんてわからなかった。それでも食べ終えて、体を掃き出し窓の向きに戻す。

　そのとき、輝の小指に、三崎の小指が触れた。ほんの少し、角度を変えれば離れてしまう程度の触れ合いが、じんと熱を持つ。

　手を動かせない。

　三崎も動かなかった。

　時が止まったように感じられる。

「……月がきれいだよ」

　見えないんじゃなかったのか。時間が経って、位置がずれたのだろうか。

「僕も、見てみたかったです」

そうしたら、いつの間にか心に芽生えていたこの気持ちを、月がきれいですねと言い換えられたかもしれないのに。

11

十一月一日。

線香を入れたリュックを背負った輝は、三崎と共にアパートを出た。三崎と駅を歩くのは、困っているときに声を掛けてもらって以来。目的は両親の墓参りだというのに、心は高揚し、遊びに行くような気分だった。

「さぁ、電車に乗るよ」

三崎の動きに引っ張ってもらうようにして乗車する。聞こえてくる声や空気感から、席が埋まっているだろうことがわかった。

「ここに掴まっていてくれ」

三崎の腕を掴んでいた輝の手が、手すりに導かれた。三崎が移動する気配。

「すまないが、席を譲ってもらえないだろうか」

「あっ、は、はい！」跳ねるような女性の声。

「ありがとう」

え、と思った時には、三崎に手を握られていた。

「北川くん、おいで」

「すみませんっ」

譲ってくれた人に頭を下げる。しかし返事はなかったので、もしかしたらもう違う場所に移動してしまっていたのかもしれない。けれどきっと、声は聞こえたことだろう。

「気を付けて」

礼を言ってリュックを肩から下ろし、手で座席の高さや幅を確認しながら腰掛ける。三崎が輝の前に立ったのがわかった。

(すごい……)

ドキドキする。なんてかっこいいことをしてくれるのだろう。

膝にのせたリュックを抱きしめていると、少し離れたところから「顔だけじゃなくて中身もイケメンとか、やば」という若い女性の声が聞こえた。

考えるまでもなく三崎のことだろう。

(顔もイケメン……)

やはり三崎は外見もいいのか。顔には触れさせてもらったことがなかったので、ルックスについてはまったく知らなかった。

(あんなふうに言われるってことは、やっぱり絶対モテる……)

でも、そんな素敵な人が自分のような人間を連れて歩いて恥ずかしくないのだろうか。

朝にもシャワーを浴びているので寝ぐせはないはずだけれど、服装や顔つきのことまで気になりだして不安になる。

「どうした？」

「い、いえ……」

服を撫でていたからか、いぶかしがられてしまった。首を振って、電車が駅に着くまで黙って過ごした。

駅の外に出ると、冷たい風に吹かれた。昨日まではまだ暖かかったのに、一気に冬がきたようだ。

点字ブロックを辿ってバス乗り場の前に立つ。

「あの……僕と一緒に歩いて恥ずかしくないですか」

「恥ずかしい？　どうして」

「その、いろいろ」

顔は変えようがないけれど、体形や服装なら変えることができる。しかしセンスの有無の前に、色さえ知らないのだ。

「まだほとんど一緒に出歩けたことはないが、俺は自慢している気分だよ。北川くんにはわからないかもしれないが、かわいいよ。さっきも電車でかわいいと言われていただろう」

「え――」

そんなこと、言われただろうか。輝の耳には届かなかった。

（……かわいい）

褒め言葉だ。二十代後半の男に使う言葉ではないような気がするけれど、三崎に褒められて嫌な気分になるはずがない。

（お墓に着く前に顔の火照りがとれないとお父さんたちに笑われちゃう……）

熱を帯びた頬に、冷たい風が心地よかった。

バスに乗り、墓の最寄りのバス停で降りる。三崎は場所を把握していたのかもしれないけれど、介助はせずに輝を一人で歩かせ、危ないときにだけ声を掛けてくれた。

「そういえば、花は？　いらないのか」

「お盆の時は持って行ったんですけど、命日の次はお彼岸まで行けないので……」

花屋をしていた両親だ。花は供えてやりたいけれど、カラカラになった花の前で過ごしたくはないだろう。

「右前方に花屋がある。寄って行こう」

「でも、枯れたまま放置するのは――」

「俺が取りに来るよ。車ならそう遠くない」

「いえ、そんな」

「いいんだ。いつも世話になっている北川くんのご両親への挨拶だからな。格好をつけさせてくれ」

こちらだよ、と言って腕を握らされた。すみません、とついていく。

「花の種類が多そうだ。何にしようか」

「え、仏花《ぶっか》じゃないんですか」

「まぁ、それがセオリーだが、ご両親が好きな花を持って行ってもバチは当たらないんじゃないか」

「そっか……そうですね」

どうせ親戚が来ることもないのだ。見た人は驚くかもしれないが、両親が喜んでくれる方がいい。

「うちの両親、花屋をしていたんです。僕には色も形も見えないけど、家も車も花の匂いがしていて大好きでした。秋には金木犀《きんもくせい》の香りとか」

「そうか、いいな」

三崎の足が止まった。

鼻から大きく息を吸い込むと、懐かしい香りに満たされる。

「いらっしゃい！」

元気な男性の声。ここも夫婦で経営しているのかな、とつい考えてしまう。

「北川くん、何にしようか」

「ガーベラ、ありますか」

「あるよ！」

「じゃあ、オレンジと黄色のガーベラを二本ずつ、それにカスミソウを少し混ぜたものを二つお願いできますか」

「すごく小さくなるけどいいのかな？」

「はい。お墓にお供えしたくて。母が好きだった花なんです」

「そうか、じゃあ茎は短めにしておくね」

「ありがとうございます」

待っている間、花の香りを思い切り吸い込む。

（花屋さんなんてなかなか入れないし……）

次に来られるのはいつだろう。来年からはお盆のお花もここで買おうか。

「はい、お待ち！　これでいいかな？」

店主らしき男性は、三崎に同意を求めたようだった。

「北川くん。俺の判断でかまわないか」

「はい。お願いします」

「では、白い花を二倍にしてください」

それでいい、と簡単に返さなかったのは、三崎がきちんと両親のことを考えてくれたからだろう。

（本当にできた人……）

きっと両親は、さらに素敵になった花束を見て大喜びしてくれるはずだ。

「触れてごらん」

「ありがとうございます」

花束を受け取って、潰さないように花に触れる。想像よりも大きな花束になっていた。

「これでお願いします。おいくらですか」

「ご両親の手土産として払わせてくれ」

「いえ、そんな――」

しかし、三崎に気を利かせたらしい店主は声に出さずに金額を伝え、三崎もまたその場で会計を終えてしまった。

気のいい店主に見送られて店を出た後、少し歩いた先で頭を下げる。

「すみません……」

「いや、勝手にすまない。だが、俺も手ぶらではご両親に会いづらい。今回は許してくれ」

「ありがとうございます。両親――特に母は僕よりイケメンからもらった方が喜びそうです」

「イケメン？」

きょとんとした声。本当にわかっていないのだろう。

「電車の中で、三崎さん、イケメンって言われてましたよ」

「覚えがないな」

「言われ慣れすぎて、耳を素通りしちゃってるんじゃないですか」

「それを言うなら、北川くんもかわいいとよく言われているということになるな」

そうだった、とハッとすると三崎が笑った。

「北川くんは元気にやっていますと報告できそうだ」

「相変わらず食いしん坊っていうのは黙っておいてください」

「言わなくても空から見て知ってるんじゃないか？」

二人で笑いながら手桶《ておけ》に水を汲み、両親の墓に向かう。

普段だったらしんみりした気持ちになるのに、今日だけは空にいる両親に輝の心のうちを覗《のぞ》かれてしまうような気がして恥ずかしかった。

「お参りの前に、墓を掃除しようか」

「僕が――」

「一緒にさせてくれ」

輝が頭を下げると、三崎は墓石を拭いてくれた。その間に輝は地面に生えた雑草を手探りで抜く。お盆の際は暑さでそれどころではなかったので、ひどい有様だった。しかし墓石を拭き終えた三崎が手伝ってくれたので、それほど時間はかからず終えることができた。

花を供え、普段ならそのまま置くだけになる線香に火をつけてもらって手を合わせる。

（お父さん、お母さん……）

いつもなら次から次へと伝えたいことが出てくるのに、今は三崎が何を思っているのか気になって集中できなかった。

（えっと……その、三崎さん、だよ。とても優しい人で……）

好きな人、というのは言葉にしなくても伝わってしまっただろう。

（とりあえず、僕は元気にやってます）

輝が両親へのお参りを終えても、三崎からは声がかからない。しばらくそのまま待っていると、ようやく名前を呼ばれた。

「すまない、待たせたか」

「いえ。食いしん坊って言いました？」

「それはきっと知られていると言っただろう？」

三崎は笑うが、何を伝えたのかは話してくれない。

「父も母も、三崎さんに来ていただけて喜んでます」

「そうだといいが。線香は横倒しにしてあるから、このままでも大丈夫だ。花を取りに来た時に、灰もきれいにしておくよ」

「いいえ、ちゃんと僕が自分で来ます。今日はありがとうございました」

本当はもっと一緒にいたい。しかし三崎は本当なら今頃は仕事をしている時間だ。この後仕事に行くだろうから、長く拘束してはいけない。

「こちらこそ。北川くんのご両親に会えてよかった」

手桶を片付けて墓場を出た時、三崎の携帯が鳴った。

「すまない」

「いえ。ここにいます」

三崎は輝を壁に触れられるところに連れて行ってから、離れたところで応答した。

「俺だ——あ？　ケーキ？　気が早すぎるだろう」

(すごい……)

何もない空間で放置される心細さ。それを知って、壁際に連れて行ってくれた。

知り合った当初、パン屋に行った時は、輝は壁のない開けた空間で会計を待っていた。つまり三崎はその後も、勉強を続けてくれていたということだろう。

（忙しいのに……）

いったいどれほど介助の勉強に時間を割いてくれているのだろう。つい三か月前はどう歩いたらいいかさえわからないと言っていたのに、今はまるでプロの介助者のよう。

「――それなら問題ない。クリスマスの予定は確認しておく」

聞こえてきた単語に耳が反応した。

（クリスマスの予定……）

そういえば、さっきケーキがどうのと言っていなかったか。それはクリスマスを誰かと過ごす――

――その約束をしているということか。

（……そりゃ、誰かいる……よね……）

こんなに素敵な人なのだ。恋人は当然いるだろう。

「北川くん。すまない、待たせた」

「いえ、大丈夫ですか」

「ああ。大した用事じゃなかった」

穏やかな口調に、嘘は感じられなかった。

「それより昼食は何にしようか」

何を食べたい？ と訊かれて詰まる。それに三崎の仕事が気になった。三崎の恋人は、仕事を休んで輝と過ごしていることを知っているのだろうか。

「あの、お仕事は大丈夫ですか」

「大丈夫だよ。それに、仕事に行くにしたって昼飯くらいは食ってもいいだろう？」

そう言われると、それ以上は粘りにくい。

「俺はいつもリクエストを聞いてもらっているから、今日は北川くんが食べたいものにしよう。なんでもいいぞ」

せっかくそう言ってくれているのだ。鬱々としていては失礼だ。


「この辺りに何があるかわからなくて」

「じゃあ、肉と魚と野菜どれがいい？」

「お肉、ですかね」

「よし、焼肉だな」

「……え？」

＊＊＊

「お昼は焼肉ですか。クリーニングに出してきますので、お着替えなさってください」

「におうか」


三崎は背広を脱ぐと富本に手渡した。


「お楽しみになりましたか」

「ああ」


最初は恐縮した様子だった輝も、次々と肉を皿に入れてやればうまそうに食べた。食後のデザートのアイスを食べている時の頬は落ちそうで、いつまでも眺めていたいほどだった。


「今日は誰かと会う予定があったか」

「先ほど八剱組の若頭からお電話があり、八剱組長が今夜お会いしたいと」

11

「わかった。行く旨を連絡しておいてくれ」

それならその時間まではラフな格好でもいいか、と隣室に入ってスラックスとシャツに着替える。

席に着くと、熱いコーヒーが淹れられた。

「先ほどは電話をおかけしてしまい失礼しました」

「いや。理事長からメールが入っていた。俺が気付かなかったから、お前に確認の連絡を入れたんだろう」

「そのようです」

源一郎は、クリスマスケーキの予約をしているかどうかを知りたかったようだった。

面倒だな、と思いながら架電すべく胸ポケットから携帯を抜いた時、噂の相手からの着信があった。

『北川くんへのクリスマスプレゼントは決まったか』

「……まだ十一月の頭ですが」

『そう言っているうちにクリスマスになるぞ』

「一応、プレゼントは決めてあります」

輝と知り合ってからというもの、源一郎はしょっちゅう輝についての電話を寄こしていた。

『それならいい。ケーキはこちらで予約してあるから、忘れるんじゃないぞ』

「少々気が早いのでは」

『馬鹿もの。うまいケーキは二か月前の予約では遅いくらいだ』

「予約できたんですか」

『先月のうちに、花子さんに頼んでおいた。あまり早く言ってもお前は忘れるだろうし、遅く言えば予約をしてしまうと思って伝えるタイミングを見計らっておったんだ』

「それはお気遣いを」

『まったく。受け取りはクリスマスイブの十七時以降だ。北川くんに不憫《ふびん》な思いをさせるでないぞ』

不憫というのはうまいケーキを食べられるか否かということなのか。

三崎は言葉を呑み込むと、礼を言って電話が切れるのを待った。

（まったく……）

しかし、クリスマスか。輝は誰と過ごすのだろう。友達だろうか。もしかしたら、毎年一緒に過ごすような約束をしているのかもしれない。

もし予定が空いているようなら、ケーキは三崎が注文するつもりだった。しかし源一郎が用意したのならそちらの方が味は確かだろう。

（予定があるようでも、ケーキだけは届けないといけないな……）

まぁ、それを口実に顔は見られるのだからいいかと思い直す。しかし本当は一緒に過ごしたい。夜だって、一晩一緒に。

しかしまだ極道だとは伝えられていなかった。凛とした、芯のある輝に嘘や隠し事はしたくない。告白するのなら極道だと告げてからだと決めていた。だがまだ、その覚悟が決まらない。

（だが、そろそろ……）

自分の欲望を抑えておくにも限界だった。輝を自分の、自分だけのものにしたい。輝の不安をすべて自分が払拭《ふっしょく》してやりたい。

「北川くんの指名患者の件はどうなった。相変わらず異常なしか」

「はい。北川さんの退勤時に待ち伏せしている輩《やから》もおりません」

それなら、もう警戒は解除していいだろう。若衆といえど、それぞれ自分のシノギもある。

「問題はなさそうだ。監視されているのも嫌だろうから、これで切り上げていい」

富本も異を唱えることはなかった。

「昇格の噂話をしていた柔道耳の男の素性はどうだ」

「調査中です」

「わかり次第すぐに報告を上げろ。極龍会がこちらに来て以降、外国系マフィアに不審な動きはないな」

「ございません」

「結局、極龍会が何をしに来たのかはわからずじまいか。気持ち悪いが、仕方ないか」

情報は何にも勝る武器であると同時に弱みにもなる。極龍会が徹底して隠すのも頷けた。警視庁も動いた様子がないので、問題はないということだろう。

仕事に集中するからと言って富本を追い出す。

しかし入れ替わるように若頭補佐の半田が入ってきた。

「失礼します。噂話の——柔道耳の男の素性が割れました」

「どこの所属だ」

「名前は古賀田大樹。神奈川県警の交番勤務です」

やはり警官だったか。

なぜ管轄外の飲み屋で三崎の昇格の話をしていたのかはわからないが、休日くらいは仕事から離れて飲みたかったとも考えられる。

しかし、なぜ輝のアパート付近にいたのか。酒処ハツミで三崎の話をしていた以上、偶然とは考えにくい。三崎の昇格を知っていたようだから、諍《いさか》いが起きることを警戒して輝を気にしていたのかもしれないと思っていたが、それなら出張ってくるのは交番勤務ではなくマル暴のはずだった。

「引き続き調査を続けろ。古賀田の目的を洗え」

八剱に呼び出された先は、前回と同じ料亭だった。

女将に案内された座敷に、まだ八剱はいなかった。正座をしたまま八剱を待つ。

約束の時間を五分ほど過ぎてから、八剱は手刀を切りながら部屋に入ってきた。にやけた顔。くだらない小芝居。今日も小柄な若頭を連れている。

「お待たせしてすんませんなぁ、こちらがお呼び立てしておいて」

「いえ」

今日は酒に付き合うつもりはなかった。真正面から八剱を見据える。

「本日はどういったご用件で」

「そう焦らずともよいでしょう。まずは一献《いっこん》」

「まだ仕事が残っておりますので、お気持ちだけ」

八剱は不満げに眉根を寄せた。

「お仕事ですか。私はてっきり今夜も、ええと……誰だったかな」

八剱のわざとらしいつぶやきに、控えていた若頭が耳打ちした。

「ああ、そうだそうだ。北川輝くんだ」

やはり調べていたか。

三崎が驚かなかったせいか、八剱はわずかに苛立ったようだった。

「今夜も彼のところに行かれるのかと。三崎組長は飲み屋に行けば女の方から押し寄せると有名ではありませんか。それほどおモテになる方がどうして男を囲われたのかと――」

「私の何をお調べになっているのかは存じ上げませんが」

この不遜な男は、三崎と同等の三次団体の組長。自分の無力が悔しかった。こうして名前が出されただけで、人質に取られているようなものだ。輝が怖い思いをする、それだけはあってはならない。

足の上でこぶしを握りしめる。

「橘理事長が夏に入院されたこと、ご存じでいらっしゃいましたか」

突然の話題の転換に、八剱は虚を突かれた様子だった。

「ええ、それは承知しております。うまい日本酒のソフトクリームとやらを取り寄せて、西村の親父がお見舞いに伺いましたよ」

「そうでしたか。ありがとうございます。祖父に代わって御礼申し上げます」深く頭を下げ、一度言葉を切る。「実は彼はそのとき、倒れた理事長を助けてくれた方でして。盲目ながら、診療所に駆け込んで医者を呼んでくださったんです。彼がいなかったらどうなっていたことか。理事長も命の恩人というだけでなく彼の人柄にも魅了されまして、うまい菓子を手に入れる度に彼に届けろと私を呼び出します。先日は橘組の屋敷にも招待して、理事長自らスイーツを供しておりました」

じっと、相手の出方を待つ。

八剱はずっと黙っていた。正面から三崎を見据え、口を閉ざしたまま若頭におちょこを差し出す。なみなみと注がれたそれを、八剱は一気に飲み干した。

「どうやら三崎組長が北川さんを囲ったというのは私の勘違いだったようだ。いや、ほら、なんというんだったかな。イケメン？　美青年か。あのような顔はモテるでしょう。女みたいで。だから三崎組長もころりと騙《だま》されてしまったんじゃないかと心配していましてね」

輝は確かに愛らしいが、女とは違う。それに人を騙すような青年ではない。

そう、言ってやりたかった。言えない自分が悔しくてたまらず、奥歯を噛みしめる。

「——まだ仕事がありますので」

失礼しますと一礼して、腰を上げる。

引き留められることはなかった。


「お疲れ様でした」

車の前で、富本と組長付きが待っていた。

「今すぐ北川くんのアパートに護衛を戻せ」

「何かございましたか」

尋ねながらも、富本はすでに携帯を操作していた。

「八剱が彼の名前を出した。ひとまず理事長の恩人だと伝えたが、これで引き下がるとは思えない。警戒するように伝えろ」

携帯を耳にあてた富本に続けて言う。

「俺はこのまま理事長の屋敷へ向かう」

「はっ」

開けられたドアから車に乗り込むと、三崎はすぐに携帯を取り出した。

源一郎の直通電話に架電する。

「私です。夜分遅くに申し訳ありません。今からお会いしたいのですが」

了承の返事を聞いて電話を切る。

車が橘組の屋敷の門に入り、玄関前で止まった。頭を下げる部屋住みの前を足早に過ぎ、理事長のいる部屋に向かう。

「失礼いたします」

「何があった」

三崎は八剱に呼び出されて会ったこと、輝の名を使って推薦の辞退を求められたことを説明した。

「――そうか」

「北川くんのことに関しては、勝手ながら理事長の名前をお借りしました」

「それはかまわん。命の恩人としても友人としても大切に思っている。それにしても……」

源一郎が顎を撫でた。

「隆司。お前は理事長補佐について、自分より適任がいると言っておったな」

「はい」

「このままでは八剱が理事長補佐になるかもしれんが、そのようなやつの方が適任だと思っておるのか」

「いえ。私が思い違いをしておりました」

権力を手に入れれば、自分の力で、自分の名前で輝を守ることができる。

三崎は座布団を下りると背筋を伸ばして源一郎を見た。

畳に指をついて頭を下げる。

「理事長補佐推薦の件、謹んでお受けいたします」

12

朝一本目の施術を終え、スタッフルームに戻ってお茶を飲む。暖房が効いてはいても、十一月の終わりにもなると温かいお茶が胃になじんだ。

「北川くん、お疲れ様。次は古賀田さんか」

「はい。院長は重光さんですね」

「そ。シゲさんとの将棋、次にどこを指すか相談しながらの指圧だよ」

院長はマグネット将棋を買ったけれど、輝は一切触っていなかった。

「北川くんもやったらいいのに」

「僕、まだ駒を覚えてないですから」

「教えてあげるよ」

「いいえ、みなさんがわいわいやってるのを聞いているだけで楽しいです」

時間になったので、お茶を片付けて待合室に出る。

「こんにちは。いつものベッドにどうぞ」

古賀田はどれほど回数を重ねても無口だった。

カーテンを閉めて、施術を始める。

隣でも院長が施術を始めたようで、話し声が聞こえてきた。

「うちの孫はさ、プレゼントよりもお金がいいって言うんだよ」

「重光さんのお孫さん、おいくつでしたっけ」

「それを言ったのは小学四年生の孫娘」

「ああ、そういうお年頃かもしれませんね。自分のペースで自分の欲しいものを買いたい、みたいな」

「まぁ、何をあげたらいいかわからんから助かるといえば助かるが、面白味がないよなぁ……。北川くんは欲しいものないのかい」

「え!?」

突然話を振られ、驚く。

(今施術中なんだけど……)

一緒に会話をするような患者だったら話せるが、古賀田が相手では話しにくい。

しかし、輝の下に寝転がる寡黙な男から「どうぞ」との許可が下りた。

(そう言われても気まずいんだけど……)

しかし重光を無視するのも気が引けた。

「僕はもう大人ですから。欲しいものっていうのも特にないですよ」

これで話は終わるだろう。

そう思ったのに、今度は「クリスマスはどう過ごすの？」という質問が飛んできた。

「えーっと、普通です。普通に出勤して、みなさんの施術をします」

これなら話題が広がらず、会話は終わるだろう。それに嘘も言っていない。

「クリスマスは休みじゃないの？　シゲさんが北川くんにクリスマスプレゼントを持ってきたいのに休みだって騒いでいたよ」

「えっ……シゲさん……」

そんなことを言っていたのか。

「デートかい？」

「え、や、デートなんて！　普通に家でいつもどおり過ごしますよ。イブは仕事でここにいますし、帰ったら寝るだけです」

なんだ、寂しいなぁと笑われてようやく会話が院長と重光二人のものに戻った。

「すみません」

小声で古賀田に詫びる。

「いえ。クリスマス当日は一人ですか」

「ええ。寂しいですけど、本でも読んで過ごします」

三崎に会えたら嬉しいけれど、それはきっと難しい――。


音の鳴らない交差点。目の前を通る車の音が止まるのを、ぼうっと待つ。

自分も、三崎も男。しかし男同士だからどう、という感覚はなかった。

ただ、自分が一方的に好きなだけ。同じ感情を三崎に持ってほしいとは思っていない。

（そりゃあ、持ってもらえたら嬉しいけど……）

しかし一般的に、男同士の恋愛はそう多くはないだろう。

でも、だからといって好きだという気持ちをどうこうできるわけではない。

（クリスマス、三崎さんはどうするんだろう……）

今年のクリスマスイブは水曜日。輝も三崎も仕事だ。木曜日のクリスマス当日は輝は休みだけれ

12

いた。

ど、最近の三崎は忙しく、来てくれたとしても昼食を食べたらコーヒーを一杯飲んで仕事に戻っていた。

(明日も仕事で来れないって言ってたし、たぶんクリスマスも無理だろうなぁ……)

それに、仕事がなくてもきっと恋人と過ごすだろう。三崎ほどの人に恋人がいないはずがない。

輝の休日は火木日。日曜日に三崎が来たことがなかったのは、恋人の休みが日曜日だからだろう。

車の走行音が止んだ。

「青になりましたよ」

「あ――」

いつもの声だ。

(やっぱり、周藤くんだと思うんだけど)

短い言葉のやりとりしかしていないので、自信はない。だから名前を確認することはできないけれど、やはり周藤のような気がした。

「ありがとうございます。いつも教えてくださっている方ですよね?」

「……まぁ」

照れくさいのだろうか、会話にはならなそうだった。

もう一度礼を言って、交差点に足を踏み出す。

「とても助かります」

(嬉しい)

教えてもらえるありがたさだけでなく、社会の一員として認知されているような喜び。

さっきまでの、三崎の恋人に関する鬱々とした気分が少しだけ晴れる。

12

（いつもお世話になっているんだし、恋人がいたとしてもお礼のプレゼントくらいは渡してもいいよね）

もし忙しいようなら、職場の近くまで頑張って行ってもいい。

告白をする勇気はないから、やっぱり普段のお礼として、そしてこれからもよろしくお願いします、という気持ちを込めてのプレゼント。

（よし、明日買いに行こう）

13

「あー……あと二週間で今年も終わりかぁ」

「ほんと、この年になると一年って一瞬ですよね。でもその前にクリスマスですよ」

うちは子どものプレゼントにこれを買ったよ、と話す院長と石和の会話を聞きながら、輝は三崎のことを考えていた。

三崎が好き。

日に日にその気持ちは大きく膨らみ、いつか本人の前で爆発してしまうのではないかと怖かった。

(次はいつ会えるんだろう……)

もう一週間以上会っていない。それに最後に会ったときだって、夕方にほんの少し顔を出してくれただけでゆっくりお茶さえできなかった。

きっと今は年末だから、三崎にとっても忙しい時期なのだろう。それは仕方ないとわかっている。

でもほんの少しでもいいから会いたい。

先日買ったプレゼントは、いつ渡せるだろうか。

もしかしたら来年になってしまうかもしれない。

(クリスマスに時間作って、なんて言えないし……普通の包装紙にしてもらってよかった……)

でもやっぱり、できればクリスマス前後に会いたかった。

「さあ、ぼちぼち仕事モードに切り替えていこう」

13

「そうですね、クリスマスとお年玉という名の出費地獄がやってきますから」

「言っておくけど給料は上げられないよ。さて、今日のご予約は〜」

「鬼だ……地獄だ……」

「今度から暴言罰金制にしようか」

「さてお仕事お仕事！」

三崎のことを考えていたはずなのに、耳に入った二人のやりとりに笑ってしまう。

「——あ、夜中のうちにキャンセル枠が埋まってる」

輝の勤めるイマリ鍼灸治療院の年末は、大掃除で体を痛めた患者が増えて忙しい。

「……北川くん、ご指名なんだけど」

普通なら予約が入る度に声のトーンが上がるのに、院長の言葉は心配そうだった。

「もしかして」

石和が不安そうな声を出す。

「うん。新規で指名」

またか。

ここのところは落ち着いていたのに。古賀田はまだ通院を続けているけれど、周藤も樋口も初回だけでその後は来ていなかった。

「紹介の欄にチェック付いてるけど、やっぱり紹介者のところは空欄になってる。どうする？　同じ時間に重光さん入ってるから、交代しようか。指圧と、手先だけの鍼」

「いえ、せっかく指名してくださったんですから、僕がやります。お名前はなんて方ですか」

「川村大吾《かわむらだいご》さん。知ってる？　五十三歳、男性」

「いえ、知らないです」

「やっぱりどこかで噂になってるのかなぁ。全盲の美青年による施術！　みたいな」

「のわりに、指名する患者が全員男ってどういうことなんですかね」石和がつっこむ。

「まぁ、人の好みはそれぞれだから。石和くんにも指名入るじゃない。ほぼおばあちゃんだけど」

「感覚の鈍くなってるお年寄りは俺の力のこもった指圧が――って何言わせるんですか。別に力技担当じゃないですから、俺」

「ははは。で、どうする？　合言葉でも決めておく？　それを北川くんが口にしたら助けに入る、みたいな」

「そうですね。じゃあ合言葉は『もう食べられない』とか？」

「先輩まで僕のこと食いしん坊扱いする……」

「なんだ、俺だけじゃないのか」

「俺もしてるよ。っていうか、食いしん坊だし」

「そんなことないんですけどね」

体形が変わると、服を買い直さねばならなくなる。そうすると覚えるのが大変なので、体重が増減しないよう管理している……一応。

「そんなことはあると思うけど、とりあえずそんな感じで、困ったことがあったら『もう食べられない』って言ってね」

「それ、緊急事態にその会話の方向に持っていける自信ないんですけど」

輝の訴えに、二人がゲラゲラと笑う。

そもそも、本気でそんなことが必要になるとは誰も思っていないのだ。目が見えないとはいえ、輝とて立派な大人だ。ある程度のことは自分で対処できる。ちゃんとそう、信用してくれている。

「じゃ、まあそんな感じで。今日も頑張っていきましょう」

院長が締め、各自施術の準備に入る。

輝の新規指名患者は、午後一番にやってきた。

「北川くん。ご指名の川村大吾さん、指圧で三十分です」

「はじめまして。よろしくお願いします」

「うん、よろしく」

野太い声。声の雰囲気は悪くない。視覚障がい者に偏見もなさそうだった。

「では、一番奥のベッドにどうぞ」

隣のベッドから、重光と院長の将棋談義が聞こえてきた。どうやら前回、シゲが王手をかけていったらしい。

「川村さんは、腰の痛みとのことですが」

「うん。腰痛。もう何年も」

「では、うつ伏せで横になってください」

川村の腰は、確かに張っていた。ぐーっと押すと「うう……」と声が返ってくる。

「痛いですか」

「いや、ちょうどいいよ」

「もし痛かったら教えてください」

腰より上、背中や肩、首の辺りも指圧していく。

ふと、重光たちの熱を帯びた将棋トークに紛れるほどの小さな声で、川村が言った。

13

「そういえばさ、北川くんは三崎組長の知り合いだよね」

「――え？」

　突然耳に飛び込んできた三崎の名前に手が止まる。

「三崎組長。知り合いじゃない？　少し前に、一緒にいるところを見かけたんだけど」

「え……えっと、」

　あまり個人的なことは話したくなかった。

　しかし、どうやら川村は三崎の近所に住んでいるらしい。

「お知り合いですか」

「まぁ、ちょっとね。三崎さん、組長さんしてるから忙しいでしょ」

「そうだったんですね」

「知らなかった？」

「はい。そういう話は全然」

　仕事に加えて組長もしているのなら、かなり忙しいだろう。そんな中、こまめに会いに来てくれていたのか、と申し訳なく思う。

「怖くないの？」

「人望があるんじゃないですか？　押しつけられちゃうタイプじゃないですし」

「かわいい顔して肝が据わってるね」

「え？」

　川村がくつくつと笑う。

　いったいどういう意味だろう。

13

（自治会って度胸がいるのかな……）

　輝の父も、地区の組長を引き受けていた時期があったが、きびきびした母と違っておっとりしているタイプで、肝が据わっているとはいいがたかった。

（三崎さんが回覧板を準備してる姿って想像がつかないけど、ちょっとかわいいかも）


　三崎から連絡があったのは、その日の夜だった。

『明日、遊びに行ってもいいか』

　その一言がどれほど嬉しかったか。


（そろそろ着くかな）

　朝から心身がそわそわして落ち着かない。玄関まで行って、さすがにここで待つのは……と居室に戻り、けれどベッドやら床やらに座り直しては、また玄関に行くということを繰り返した。

（掃除はちゃんとしたし……）

　午前中のうちに拭き掃除もした。寒さに負けずに換気をして昼食の匂いも消しているし、ケトルは沸かしたお湯が冷めないように、もう三度もスイッチを入れ直している。

　エアコンの風の勢いが落ち着いたとき、チャイムが鳴った。待ちに待っていたというのに、緊張で足が動かなくなる。

　早く会いたい。けれど、まずはチェーンロックを掛けたままドアを開けないといけない。

　小さなドアの隙間から、大好きな声が聞こえた。

13

「北川くん」

「はい！」

急いでドアを閉め、チェーンロックを外して今度は大きくドアを開ける。

「ただいま」

「おかえりなさい」

居室に入ると、今日のおやつはチョコレートだよ、と小箱を二つ渡された。

礼を言って受け取ると、三崎は輝が沸かしておいたお湯でコーヒーを淹れ始めた。

過剰なほどの会えた喜びを隠すように、いただいたチョコレートのリボンをほどく。

「北川くん。最近、変わったことはないか」

「昨日、また新規で指名の患者さんがいらっしゃいました。でも三崎さんのご近所さんらしくって。紹介してくださったんですか？」

「紹介？　していないよ。誰だ？」

「名前はお伝えできないんですけど、三崎さんが組長さんをしてるっておっしゃってました」

湯を注いでいた音が途絶えた。

「北川くん――」

「それを聞いて、父も組長って呼ばれてたのを思い出して懐かしくなっちゃいました」

「は？」

「集金とか大変でしょう。未払いで居留守されたりとか。父もよくため息をついてました」

亡くなった両親のことを思い出しても寂しさでいっぱいにならないのは、三崎がいてくれるから。

表面に粉がついたチョコレートを一粒口に入れる。甘い。

「――北川くん、俺の何を聞いた？」

甘いカカオを飲み込みながら、父と三崎の共通点を見つけた喜びに浸る。

「三崎さんが組長さんって知ってた？　ってくらいですけど。三崎さん、しっかりしてるから頼まれちゃうんでしょう。優しいから断れなくて」

「いや、そういうわけではないが……」

「来年度は他の人に当番受けてもらえるといいですね。でもそれを聞いて、大変だなあって思いながら僕もまだ今月分を払ってなかったことを思い出しました。助かりました」

「当番？　どういうことだ？　誰にいくら払ってる？」

「うちは毎月二千円です。ちょっと高いけど、ゴミ回収してもらえなくなったら困りますしね。地域清掃とか免除してもらっちゃってるし」

「北川くん、それはなんの金だ？」

「なんのって、町内会ですけど……？　あ、ここの町内会は組長じゃなくて会長って呼んでるんですけど」

「……そうか。それなら人違いだ。俺は町内会の組長も会長もしていないよ」

三崎がいつもの場所に腰を下ろした。

「えっ、あ、じゃあ勘違い……すみません。僕、関係ない話をべらべらと……」

では、人違いだったのか。父との共通点はなかったと思うと少し寂しい。

「いや、北川くんが毎月二千円払ってるということを知れた。お父さんは人望があったんだな」

「いいように使われてただけだと思いますけどね」チョコレートをもう一粒口に入れる。「おおらかというか、おっとりしたお人好しってタイプで」

これおいしいです、と言うと、三崎がよかった、と返す。

「つまり、北川くんはお母さん似か」

「どういう意味ですか！」

可笑しい。それに、三崎がくだけてくれたことが嬉しかった。

しかし笑いが収まってくると、三崎の様子がどこか普段と違っていることに気が付いた。

「三崎さん？　どうかしましたか」

「いや――」

何かあったのだろうか。さっきまでは冗談を言って三崎も笑っていたのに。

狭い部屋に沈黙が降った。

輝もなんとなく、チョコレートを食べる手を止める。

「――実は、組長ということは正しい」

「え？」

いったい何を言い出したのだろう。さっき否定したばかりだというのに。

「町内会ではない。極道の組長をしている」

「極道――って」

ヤクザのことか。優しくて穏やかな三崎とはイメージがそぐわない。

「あの、極道ですか。その、拳銃とか抗争とか」

「ああ」

信じられなかった。まださっきのノリで冗談を言っているのではないのか。

しかし三崎から漂ってくる雰囲気は真剣だった。

「えっと……おじいさんのこと、理事長って呼んでましたよね。その、もしかしたら学校関係者とか病院関係者かなって思ったりしてたんですけど」

「いや、祖父も極道だ。清家会という。そこの理事長という役職なんだ」

清家会。それは情報に疎《うと》い輝でも聞いたことがあった。確か、日本で一番大きいグループではなかったか。

「……三崎さんは――」

「俺は清家会の中で三崎組というのを率いてる。だから組長なんだ。単なる呼び方の違いだよ」

「組長……」

頭がついていかない。

「今まで言わずにすまなかった」

「いえ……」

言いにくかったでしょう、とつい口から出そうになった。しかしそれはとても差別的な言い方だ。言いにくい職業だと、輝が思っているということになってしまう。

「あの、じゃあ仕事って」

「組の仕事もあるが、正業を持ってるよ。会社を経営してる。不動産とか、風俗とか」

「会社……」

「まっとうな事業だよ」

会社の所在地として挙げられた場所は、勇気のアパートの近くだった。治安が悪いと聞いたことはない。むしろ住みやすくていいところだと言っていたし、輝が泊まりに行った際に怖い思いをしたこともなかった。

「俺が組長だと言ったのは誰だ？」

「え――あ、すみません、患者さんの個人情報は」

「ああ……そうか、すまない。北川くんが俺たちの関係を言ったのか？」

「いえ。なんか一緒にいるところを見かけたとかで」

名前は言えないが、話の流れを伝えるくらいならかまわないだろう。

「三崎さんは組長さんだから忙しいでしょうって」

「ということは、俺と北川くんが親しいと知っているということか」

「え？」

「ちょっと立ち話をしている程度だと思っていたら、忙しいでしょうなんて言わないだろう。忙しくてなかなか会えないんじゃないか、という意味を含んでいるように聞こえるが」

「あ……そっか……」

しかし、川村はいったいどうしてそんなことを言ったのだろう。三崎の話を聞いていると、川村は三崎が極道だと知っていたことになる。

（川村さんも極道……とか？）

気になる。が、名前は言えない。言うわけにはいかない。

「他に何か言われたか」

「いえ……その、僕が町内会の組長さんだと勘違いしていたから何も言えなかっただけかもしれないんですけど……」

「そうか。もしまた何か言われるようだったら、話があるなら直接俺のところに来るように言っていたと伝えてくれ」

「わかりました……」

川村は今後も来るだろうか――あのときの会話の空気を思い出す。

（たぶん、僕が三崎さんに川村さんの話をするってわかってた感じ……）

川村の目的が施術ではなく三崎に繋がるためだったのだとしたら、もう来ることはないだろう。

三崎が立ち上がった。

「今日は帰るよ」

「え――」

「そいつがどんな目的で北川くんに近づいたかわからない。もし不安なことや普段と何か違うと感じるようなことがあったら連絡してくれ」

「……わかりました」

帰ってしまうのか。

寂しい。が、どこかほっとしている自分もいた。

「あの」

「ん？」

その優しい訊き返しは、いつもどおりの三崎だった。

「その……」

これで終わってしまわないですよね。

しかしその言葉は出せなかった。

これからも三崎と会いたい。同じ関係でいたい。

でもこのまま別れては三崎の方から距離をおかれてしまうような気がして怖かった。

一方で、一度心と頭を整理したいとも思っていた。

「また連絡する」

ドアノブの音。

輝が言葉を続ける前に、三崎は外に出ていってしまった。

いつもは輝が施錠するまでそこにいてくれるのに、遠ざかっていく足音が聞こえる。

追いかけようか。

そして、「仕事が極道でも関係ありません」とはっきりと伝えるべきだろうか。

けれど体は動かなかった。

足音が聞こえなくなり、ついさっきまで三崎が座っていた、輝にとっても定位置であるテーブルとベッドの間に腰を下ろす。

(三崎さんが極道……)

やっぱり信じがたい。しかし嘘はつかれていなかったように思う。

(三崎さんも拳銃で人を撃ったりするのかな……)

想像してみる。けれど、やっぱりちぐはぐだった。

(あんなに優しいのに……)

優しくて、誠実な人。普通の人だったら口約束で済ませてしまいそうなことまで守ってくれて、それ以上を叶えてくれた人。

(三崎さんが介助の方法を勉強してくれたのだって……)

輝が、視覚障がい者に声掛けをしてほしいと願ったからだ。それで三崎は声掛けだけでなく、ちゃんと介助できるようになろうと考えてくれたのだ。視覚障がい者に会うことなどほとんどないだろうに。

やっぱりいてもたってもいられなくなり、玄関に急いだ。白杖を握り、外に飛び出す。

「三崎さんっ」

近くにいるかどうかもわからないので、大声では呼べなかった。それでも急ぎ足で以前三崎がとめていると言っていたコインパーキングに向かう。

「三崎さんっ」

いませんか。

けれど返事はなかった。

駐車場であろう場所に着いても、そこに車がとまっているかどうかさえわからない。

（たぶん、いたら声を掛けてくれているはず……）

輝が追いかけてきたと知って、無視をするような人ではない。だからもう、きっと行ってしまったのだ。

（三崎さん……）

どうしてあのとき、極道でも関係ないと言わなかったのだろう。どうして引き留めなかったのだろう。

足取り重く、アパートに戻る。

すっかり気持ちは落ち込んで、電話をかける気にもなれなかった。今さら電話をして何を話すのだ、という思いもあった。

くしゅんと大きなくしゃみが飛び出した。そこでようやく、着の身着のままで飛び出していたことに気付く。

（風邪、ひかないように気を付けなきゃ……）

　熱が出たら、病院に行くだけでも大変だ。平塚は電話をしたら往診に来てくれるかもしれないけれど、迷惑はかけたくない。それに何より、体調を崩したら三崎に甘えたくなってしまうような気がした。そんな身勝手なことはできない。

　輝はベッドに潜り込むと、布団をかぶって体を丸めた。


「ちょっと、どうしたのその顔。体調悪いの？　熱？」

　朝一番で院長の焦った声を聞いて、輝も慌てた。

「あ、いえ！　大丈夫です。昨日ちょっと眠れなくて」

「どうしたの？　悩みごと？」

「いえ……」

　昨夜輝は、三崎のことが頭から離れず、結局一睡もできないまま朝を迎えていた。

「今日はキャンセル枠が一つ空いたままだから、そのときにちょっと寝なね？」

「大丈夫です。ありがとうございます」

　院長や石和が施術している時に寝ているなんてできない。それに、いまだに眠気は感じていなかった。

「あの……ちょっと教えていただきたいことがあるんですけど」

「ん？」

　石和からも反応があった。

「えっと……極道って、その、どんな人ですか？」

「極道？　ヤクザのこと？」

　院長に、はいと答える。

「うーん……俺は別に嫌いじゃないっていうか、直接自分に害がないからなんとも思わないけど。小説とか映画とかだと極端にかっこよく書かれてるか、悪役かの二択だよね、だいたい」

「俺こないだヤクザのコメディ小説読みましたよ。笑いあり涙ありで面白かった」

　石和が具体的なタイトルを挙げる。今度調べてみよう、と輝も頭にタイトルを書き付けた。

「イメージでいうとあれだよね、お祭りの時の出店。あれ、ヤクザっていうよね」

「ああ、的屋《テキヤ》ですよね。あとは飲み屋のみかじめ料とか？」

「そうだね。俺たちには縁遠い世界の話だけど。あとは義理と人情、かなぁ。ほら、ヤクザはカタギには優しいっていうし。昔ながらのヤクザはカタギに迷惑をかけちゃいけないって徹底してさ」

「大きな災害が起きると行政より早くトラックで支援物資持って行くって言いますしね」

「それ、俺も聞いたことある。ニュースにはならないけど、2トントラックとかで駆け付けるらしいね。でも所属を言っちゃうと受け取ってもらえないから、名乗らず置いてくるって」

「へえ……」

　そうなのか。やっぱり優しいのだ。

　でも、これまで輝が耳にしたのは危険なニュースだけだった。

「まぁ、俺たちが知らないところで悪いこともしてるんだろうけど。でも戦後すぐの頃は自警団？みたいな感じで警察と共同して治安を守ってたとかって話じゃなかったっけ」

「そうなんですか」

「まぁ、それはちょっと記憶が曖昧《あいまい》だけど。出自《しゅつじ》は悪くないけど、最近のヤクザはそういういいところが薄れちゃってるっていうのかなぁ……。あとは芸能事務所やってたとかいうよね。それは今も繋がりが消えてないらしいけど。ま、詳しいことはわからないけど、政治家と同じようなものじゃない？」

「どういうことですか？」

「金に目がくらんで、本当の目的を忘れてどんどん金儲《かねもう》けに走ってるってこと。ていうか、うちにも——」

電話が鳴った。

(うちにも、なんて言おうとしたんだろう……？)

院長が電話に出たことで、輝と石和も静かになる。

「はい、イマリ——ああ、シゲさんの。どうもこんにち……えっ、そうなんですか。大丈夫ですか？——ええ、わかりました。はい、そのように。お大事になさってください」

いったいどうしたのだろう。

院長が席に戻ってくる。

「ねえ、シゲさん、足を骨折しちゃったんだって」

「えっ」

心配で、ドクンと胸が鳴る。

「転んで、ぽきっといっちゃったんだって。すっごい落ち込んでて、キャンセルの電話も自分でできないって、奥さんから」

「あんなに元気だったのに、骨はもろかったってことかぁ」

「うん。それがショックだったみたいでさ。だから当分、シゲさんは来られないから」

「わかりました。早く治って、ちゃんと歩けるようになるといいんですけど」

高齢だ。骨折が余命に響くことがある。

そのまま高齢者の骨折に関する話へ移り、極道の話の続きが語られることはなかった。

(結局、極道はいいところも悪いところもあるってことか……)

三崎が他人を傷つけるとは思えない。それに普通の会社を経営しているとも言っていた。

(やっぱり、職業で人を判断しちゃだめだよね)

＊＊＊

「まだ誰が彼に接触したかわからないのか！」

三崎は昨日、輝が誰かに三崎が組長だという話を聞かされたと知った直後から、富本にイマリ鍼灸治療院付近に内密に設置したカメラの映像を確認するように指示していた。

「申し訳ありません。現在周囲も探らせておりますが、該当者はおりません。もしかしたら構成員《ゲソつき》ではないのかもしれません」

債務者などを使ったのだとしたら厄介だった。しかし、おそらく大本は八剱組だろう。ただ、相手は同じ清家会の組。推測だけでは動けない。なんとしても該当の者との接点を見つけなければならない。

輝のことはもちろんだったが、もう理事長補佐への推薦が行われる定例会まで、あまり時間が残されていなかった。このまま八剱が推薦されるようなことがあってはならない。

（もう一度俺が施術を受けに行くか……）

しかし輝は三崎には会いたくないだろう。それなら輝以外を指名して行くか――。

（むしろその方がいいか……）

そうすれば、もしその相手が再び輝を指名して施術を受けていたら、三崎と来院が重なる可能性もある。

しかし、それがどれほど低い確率かもわかっていた。相手の目的が輝に三崎が極道であることを告げることだけだったのだとしたら、二度と姿は現さない。

（どうする……）

焦りがつのっていく。

しかしこういうときこそ冷静にならなければならない。

「カメラのデータを持ってこい。俺も見る」

用意されたUSBメモリをパソコンに挿し、倍速で映像を再生する。日付はわかっているので、人物は限定されていた。

八時過ぎから院長や従業員が集まり始め、九時にシャッターが開けられるとぞくぞくと患者が現れた。

繁盛しているようで、次々と人が入っては出ていく。

途中、来院患者が途絶えた。右下の時間を見ると、昼の時間帯。

早送りで飛ばして午後一番、三崎の知っている顔が映った。

十数年前に引退した、源一郎の兄弟分だった。

画面を停止させ、源一郎に架電する。

『どうした』

「今でも重光元組長と連絡を取っていらっしゃいますか」

『重光？　ああ、季節のやりとりはしておるが、どうした』

「イマリ鍼灸治療院に通っていらっしゃるようです。昨日お話しした、北川くんに私が極道だと告げた者と同日に来院しています」

　まさか、重光が告げたのではあるまい。

『確認したいということだな。すぐに折り返す。待っていなさい』

　電話が切られた。

　同じ院に通っていても、該当の人間を知っている確率はかなり低い。しかしその日の録画分を最後まで観ても、三崎が知っている顔は重光以外は映らなかった。

　それでも繰り返し動画を確認しながら、源一郎からの連絡を待つ。

　電話が鳴ったのは、それから十分後のことだった。

『川村大吾』

「川村……ですか」

　聞き覚えはなかった。

『十年以上前に八剱組を抜けておる。お前は知らんだろう』

　繋がった――。

「ありがとうございます」

『偶然、同じ時間に院にいたらしい。なんでも重光は将棋に頭を悩ませて一時間も待合室にいたとか』

　そういえば、あそこには指しっぱなしの将棋盤が置かれていたな、と思い出す。年寄りたちの社交場になっていたのか。

『そこで名を呼ばれるのを聞いたらしい。姿もちらりと見たと言っていた』

「引退されてだいぶ経つのに、よく覚えていらっしゃいましたね」

すごい記憶力だ。それに川村が本名で来院していたのも幸いだった。

『重光は西村とそりが合わなかった。徹底的に調べておったから、傘下の八剱組のことも覚えていたんだろう。必要なら証人になると言っておった』

「礼をお伝えください。八剱組の処分についてですが——」

『カタギさんの名を使って推薦辞退を迫るなどもってのほか。しかも北川くんがわしの命の恩人だということを知ったうえでの蛮行《ばんこう》だ。北川くんにお前が極道だと言ったのも、お前を揺さぶるためだろう』

「処分は理事長がなさいますか」

『それでお前の溜飲《りゅういん》は下がるのか』

「——いえ。到底許すことはできません」

しかし、現時点で輝にはなんの被害もなかった。

しかも三崎と輝の関係はただの知人でしかなく、源一郎の命の恩人としての立場の方が上になる。そうなると、組織としての処分を受けることになるだろう。

『どうしたい』

「一任していただけるのですか」

返事はなかった。

「曖昧な態度を取れば、エスカレートするかもしれません」

13

『わかった。八剱には、この後すぐ西村に連絡を入れて釘を刺しておく。北川くんに手出しはさせん。護衛が必要になりそうなら、うちの腕の立つ者を出そう』

「ありがとうございます」

終話になった携帯をしまい、背もたれに体を預ける。

(ひとまず、これで――)

輝の無事は約束された。

それでもまだ八剱が動けば、清家会は内部分裂に進みかねない。そこまで愚かではないはずだ。このような形で独立しても、清家会に勝てるわけがない。

三崎は富本を部屋に呼んだ。

「北川くんに接触した男がわかった。元八剱組の川村大吾だ」

源一郎を通して重光からの確認を得た流れを伝える。

「よく本名で……」

「ああ。おそらくああいったところに行くのが初めてで、保険証の提示を求められると思ったんだろう」

三崎自身も、輝にいらないと言われるまでは保険証が必要だと思っていた。

それに川村は、さすがにあんなところで身元が割れるとは思わなかったのだろう。油断した結果だ。

「先に電話で確認すればよかったものを。やはり組を抜けても無能は治らないんですね。今回は助かりましたが」

毒を吐いた富本が退室したことで、三崎は再び背もたれに体を預けた。

目を閉じると、甘い物を食べる輝の笑顔が頭に浮かぶ。

(だが、もう会えない……)

本当は、もっと早くに極道だと言うべきだった。少なくとも、このような形で伝えたくはなかった。

(……今さら何を思っても後の祭りだ)

＊＊＊

駅構内のざわめき。輝は点字ブロックを辿りながらホームに立った。

昨日、院長たちに極道について尋ねた。帰宅後はネットで極道について調べてみた。

院長たちは極道をあまり悪く言わなかったけれど、ネットに載っていたのは怖い話ばかりで、存在そのものが害であると言わんばかりの記述が目立った。

その読み上げを聞いて感じたのは、悲しみだった。

三崎は優しい。源一郎も優しい。けれど彼らは社会から、いない方がいいと思われている。

そう感じたとき、泣きたくなった。同じ人間なのに。ただ職業が違うだけなのに。

でも輝が知らないだけで、カタギと言われる一般人に嫌なことをたくさんしているのだろう。

けれどどうしても、三崎が悪いことをするとは思えなかった。

以前、三崎の介助で一緒に乗った電車に乗り込む。しかし今は一人きり。

(三崎さん……)

介助の方法を学んでくれた。墓参りにだって付き合ってくれた。そのときは輝のために、席を譲ってくれるよう頼んでくれた。そして両親の墓に供える花を買ってくれた。手が汚れることもかまわず墓の掃除だってしてくれた。

三崎との思い出を辿る度、好きという気持ちがあふれてくる。

極道だと知ったからといって、その思い出をなかったことにすることも、恋心を消すこともできない。

(やっぱり極道なんて、関係ない……)

好きだ。三崎が好き。

確かに極道は悪いこともするのだろう。しかし、人を殺す人間もいれば、殺さない人間もいる。すべてが悪い人なわけではない。何より殺人事件なんて、極道が起こしたものよりも一般人が起こしたものの方が件数が多いように感じられる。

それに、社会が三崎の存在を許さないのなら、自分だけでも許したかった。許すなんておこがましいけれど、それでも、輝だけは三崎に存在してほしいと思っていることを伝えたかった。それが一晩寝ずに考えた結論だった。

(院長たちは、極道が被災地に物資を持って行くって言ってたし……)

ただそのときに聞いた、義理と人情という言葉だけは頭に引っ掛かっていた。

輝は源一郎を助けた。その恩返しはまさに義理だ。そして、輝が全盲で弱者だから助けるのは人情。でもどうしたって、三崎を好きな気持ちは変えられない。それは輝にとって初めて抱いた大切な感情で、三崎が輝をどう思っているのか、どうして優しくしてくれたのかはまったくの別問題だった。

三崎が好きだ、という確固とした思いを改めて抱いて電車を降り、墓地の最寄りのバス停で降車する。

道なりに進んでいくと、花の匂いが漂ってきた。

(三崎さんがお花を買ってくれたお店だ……)

スンスンと匂いを嗅ぎながら近づく。

「ああ、こんにちは。今日もお墓参りかな」

「お店の方ですか」

「ああ、そっか。ごめんね、そうだよ。先日はどうもありがとうございました」

「両親も喜んだと思います。今日も少し、いただきたいんですが」

「何がいいかな。今日はスイセンがきれいだよ」

「ではそれをお願いします」

小さな花束を二つ買って歩き出す。

墓に、人の気配は感じられなかった。

目印にしているブロックに触れて確かめ、最初に花立《はなたて》から枯れた花を回収する。

しかし輝の手に触れたそれは、明らかにみずみずしかった。

(え……?)

手探りで花びらに触れる。枯れてはいない。

(三崎さんだ……)

絶対にそうだ。三崎以外には考えられない。

なんの花か知りたかった。携帯を出し、写真を撮る。

手早く墓を拭き清めて火のついていない線香を置いて手を合わせると、輝は足早に墓を出た。

三崎のことを両親に相談しに来たつもりだったのに、そんなことは頭から抜けていた。

「すみません！」さっき花を買った店の前で声を掛ける。「どなたかいらっしゃいませんか」

「はいはい――おや、どうかしたかな」

「お仕事中にすみません。この花は何か、教えていただけませんか」

さっき撮ってきた写真を店主に見せる。

「ああ、赤と青のアネモネだね。お墓に供えてあったの？　昨日だったかな、前に一緒に来た男の人が買っていったよ」

「あ……」

やっぱり三崎だった。枯れた花や、線香の灰を片付けにきてくれたのだ。

「マメな人だよね。三週間くらい前にも来て、花を買ってくれたよ」

「え……そうなんですか。この一回だけじゃなくてですか」

「うん。あ、前回は一日だったかな」

「そうですか……」

礼を言って店を出る。

（三崎さん……月命日にも来てくれてたんだ……）

14

『はーい！　ついに明日は！　クリスマスですねぇ〜！』

いつもより三倍くらいテンションが高いパーソナリティーの声。先月までの自分だったら、きっと聴きながら笑っていただろう。しかし今は、少しも楽しい気持ちにはなれなかった。それどころか耳障りに感じられて、スイッチをオフにして膝を抱える。

そろそろ十九時になる。けれど食欲は少しも湧かなかった。

去年までだったら、仕事帰りにスーパーやコンビニでケーキを買っていた。けれど今日はそんな気分になれず、仕事を終えるとどこにも寄らずに帰宅した。

明日の休みはクリスマス――今までだったら三崎が来ていた曜日。まるで図ったようなタイミングだ。けれど、三崎が今後ここへ来ることはない。

(三崎さん……)

頭にあるのはいつだって三崎のことばかり。

どうしてこんなふうになってしまったのだろう。

あのときどうしてちゃんと、極道でも三崎は三崎だと言えなかったのだろう。

会いたい。会って話したい。けれど電話をかける勇気はなく、しかも電話で話すようなことではないと思ったし、かといって会って話をしたいと言えば、三崎はわざわざここまで来てしまうだろう。年末の忙しい時期にそれを求めることは憚られたし、何より今日はクリスマスイブだ。

14

三崎ほどの人に特別な誰かがいないとは考えられなかった。

だから、もし話ができるとしたら年末年始の休暇中、三崎に空いている日があったらそのときに、と考えていた。

それに——いろいろな言い訳をしても、結局は三崎と話すことが怖かった。言い方を一つ間違えただけで、関係は簡単に壊れてしまう。

(会いたい……)

早く会って、三崎が極道であっても大切だと伝えたい。そして——三崎に恋愛感情を抱いていることも伝えたい。

(振られちゃう……けど)

これまで恋愛なんてしたことがなかった。告白をして振られたら、関係は終わってしまうのだろうか。

三崎ほどの人に恋人がいないはずがないことはわかっているので、返事は求めず告白だけでも——けれど、三崎は優しいからきっと輝に気を遣うようになるだろう。

テーブルとベッドの間で膝を抱える。少し前までは、よく三崎が座っていた場所。

(……三崎さん、今頃どこで誰と何をしてるんだろう……)

やはり、恋人と一緒だろうか。レストランで食事をしているのかもしれない。

(僕を連れて行ってくれたお店でご飯を食べてたりするのかな……)

もしかしたら、輝にしたようにデザートを勧めているのかもしれない。

でも自分には嫉妬する権利すらない。

温かい飲み物でも飲もう、と立ち上がり、牛乳を注いだカップを電子レンジに入れる。

その場で温め完了を待っていると、ふわっと焦げたようなにおいを感じた。

（あれ……？）

意識を集中してにおいを嗅いでみる。やはり、何か焦げたようなにおいがする。

（レンジ……？）

もしかして何か食材をこぼしていたのだろうか。それが電子レンジ内で焦げたのかもしれない。

レンジに顔を近づける。しかし、どうやらにおいのもとはそこではないようだった。

（どこ……？）

念のため、レンジを止める。もしかしてと思ってＩＨコンロに顔を寄せてみる。しかしその辺り一帯に嫌なにおいを感じるだけで、原因と思われる場所はわからなかった。

が、徐々ににおいがきつくなってきた。明らかに何かがおかしい。

（え、火事……？）

異臭。空気がけむっぽい。

恐怖で手が震えた。

居室に入ろうとして、その直前で足を止めた。火元はもしかしたらそちら側のコンセントかもしれない。

もしそうなら、火元に飛び込んでいくようなものだ。

そんなことを考えている間に、煙に囲まれていた。

息を吸った瞬間、ゲホゲホとむせ返る。

（ど、どうしよう……）

火元がどこかわからない。

14

怖くて一歩も動けなくなった。少しでもきれいな空気を求めてその場にしゃがみ、息を吸い込む。

(外……？　ベッドの方……？)

掃き出し窓は閉めている。やはり、自分の部屋から火が出ているのかもしれない。もしかしたらキッチン付近、冷蔵庫などのコンセントかもしれない。どこが安全なのかわからない。

悩んでいる間にも、部屋中に息苦しさが蔓延《まんえん》してくる。早くどうにかしなければならない。

(どうしようっ)

逃げるなら、玄関か掃き出し窓のどちらかしかない。しかしもし火元に突っ込んで行ったら。

落ち着け、と自分に言い聞かせても、少しも冷静になれない。

「ごほっ」

床に這いつくばり、体勢をさらに低くする。そうすると幾分呼吸が楽になった。しかしこれでごまかせるのも数分だろう。

一《いち》か八《ばち》かで玄関に向かおうか。

でももし火元がそちら側だったら。

(三崎さんっ……)

助けて。

頭に浮かぶのは三崎だけだった。しかし三崎がここに来ることはない。

どうにか自分の力で逃げなければ。いや、消防署に電話をして、自分がここにいることを知ってもらうのが先か。

そんなふうに考える一方で、携帯が居室にあることもわかっていた。あちらに行かなければ、通報することもできない。

意を決して居室に入る。

(どこっ……!?)

テーブルや床に手を這わせて携帯を探す。

けむい。やはりこちらだったのか。いや、もうキッチンの方も同じくらいけむかった。

「ごほっ……ごほっ、ごほっ」

体を起こしていられない。部屋には煙が充満している。

遠くから消防車のカンカンというサイレンが聞こえてきた。こちらに近づいてきている。やはり火事が起きているのだろう。

「ごほっ、げほっ」

携帯が見つからない。急がないと死んでしまう。

どうしよう――とにかく携帯を、と手を動かしている時、着信音が鳴った。

大きなサイレンに紛れているが、それは確かに三崎からだった。

(三崎さんっ!)

音源はそれほど遠くはない。もしそこに火があったら……という恐怖心と闘いながら手探りで携帯を取る。

『北川くん! 無事か!』

「三崎さっ、ごほっ」

『部屋にいるのか!』

「げほっ、げほっ、たすけっ」

『待ってろ!』

14

来てくれるのだろうか。しかしきっと間に合わないだろう。

頭が痛い。死にたくない。けれど、もう無理かもしれない。最後に三崎の声が聞けただけよかったと思うしかない。

（お父さん、お母さん……）

あちらには両親がいると思うと、少しだけ恐怖心が和らぐ。

でも、まだ生きたい――。

床に唇をつけるようにして細かく呼吸をしていると、掃き出し窓の方から『ドンッ！』と殴るような音が聞こえた。

「北川くん！」

バンバンと窓を叩く音。

「三崎さっ、ごほっ」

「這ってこちらに来られるか！」

そうだ、鍵がかかっている――。

床を這って声のする方に向かう。

左手が窓に触れたので、手探りでクレセント錠を上げると同時にもう片方の手で窓を開ける。右手を床につけた瞬間、体が前に傾いた。サッシのレールの上で、手首が奥に曲がる。

（痛っ……！）

右手首を捻ったようだった。しかし次の瞬間には、体を抱き上げられていた。

「北川くん！　無事か！」

「三崎さっ……！」

三崎の体にしがみつき、ゲホゲホとせき込みながら、胸に新鮮な空気を取り入れる。しかし火元が近いのか、外でもまだ異臭がした。同時にスピーカーのハウリング、人が走り回る足音、何かを引きずるような音、消防隊のものらしき叫び声が一斉に耳に飛び込んでくる。

頭が痛い。外気が寒い。

自分は生きている――。

「もう大丈夫だ。よく頑張ったな」

久しぶりに聞いた三崎の声。

「こちらへ！」

知らない男性の怒鳴り声。

輝の体が、三崎以外の誰かのもとに送られた。

「や、三崎さんっ！」

「大丈夫だ。ベランダを乗り越えるだけだ」

三崎はすぐ近くにいた。輝を抱いている人がどこかに向かう。三崎の声の方に向かって腕を伸ばすと、輝を運んでいた体が止まった。

「ほら、おいで」

安心する声。三崎の腕の中に戻された。

もう会えないと思っていた人に包まれている。

(三崎さんっ……！)

「救急隊のもとへ！　救急隊！　救助者一名！　意識あり！」

拡声器の声。

「こちらへ！」

　さっきとは違う男性の叫び声。

「お怪我はありませんか！」

　いろいろなところから声や物音が聞こえる。拡声器を使っている人が多いうえに、抱えられて移動したので場所や状況を把握することができない。

「ここに寝かせてください！」

「北川くん、ストレッチャーだ。一度下ろすよ」

　離れるのが怖かった。三崎と離れたくない。何がなんだかわからない。

　三崎にしがみつくと、突然何かが肩に触れた。

「やっ」

「あっ、すみません、毛布です。寒いですから」

　また知らない男性の声。ハッとして、逃げるような動きを取ってしまったことを詫びる。

　騒ぎはまだ続いていた。新たなサイレンの音も近づいてくる。

（怖いっ……！）

　すがるように首を振ると、三崎にきつく抱きしめられた。

「大丈夫だ。一緒にいる。ここにいるのは救急隊と消防隊だ。アパートで火事が起きたんだよ。今消火活動が行われている」

　言いながら、硬いものの上に下ろされた。しかし体はまだ抱きしめられたまま。

「三崎さん――」

「もう大丈夫だ。俺はここにいるから」

体を離した後も、三崎は手を握っていてくれた。背中側から体に毛布を巻き付けられる。四方から怒鳴るような声や水音が聞こえ、胸が不安と恐怖でいっぱいになる。

(火事……どこで……?)

ここは火元から離れているのだろうか。爆発の危険は。自分たちは今、道路にいるのだろうか。

「救急隊です。お怪我はありませんか」

自分の部屋は大丈夫なのだろうか。もし引っ越しが必要になったらどうしよう。視覚障がい者に部屋を貸したくないと言う大家は多いし、住まいが決まっても、今度は歩行訓練士に頼んで、職場や駅、主要な買い物先などへの道を慣れるまで同行してもらって覚えなくてはならない。

どうしよう――どうしよう。

「大丈夫ですか？　お名前は言えますか!?」

肩を叩かれ、我に返った。

「あ……僕……僕ですか」

「はい、あなたです。お名前は言えますか」

穏やかな、ゆっくりとした口調だった。

「北川輝……です」

「北川さん。痛いところはありますか」

「頭が、少し」

「他はいかがですか。喉が痛いとか、鼻の中が痛いとか、息がしづらいとか、そういうことはありませんか」

「いえ……大丈夫です」

14

呼吸のしづらさは感じておらず、体の機能に異常はないように思えた。

「頭痛は一酸化炭素中毒かもしれません。これから血中酸素濃度と血圧を測りますから、手をお借りしますね。痛くありませんから」

空いた方――三崎と繋いでいない右手を握られた瞬間、激痛が走った。

「いたっ」

反射的に手を引っ込めると同時に、背中に添えられていた三崎の手がぴくんと跳ねた。

「北川くん、怪我をしたのか」

「あ……さっき捻って……」

混乱してそれすら忘れていました、と伝える。

「今は腫《は》れてはいませんが、念のためこのまま病院に行きましょう」

「え……救急車で……ですか」

「はい」

しかしせいぜい捻挫だろう。骨折の経験はないが、折れていると思うほどの強い痛みではない。頭痛も、顔をしかめるほどのものではない。

「大丈夫です。自分で近くの病院に行きますから」

「ですが、頭痛も心配ですから。手も、今は気が動転していて痛みを感じにくくなっているだけかもしれません」

そう言われると、そうかもしれないと思い直す。しかしやはり、救急車は大げさな気がした。

「あの、でも他の怪我人とか――」

「救急車は他にも来ていますから、大丈夫ですよ」

話している間に指先を何かに挟まれ、反対の腕に血圧計を巻かれた。

「でも歩けますし――あっ、白杖！」

「俺が白杖の代わりになるよ。どちらにしても、利き手を怪我していては白杖は使えないだろう？煙を吸っているし、一度病院で診てもらおう」

大丈夫だと言いたかったが、三崎は折れそうになかった。それに、確かにたくさん煙を吸っていた。ここは風上のようだけれど、部屋の中では頭がくらくらするようなきついにおいもたくさん嗅いだ。

ご迷惑をおかけしますと頭を下げると、救急隊員に明るく言われる。

「これが私たちの仕事ですから。まずは病院でしっかり診てもらいましょう」

揺れるので横になっているように言われ、仰向けの状態で救急車に収容される。その間も、三崎はずっと手を握っていてくれた。


「あの、僕……」

病院のロビーだ。こんなところで話すことではないとわかっていても、先日三崎が極道だと知った時のことについて話したかった。包帯を巻かれた右手首を握る。

「あの……」

とにかく自分の気持ちを伝えなければと口を開いた時、遠くから呼ばれた。

「おーい、北川くん」

「理事長！」

「えっ、おじいさん？」

隣に座っていた三崎が立ち上がったので、慌てて輝も腰を上げる。

「いやいや、座っていなさい。怪我をして運ばれたと聞いてね。大丈夫かい？　もう診察は終わったのかな」

「わざわざすみません。アパートで火事が起きて……三崎さんが来てくださらなかったら、今頃どうなっていたことか。でも三崎さんのおかげで捻挫だけで済みました。最初は頭痛もあったんですけど、もうすっかり。今はお会計待ちです」

診察を受けている時も、軽傷なのにすみませんと恐縮しきりの輝に、医師は「大丈夫だと思っていても、火事は気道にやけどを負っていたりして怖いんですよ」と教えてくれた。そんな怖いことにならずに済んだのは、すべて三崎のおかげだった。

「そうか。よかったよ。だが手を怪我していては困るだろう？　しばらくうちにおいで」

「え……」

「梅助もおる。ずっと北川くんに会いたがっておった。人手もあるから、何もする必要はないからね」

梅助。普段なら飛びつきたくなるような誘い文句だ。けれど今は、源一郎も極道だと知っている。まだそれを受け入れることを三崎に話していないのに、一足飛びで源一郎の家に行くことはできなかった。

「いえ、その……」

「彼はうちに」

（え……）

「なんだ、決まってたのか？」

「ええ。うちの方が屋敷より狭いですから。間取りを覚えるのも楽でしょう」

「そうか。じゃあ、また今度遊びにおいで」

源一郎に礼を言って頭を下げたとき、遠くから名前を呼ばれた。会計だった。

「北川くんはここに」

「本当にすみません。財布が戻ったらすぐにお返しします」

輝は何も持っていない。今履いているスリッパも、三崎が売店で買ってくれたものだった。

「いや、いいんだ」

三崎は輝があんな態度を取ったというのに、これまでと変わらず優しくしてくれていた。

三崎の足音が遠ざかったところで、源一郎に向き直る。

「おじいさんも、わざわざすみません」

「わしが北川くんの無事を確かめたかったんだよ。怪我はしたようだが、無事でよかった」

「本当に三崎さんのおかげなんです。僕、どこで火事が起きたのかもわからなくて、パニックになっちゃって。三崎さんが駆け付けて、呼びかけてくださったから窓に向かえて」

「そうかそうか。いやそれにしても、隆司はよく火災現場に入れたな」

「あ、そっか……そうですよね」

確かにあのとき、三崎のすぐ近くに消防隊の人がいたような覚えがある。

「なんの話かな」

「あ、三崎さん。すみません、お会計……」

「気にしないでくれ」

「お前がどうやって火災現場に入ったのかって話だ」

「ああ……あの状態で知らない人に呼びかけられても不安だろうと思いまして。北川くんがもう窓際まで来ていることと、目が見えないことを消防隊員に伝えたんです」

「そうか。いい判断だった」

「すみません、危険だったのに」

「いや、俺の方が消防隊よりも着いたのが早かったんだ。逆だったら近づけなかった。彼らはアパートを取り囲んだ状態で大声を出す。拡声器だって使うし、そうなったらどの方向に向かえばいいかわからなかっただろう。そうなる前に着けて運がよかった」

あの状態でそこまで考えてくれていたとは。そのおかげで今、自分はこうしてここにいることができている。

「火元はわかってるのか」

「何が燃えていたのかはわかりませんが、普段なら何もない場所から火が出ていました。彼の玄関からすぐのところです。なので、換気扇から煙が入ったのかと。詳細はおそらく今後、警察や消防が調査を進めるでしょう」

そうだったのか。知らなかった。本当に危ないところだったのだ。

「本当に、なんとお礼をお伝えしたらいいか……」

「いやいや、輝くんが無事で何よりだ。なあ、隆司」

「はい。しばらくは気持ちも落ち着かないだろうが、うちでゆっくりしたらいい」

「うちにも遊びにおいで。一緒に甘い物を食べる約束だっただろう」

「三崎さん……おじいさん……」

二人の穏やかな声に、少しずつ無事だった実感が湧いてきた。

怖かった。本当に怖かった。でも生きている。死ななかった。ちゃんと生きている。

目元に涙がにじみ出す。三崎が貸してくれていたコートの中で自分の腕を抱く。

「本当に……本当にありがとうございました」

「いいんだ。ところで、北川くんが今夜、家にいることを知っていた人はいるか？」

「え？」

「いやほら、火事に気付いて心配してる人もいるかもしれないだろう？」

「あ、そっか、そうですよね」

最近の職場での会話を思い出す。院長たちだけでなく、古賀田の施術中、重光から問われてその話をしていた。

「職場の人はみんな知ってます。患者さんも、何人か。クリスマスの話題はよく出たので」

「そうか。じゃあ後で……おそらく明日には一度部屋に入れるだろうから、携帯が戻ったら電話をしてごらん。――理事長、しばらく頼んでもよろしいですか」

「ん？」

「私は救急車に同乗してきましたから、車を取りに行ってきます」

「いや――それならわしの車に乗って北川くんも一緒に行けばいい。些事《さじ》は明日でいいだろう。今は北川くんが安心できることが先だ」

些事とはなんだろう。

「すみません、お忙しいんじゃ……」

「いや、そういうわけじゃない。ほら、火災保険の関係とか、消防とのやりとりとかがあるだろう」

本当にそのことだろうか。だってそれは、輝がすべきことだ。目は見えないが、被保険者は輝な

14

のだ。

しかし、ここで質問を重ねても意味はないだろう。

「すみません」

「いいんだ」

「隆司。車は北川くんのアパートの近くにとめてあるんだろう？」

「ええ。よろしくお願いします」

源一郎の車にも運転してくれる人がいた。詫びを伝えて後部座席に乗り込むと、三崎が隣に座った。

「寒くないか」

そう言って、スーツの背広を膝に掛けてくれる。

「いいえ、大丈夫です！　三崎さんが風邪をひいちゃいます」

「俺は大丈夫だ」

「かまわん。エアコンの温度を上げるよ」

助手席の源一郎に礼を言い、しばし車の揺れに身を任せた。

「おじいさん、本当にありがとうございました」

「隆司が仕事で空けるときはうちにおいで。梅助を部屋に上げるから、一緒に昼寝でもしたらいい」

「ありがとうございます」

源一郎とは、車内で携帯電話の番号を交換した。また連絡しますと言って、源一郎の車が去るのを待つ。

三崎が輝を車に導いた。

助手席に乗り込む。途端に空気がしんとなった。

三崎はエンジンをかけたけれど、車を発進させようとはしなかった。

「――勝手なことを言ってすまなかった」

「え？」

「ホテルを取るよ。その方が安心できるだろう」

「あ……」

突き放された。いや、違う。これは三崎の優しさだ。まだ三崎は、輝の気持ちを知らないのだ。

「あの……僕……先日は、すみませんでした。せっかく三崎さんが話してくださったのに」

「いや――俺がずっと隠していた。言えなくてすまなかった」

言えなくて。

その一言にすべてが詰まっているような気がした。

でも、何をどういう順番で話せばいいだろう。

思いが複雑すぎて、頭の中が真っ白だった。

「お墓……お花屋さんが、三崎さんが何度も来てくださってたって」

「……勝手なことをしてすまない」

「いえ。すごく……すごく嬉しかったです」

返事はなかった。相槌さえない。

「あの……僕、極道さんのことってほとんど何も知らなくて」

「うん」

硬く聞こえるのに、その声は優しい。

「でも、三崎さんのことは知ってる……つもりです」

三崎は何も言わなかった。表情を見ることができないので、黙られてしまうとどんな気持ちでいるのかがわからない。

「あのとき……追いかけたんです。でももう遅くて」

「追いかけた？」

「コインパーキングまでは行ったんですけど……」

「すまない。あそこはもう使っていないんだ」

「え……？」

「空いていなかったら別のところを探さないといけないだろう。北川くんのアパートにいつでも行けるように、近くの月極《つきぎめ》駐車場を契約したんだ」

「あ……そうだったんですか」

「だが、もう解約するよ。すまなかった」

「あ――」

三崎は、輝との関係を終わらせようとしている。

「それは、三崎さんが極道……だからですか」

「嫌だろう？」

「嫌じゃないです」

これだけははっきりと言えた。

「……いろいろ、考えました。でも僕は、三崎さんのことが嫌だなんて一度も思いませんでした」

三崎は何も言わなかった。今、三崎は何を考え、どう感じているのだろう。輝の気持ちはちゃんと届いているのだろうか。

「あの、三崎さんを信じ切れなかった僕のことは、もう嫌になっちゃいましたか」

「そんなこと、あるわけないだろう」

「じゃあ……また前みたいに遊びに来てくださいますか」

返事はなかった。

嫌だ、ということだろう。

(こんなとき、目が見えたら……)

そしたら、車を降りて別れることもできたのに。

「……北川くんさえよければ」

静かな言い方。

まだ、信じてもらえていない。きっと三崎が極道であることを気にしていると思われている。

「……塩味の焼きそばっていうのがあるんですって」

「うまそうだ」

感情のない、硬い声。

でも言葉だけでも乗ってくれた。それにすがりつく。

「作ります。あと、お好みソース味とか」

自然と早口になった。会話が止まれば、関係が終わってしまうような気がしていた。

「そんなのもあるのか」

「しょうゆ味もあるんだそうです。って言っても、僕はタレや粉末をかけるだけですけど」

「北川くんの作る料理はなんでもうまい」

14

車を操作する音が聞こえた。

どこか――アパート近くのホテルに向かうのだろうか。けれどホテルに泊まったことなんてない。白杖だってない。

（自分一人では何もできない……）

三崎に迷惑をかける以外の解決法が一つもない。

「……あの、どこに向かっているんですか」

「北川くんのアパートだよ。もしかしたら鎮火しているかもしれない」

「……すみません」

もっと一緒にいたかった。

だって、アパートに着いたら三崎との関係はきっとこれで終わってしまう。さっきの焼きそばの話だって、ただの言葉遊びになってしまう。

自分はもっと大人だと思っていた。けれど、三崎を好きになってから自分がどんどん子どもみたいにわがままになっている自覚があって、なのにそれを直すことができなくて、苦しかった。

一緒にいると、三崎への『好き』があふれ出す。でも今はそれよりも、ただただ三崎を失う恐怖心の方が大きかった。

「部屋が無事だといいんだが」

「……はい」

会話が止まった。

しばらくして、三崎がサイドブレーキを引いた。

「少し待っててくれ」

「はい……」

ドアの開閉音。

三崎の気配のなくなった車内で唇を噛む。

泣きたい気分だった。

どうして……どうしてこんなことになったのだろうと、もう何十回、何百回も考えた問いが頭の中をぐるぐると回っている。

しばらくして、助手席側の窓をノックされた。その後、ドアが開かれる。

「鎮火してた。ちょうど安全確認が終わったらしい。おいで、荷物を取りに行こう」

「え……荷物、ですか」

安全確認が取れたのなら、部屋に戻れるんじゃないのか。

「風呂場の窓が割れてしまっている。それにドアも焦げているから、しばらく部屋には戻れそうにないらしい」

「そう、ですか……」

両親が生きていたら、実家に帰ることができたのに。

これで三崎との関係も終わってしまう。自分は一人ぼっちなのだと改めて実感し、まぶたの下に涙がにじんだ。

「……北川くん」

「はい……」

「さっきの……極道でも嫌ではない、というのは本音か」

「え……」

思わず顔を上げる。その動作のせいで、涙がぽろりと落ちた。輝が手で拭こうと思う前に、三崎の手がそれを拭った。

「もし嫌でなければ、うちに来ないか」

耳に入ってきた言葉が、信じられなかった。

「なんのもてなしもできないが、不自由はさせないつもりだ」

「三崎さん……」

三崎と一緒にいたい。迷惑をかけることはわかっていても、それでももう離れたくなかった。

また一筋涙がこぼれた。

拭うべく右手を上げる。

けれどその前に、三崎の胸が輝の顔にあたった。

（あ……）

抱きしめられている。

「もう、大丈夫だ。怖かったな」

どうやら三崎は、輝の涙の理由を火事や、ホテルで一人で過ごすことへの恐怖心だと勘違いしているようだった。

「よく頑張ったな」

三崎の手が輝の後頭部を撫でる。

なんて優しい人なのだろう。

やっぱり極道だなんて関係ない。

「三崎さんっ！」

広い背中に腕を回す。

怖かった。火事も、三崎を失うかもしれなかったことも。

でも今流れている涙の理由は、三崎との関係が切れてしまわなかったことへの安堵感だ。

輝はそれからしばらく、三崎の胸で泣いた。

その間三崎は、ずっと輝を抱きしめ続けてくれた。


住み慣れたアパートは、周囲に焦げ臭さをもたらしていた。騒然とした空気感が残っている。

「北川ですが」三崎が誰かに声を掛ける。

「ああ、災難でしたね」

「荷物を取りに入れると聞いたんですが」

三崎たちの会話が終わったところで、相手もわからないまま尋ねる。

「あの、どこが燃えていたんでしょうか」

「通路側が燃えました。放火です。まだ詳しいことはわかっていませんが、おそらく誰かが玄関前に新聞紙を置いて火をつけて歩いたのかと」

「え、どういうことですか」

言葉ではうまく理解できなかった。火をつけて歩いたというのはどういう意味なのだろう。

「北川さんの部屋を先頭に、いくつか玄関が並んでいますよね。一階の、それぞれの玄関ドアの前に新聞紙や燃えやすい紙が置かれて、それに火をつけられたんです」

「え、じゃあ何か所もってことですか？」

「そうです。目的はまったくわかりませんので、これから警察と詳しく調べます。放火であることは間違いありません」

警察と、ということは教えてくれたのは消防の人だろう。

「あの、今日は無理でも、このまま住むことはできますか」

「建物の状況的にはできますよ。ただまだ現場検証がありますから。あと小窓を直さないと。玄関ドアも交換になるかと思います」

「そうですか……ありがとうございます」

ではやはり、数日は三崎の家に厄介になるしかなさそうだ。

「北川くん。この辺り一帯、足元が荒れているから抱き上げるよ。白杖もないし、見えないと危ない」

「すみません」

恥ずかしいが、こういう事態だ。変な思いを抱く人は誰もいないだろう。

三崎に運んでもらい、焦げ臭さの残る部屋に入る。

「部屋、どんな感じですか」

「普段と変わらないよ」風呂のドアを開ける音。「やはり割れたのは風呂の窓だ。ガラスが散っているから、入らないようにしてくれ。必要なものがあれば俺が取るから言ってくれればいい。室内は靴を脱いで歩いて大丈夫だ」

「ありがとうございます」

それなら自分で荷造りもできるだろう。

三崎と二人きりになると子どものように泣いてしまったことが気恥ずかしく、すぐにリュックの口を開いた。

「北川さん。警察の者です」

「はい」

玄関を振り返る。

「火事場泥棒というのがいますから。貴重品と、持ち運びができる高額なものは極力すべて持って行ってくださいね」

「そっか……わかりました」

三崎に着替えを頼み、福祉関係の書類や通帳などの大切なものをリュックに詰めていく。

「冷蔵庫の中身、賞味期限が近いものはうちに運んでしまっていいか」

「そんなに長くお世話には――」

「だが風呂の窓も割れているし、何より捻挫していては大変だろう。うちでゆっくりしていてくれ。ブレーカーを落とすわけではないから冷凍庫はそのままでいいし――ああ、牛乳くらいだな」

「じゃあ、お願いします」

元から荷物が少ないために、荷造りはすぐに終わった。

「ここはにおいがあるし、先に北川くんを車に連れていくよ。その後荷物を車に運ぶから」

「すみません」

助手席に座らせてもらい、三崎を待つ。

三崎は二往復した後、少し関係者と話をしてくると言って再びアパートに戻っていった。

(頼りっぱなしだ……)

でもさすがに今回のことは、助けてもらうのも仕方ないと思うことができた。自分一人ではどうにもできなかったし、クリスマス前夜、急な連絡で対応してくれるヘルパーはいなかっただろう。

大事なのは、この恩をこれからどう三崎に返していくかということだ。

(やっぱり料理……?)

しかし恩返しになるほどの腕はない。まずくはないという程度のものを、一緒に食べるというだけだ。

(お金は、なぁ……)

無難だが、三崎はお金に余裕があるらしい。きっと受け取ってはもらえない。

どうしたものかと考えていると、運転席のドアが開いた。

「すまない、待たせた」

「いえ、何から何まですみません」

「いいんだ。ひとまずうちの弁護士の名刺を渡してきた」

「弁護士さんまで……すみません。お支払いはどうしたらいいでしょうか」

「いらないよ」

三崎が車を発進させた。

「でも、そんなわけには」

「いいんだ。それより早く帰って、風呂に入ってさっさと寝よう。疲れただろう」

三崎の言うとおり心も体も疲れていた。自分でもまだ先行きが見えなかったので、礼を言って明日以降に持ち越しさせてもらうことにした。

温かなシートに体を預けると、一気に体が重くなった。

14

「ここが俺の車をとめるところだ。毎回ここだよ。この向きでまっすぐ――いや、ここを使うときは必ず俺がいるから、一緒に戻ればいいな」

「お世話になります。すみません」

　車を降り、三崎の腕を掴んでマンションのエントランスに向かう。

「俺が誘ったんだ。怖い思いをした後に知らない場所では、また緊張を強《し》いられてつらいだろうが、極力リラックスしてもらえるようにするから」

　ポーンと音が鳴った。次いで、音声が十階に着いたことを教えてくれる。

「降りるよ――しまった。各階ボタンと緊急通報ボタンはここだ」

　三崎の手が触れた。一気に脈動が速くなる。

「この列と――ここだ。これが緊急通報。開けるのと閉めるのはここだ」

「ありがとうございます」

「ボタンはドアの右側についてる。今の体の向きで降りるよ」

「はい」

「部屋は降りてすぐ正面だ」

「迷わないですね」

「もしどこかで迷っても、探して必ず迎えに行くよ」

　ありがたく、心強い言葉だった。それに胸がくすぐったい。

「さあ、入って。上がり框まで三歩だ」

「広いんですね」

　一度座らせてもらい、靴を脱ぐ。

無人だったはずなのに、室内はとても暖かかった。二十四時間エアコンをつけっぱなしにするタイプなのだろうか。

リビングのソファに座らせてもらうと疲労を感じたけれど、まだ気は抜けなかった。初めてお邪魔した年上の人の部屋でくつろぐわけにはいかない。

「ホットミルクでいいか。北川くんの部屋から持ってきたものだが」

「冷たいままでじゅうぶんです」

「こらこら」

三崎が笑いながら移動する。どうやらキッチンはソファの正面の方向にあるらしい。

「コーヒーは入れない方がいいだろう?」

「……普通のホットミルクでお願いします」

「了解」

普段より、どこか三崎の声が明るく感じられる。輝が来たことを喜んでくれているのだったら嬉しいが、単に輝の気持ちを明るくさせようという気遣いだろう。

「飲んだら風呂に入ろう。入浴剤も何もないが」

「あ――僕、あまりお湯には浸からないんです」

「寒いだろう? 一応寝室もエアコンはついてるが」

「いえ、その、前につるっと滑って溺れたことがあって、それ以来どうも怖くって。寒さに耐えきれないときは浸かることもあるんですけど、全然落ち着かないというか……」

「滑ったのは一人で入った時だろう? 一緒に入ればいい。もし転んでもすぐに助けるよ」

いいのだろうか、と思うより先に、一緒に入ることへの羞恥心に顔が熱くなった。

スリッパを履いた三崎の足音が近づいてくる。

そういえば、輝のアパートにスリッパはなかった。失礼だっただろうか。それにエアコンだって効きが悪くて暑かったり寒かったりしたかもしれない。

生活の香りがしない広い部屋の中で、自分の至らなさが思い起こされる。

「手を」

「えっ」

「すまない、驚かせたか？　テーブルとカップの位置を教えるよ」

「あ――あ、はい、すみません」

謝ることじゃない、と言われそうなのに、口癖のように出てしまう。

三崎が輝の左手を取った。

少し引っ張られ、前のめりになる。

「ここがテーブルの端だ。楕円形《だえんけい》をしているから、このようにカーブしてる」

三崎がふちを辿るように触らせてくれる。おそらくガラス製。それから、カップの持ち手に触れる。

「カップはここ。早めに風呂に入りたいだろうから、量は半分くらいだ。風呂上がりにまた飲もう」

三崎の言うとおり、早くこの焦げ臭さを落としたかった。髪にも服にも染みついてしまっているような気がする。

ホットミルクはぬるかった。やけどをしない温度なのは、火事への恐怖心を慮《おもんぱか》ってのことだろうか。

「寝間着を用意してくる。今湯を溜めてるから、少し待っててくれ」

「すみません」

「謝りすぎだ」

手をポンと頭にのせられる。そんなふうに触れられたのは初めてだった。

(ドキドキが止まらないんだけどっ……)

緊急避難的にお邪魔しているのに、浮かれてしまっている。

優しさを感じる甘いミルクを飲みながら、心を鎮めるべくほうっと息を吐く。

「北川くん?」

「――っあ、すみません、ちょっとぼうっとして」

「気にするな。疲れただろう。風呂の用意ができたよ」

一緒に入ろう、と再度輝の意思を確認するように三崎が言った。

「すみません。一度で覚えられるようにしますから」

「毎晩一緒に入ればいい」

「そんなご迷惑は――」

「俺が一緒に入りたい」

「え……」

どういう意味だろう――胸が早鐘を打つ。

真意を問いたい。でも訊けない。

輝がたっぷり悩んだ後、三崎がようやく口を開いた。

「修学旅行みたいなものだろう?」

なんと言われたかったのか、自分でもわからない。けれどどこか残念に思った。

「あ……あ、はは、そうですね。友達が泊まりに来ても、一緒に寝ることはあってもお風呂は別なので」

「そうか。ここでは風呂もベッドも一緒でいいな?」

「お風呂はいろいろ教えていただくためにお願いするとしても、ベッドはお邪魔じゃないですか」

「キングサイズだ」

「わ、すごい……」

「蹴っても落ちないから安心してくれ」

「……僕が蹴るってことですよね」

「俺はたぶん、寝相はいい」

笑う三崎の声を聞き、関係が以前に戻ったように感じられて嬉しかった。


「ここに椅子がある」

危ないし、うろうろしては三崎の邪魔になってしまうので先に座らせてもらう。

「そこから手を前に伸ばして――」

裸の三崎の手が、輝の手首を握った。

(ち、近いっ……)

服を着ていないせいか、いつもより近く感じられてしまう。ドキドキしながらコックやシャワーを手でペタペタと触り、大きさや形状を確認する。

「シャワーのフックはここだ。掛けて使わないなら、シャワーは床に置いておけばいい。長く一緒に過ごすコツは遠慮をしないことだ」

「でも――」

「俺なんてすぐに北川くんの部屋でくつろいだけどな」

「そうなんですか」

「そうか、バレないんだった」

三崎がいたずらっぽく笑う。

まるで、極道と知った時のいざこざが消えてなくなったよう。勝手に頬が緩む。

「くつろいでいただけていたなら嬉しいです」

「俺も同じように思ってるんだよ」

「あ――そっか。ありがとうございます。じゃあ、お言葉に甘えて」

三崎の優しさに甘やかされ、「捻挫をしているんだから」と頭を洗ってもらう。

(気持ちいい……)

本当に何から何まで迷惑をかけっぱなしだけれど、疲れた心が癒やされていくのを感じる。

「ありがとうございました。体は自分で」

「じゃあ、左腕と背中だけは洗ってあげるよ」

礼を言い、見守ってもらいながら体を清める。

三崎は輝が湯に浸かるのを待ってから、自身も体を洗い始めた。

「熱すぎないか」

「ちょうどいいです。広いですね」

足を伸ばしてもまだ余裕があった。しかし寄りかかって力を抜いたら、広いが故《ゆえ》に溺れそうだった。おとなしく座っておく。

シャワーの音が止まった。

「少し前に詰めてくれるか」

尻を前に動かすと、背後に三崎が腰を下ろした。

「おいで」

「あっ」

胸を抱き込むように三崎の腕が巻かれ、後ろに引かれた。背中に三崎の体温が触れる。

「支えているから、力を抜いていい。転ばせないよ」

「そ、そんなっ」

「せっかく一緒に入ってるんだ。のんびりしたらいい。風呂から出たらもう一度湿布を貼ろうな」

「は、はい……」

逆に、緊張で力が入ってしまう。三崎は何も気にならないのだろうが、輝は違う。全身が熱い。それにこのままでは、陰部が反応してしまいそうだった。膝を抱き、背中を丸める。

「――まあ、初日からは落ち着かないか」

三崎が輝を離し、立ち上がった。大人一人分の体積が減り、お湯が浅くなる。

「ここにいるよ。ちゃんと見てるから大丈夫だ」

「だめです、風邪ひいちゃいますから」

「そんなにやわじゃない」

もしそうだったとしても、さすがにそこまで甘えることはできなかった。

「もうじゅうぶん温まりましたから」浴槽から出る。

「そうか？　まあ、俺が体を洗ってる時から入ってたから、のぼせてしまうか」

違和感を抱かれなかったことに安堵しながら浴室を出る。貸してくれたタオルはふかふかだった。

パジャマを着てソファに座ると、そこでようやく気持ちが落ち着いた。

三崎は手首に湿布を貼り、ドライヤーで髪を乾かすことまでしてくれた。

「何から何まですみません」

「捻挫していてはできないだろう。それに俺がしたくてしてるだけだ――そうだ、これなんだが」

三崎が席を立った。家具の配置がまったくわからないので、そのまま座って三崎を待つ。

ガサ、とビニール袋の音が聞こえた。輝の隣に三崎が座り、膝に袋を置かれる。なんだろう、と思いながら中身を手探りする。

「冷凍庫にあった。車内が温かいから、牛乳を保冷するのに持ってきたんだが」

「え――あっ」

触れたのはどれも手のひらサイズで、ひんやりとしたもの。三崎が持ってきてくれた手土産の中に入っていた保冷剤だった。

「あっ、あ、その、これは、その……」

冷凍庫の中を見られている。再利用するため、という言い訳をするには多すぎた。

「冷凍庫にまだたくさんあった。大切にしてくれていた、と思ってもいいか」

「……箱はとっておけなかったので」

だからその代わりに、保冷剤をすべてとっておいていた。

「そうか」

たった一言。けれど、嬉しいと思ってくれていることが伝わってくる声色だった。

「じゃあ、捨てずにとっておくよ」

「……すみません」

いくら羞恥心をごまかすためでも、捨てていいとは言えなかった。ぎゅっと手を握り、下を向いて顔を隠す。

「北川くん」

しっとりした呼び方だった。どう反応したらいいかわからない。

「は……い……」

自分の声が掠《かす》れていた。俯《うつむ》いたままなので、輝がどんな顔をしているか、三崎にはわからないままだろう。

「無事で……本当によかった」

「あ……ありがとうございます。三崎さんが来てくださったおかげです」

「祖父のおかげなんだ」

「え？」

「実は、クリスマスケーキを祖父が予約していたんだ。だが俺は北川くんの予定を訊いていなかったし――」

それに、あんなふうに別れてしまったからだろう。

「……実は、もう会ってはもらえないだろうと思っていた」

「僕も、もう会ってもらえないかもって思ってました。でもちゃんと話したくて、けどクリスマスだから三崎さんは忙しいかなって……」

「クリスマスだから？」

「その……誰か、いらっしゃるんじゃないかなって。一緒に過ごしたい人が」

寝相の話をするような相手だっているのだ。

「過ごせてるよ」

「え？」

「北川くんと過ごしたかった。だが、まさか叶うとは思っていなかった」

「……ほんと……ですか。でも、誰かとクリスマスを過ごすんじゃ……」

「俺はそんなこと言ったか？　確かにさっきまで会食はしていたが、仕事だよ」

「いえ、その、ケーキの話、電話でしてませんでしたか」

「ケーキの話……ああ、それはうちの秘書だ。祖父が北川くんのためにケーキを予約する、という内容の確認。俺が祖父からメールがきていることに気付かなくて、祖父が秘書に連絡をしたらしい」

信じられない気分だった。けれど三崎の言葉に嘘は感じない。

「じゃあ、本当に僕と……？」

「ああ。できれば、一晩一緒に過ごしたかった」

「うそ……」

夢の中にいるみたい。

さっきまでは、もう死ぬかもしれないと思っていたのに。

今の自分の存在が、三崎との空間が、現実かどうか確かめたかった。

無意識に腕が三崎に向かって伸びる。

「北川くん」

「あっ……」

左手首をぐいと引かれた。顔に三崎の胸がぶつかり、ぬくもりに包まれる。

「北川くん――」

14

苦しそうな呼び声。腕の中で答える。

「は、い……」

頬が――全身が熱い。鼓動が激しすぎて爆発しそう。

苦しいほどのきつい抱擁。

「北川くんを……名前で呼びたい」

絞り出したような、三崎の声。

(あ……)

名前。それは、三崎の特別――。

(うそ……)

「名前で呼びたいんだ」

(信じられない……)

でも、嘘でも夢でもないと、苦しそうな声と骨がきしむほどの強い抱擁が教えてくれていた。

「……はい」

「意味を――」

最後まで言わせぬよう、首を振る。

「あのときから……その話を聞いたときより前から、僕も三崎さんに名前で呼んでほしいって思ってました」

輝を抱きしめる腕に力が入った。

ああ……という吐息が耳にかかる。

「大切にする」

腕の力が緩む。左の頬が大きな手のひらに包まれる。ドキドキしすぎて、息の吸い方すらわからなくなる。

額にふに、と柔らかなものが触れた。

「三崎さん……」

「名前で呼んでくれないのか」

「……隆司さん」

頬を包んでいた手が動いた。親指を顎に引っ掛けるようにしてわずかに持ち上げられる。

唇が触れ合ったのは一瞬だった。けれど、燃え上がるような熱を持つ。

「輝。好きだ」

「僕も……」

羞恥と緊張でほとんど声にはならなかった。しかし三崎は、輝が言い終えたタイミングで再度きつく抱きしめ、後頭部や背中を撫でてくれた。

(幸せでどうにかなりそう……)

このまま熱が上がって、とけてしまうのではないかとさえ思う。

(三崎さん……隆司さんっ……)

自分にはもったいないほどの人。

腕をそっと引かれた。

「おいで」

三崎の足の間に膝をつき、向かい合う。すると腰を抱かれて足の上に座らされた。

重くないだろうか。足を開いて膝をソファにつこうとするけれど、三崎の腕が輝の腰を引き寄せてそれを制した。

「み、三崎さん……」

「違うな」

　ぽん、とあやすように優しく背中を叩かれる。

「……隆司さん」

　今度は正解、というようにこめかみへのキス。

　背中を抱かれ、距離がさらに近づく。

　どうしよう。どうしたらいいのだろう。このまま同衾《どうきん》するのだろうか。

「みっ、三崎さんっ」

「呼び慣れないか」

　三崎の吐息が耳にかかる。背中を撫でられる。

「あ……その、隆司さん、あの、えっと……」

「ん？」

「あの……僕、同衾とか、よくわからなくて……」

「同衾……」

　つぶやく声。止まった手。それらで、三崎にその意図はなかったのだと気付いた。

「わ、忘れてください……すみません……」

　僕の勘違いで、という言葉は空気にとける。

「いや……何がわからないのかな」

「その、全部……」

交際することになったからすぐに同衾するというのは、あまりに突飛な考えだった。

しかし三崎は輝に合わせてくれた。

「ちゃんと教えてくれ」

「え……その、閨《ねや》の作法というか、そういうの、です……」

時代小説が好きなので、男同士でも体を繋げられることは知っていた。しかしその方法までは書かれていなかった。

「何かで性的な知識を得たことは？」

「いえ……」

「そうか。じゃあそのときはちゃんと言葉で教えるよ。安心していい。勉強しないといけないとも思わなくていい」

「……はい」

「すぐにはしないから、安心してくれ。輝が少しずつ覚えられるようにするよ」

輝のこめかみに三崎が顔をこすりつけた。無意識にそちらを向くと、唇が触れ合う。

「ん……」

ドキドキしてどうにかなってしまいそうなのに、気持ちいい。

「まずはキスからな。鼻で息をしてごらん」

「んっ……ふ……」

しかし、緊張で勝手に呼吸が止まってしまう。

（な、長いっ……）

唇を触れ合わせているだけなのに、腰がぞくぞくしてしまう。

「っは、」

「息をするんだよ。それじゃもたない」

三崎の声が笑っていた。

「その……ドキドキしすぎて……」

近くにいると思うだけで緊張するのに、ましてや長い時間キスを続けるなんて。

「かわいい」

三崎が輝の肩を抱き寄せた。キスが終わって寂しいと思いつつ、ほっとする。

三崎の腕の中に収まっていると、鍼灸院で施術したときよりも三崎が大きく感じられた。

額とこめかみ、頬へのキス。

広い肩に頭を預けると、三崎の香りがする。

「懐かしい……」

「ん？」

「初めて車に乗せていただいた時、三崎さんの匂いがするなって思ったんです」

顔を動かして、三崎の鎖骨辺りの匂いを嗅ぐ。

「香水をつけてるのかと訊かれたたな」

「覚えてましたか」

「もちろん。かわいいなとそのときも思っていた」

頭を撫でる手の感触が気持ちいい。速くなっていた鼓動が徐々に落ち着いてくる。

「……だが、まずは名前の呼び方から覚えてもらわないとな」

「あっ……隆司さん」

「正解」

唇への一瞬のキス。それで、ちゃんと名前を呼べればキスがもらえるのか、と学習する。

「隆司さん……」

「ん？」

また、唇へのキス。やはりそうだ。

「隆司さん」

キス。

もう、きっとキスが欲しくて呼んでいるとバレてしまっただろう。しかし三崎は輝をからかうようなことはしなかった。何度でも、繰り返し優しいキスを贈ってくれる。

「かわいい」

「そんな……」

「かわいいよ」

いつもより、三崎の声が色っぽい。

腰の辺りがぞくぞくしてしまう。

この後、どんなことを言われるのだろう――自分はどう行動したらいいのだろうと必死に頭を働かせようとしているとき、アパートから持ってきた時計が時刻を発した。

『午後十時三十分です』

「あ――」

設定した、寝る支度を始める時間。しかし、今なら。

「あっ、あの」

「ん？」

三崎に頼み、輝が荷物をまとめてきたリュックを取ってもらう。中を手探りすると、四角い箱が手にあたった。

「あの、これ……いつもお世話になっているお礼です」

クリスマスプレゼントだと言えば、三崎が用意してなかったことを焦らせてしまう。だから、お礼として渡すことに決めていた。

「ありがとう。開けてもいいか」

「はい。その、使えるかわからないですけど」

コト、と小さな音。あまり、開封音はしなかった。

「――ああ、タイピンか。きれいだな。ありがとう。大切に使わせてもらうよ」

「使えそうですか」

「シンプルで、毎日でも使える」

「よかった……。あの、白ですよね？」

「そうだな」

「白は僕にもわかる色なんです。その、僕が見えている……というか、この何もないのは白だと聞いたことがあって」

「そうなのか？」

「中途失明した友達が、見えなくなった後はずっと世界が真っ白だって。まあ、人によるとも聞いたことがあるので、これが絶対白！　って思ってるわけではないんですけど」

「そうか……輝の世界の色か」

感慨深げな言い方だった。きっと想像してくれているのだろう。

三崎はしばらく黙っていた。

「タイピン、本当にありがとう。大切にする。だがすまない、俺は用意できてなくて」

「いえ！　いいんです。クリスマスとしてじゃなく、いつもお世話になってるお礼にってだけですから」

むしろ、なくてよかった。これでもらっては、またもらうばかりになってしまう。

「明日のケーキは楽しみにしててくれ。本当は今日の受け取りだったが、まぁ一日くらいは大丈夫だろう。もし廃棄されていたら、どこかで買おう」

「ありがとうございます。あ、おじいさんが予約してくださったんですよね。明日お礼の電話をしなきゃ」

「かまわないよ。まあ、祖父の方から電話をかけてきそうだが」

「はは。楽しみです。それにおじいさんに会って、梅ちゃんにもまた会いたくなりました」

「その手では仕事はできないだろう。このまま年明けまで休みになれば、いくらでも遊べる」

「あ――そっか、そうでした。仕事……」

手に体重をかける仕事だ。事務仕事もできないので、出勤をしても意味がない。

「職場と連絡を取れるのは明日の朝以降だろう。ひとまず今夜は早めに寝よう」

「はい」

トイレの場所とその中の各配置を教わり、水のペットボトルをヘッドボードに置かせてもらってベッドに入る。

「まだトイレは慣れないだろうから、起こしてくれ。他に用事があったときも。時間は気にしなくてかまわない」

「ありがとうございます。すみません、慣れるまでは本当に起こしちゃうと思います」

「それでいい」

すぐ隣に三崎の気配。もう少し右に寄ったら三崎の肩に触れてしまう気がして、もぞもぞと左の端に寄る。

「どうした？　そんなところで寝たら落ちるぞ。このベッドは枕元しか壁に接していないからな」

「僕も寝相はいいはず……だと思うので」

「窮屈《きゅうくつ》だろう。おいで」

「あっ」

ぐい、と力強い腕に引き寄せられた。そのせいで、肩や背中が三崎に触れたままになる。

「いい抱き枕になりそうだな」

「抱き枕……」

「かわいい恋人だ」

笑いを含んだ返事だった。輝自身も、もう寝なきゃいけないとわかりながら、気分が高揚してしまっている。

「寒くないか」

「大丈夫です。隆司さんは？　エアコンの温度とか布団とか、僕に合わせてくれなくて大丈夫ですから」

「今夜からはいい湯たんぽがいる」

このまま抱きしめて寝る、と言われているのだろうか。

激しすぎる脈動が三崎にまで伝わってしまいそうで、息をひそめる。

「おやすみ」

「おやすみなさい」

静かになると、さらに三崎を意識してしまう。

(ね、眠れない……)

「そんな硬くならないでくれ。取って食いやしないよ、まだ」

(ま、まだっ)

つまり——。

「……いつかは、な」

「は、はい……」

「すぐにはしない。輝がいろいろ、安心できるようになってからな」

三崎の口調は穏やかなのに、輝の鼓動はスピードを上げていく。

緊張して、このままでは徹夜をしてしまいそうだ。

しかしそう思っていたはずなのに、三崎のぬくもりの中でいつしか眠りに落ちていた。

＊＊＊

穏やかな輝の寝顔を見下ろし、顔にかかった前髪をどかす。

もう二度と輝には会えないかもしれないと思っていた。それなのに、こうして恋人になることができた。

嬉しかった。

しかし、喜びに浸っているわけにはいかなかった。

三崎は輝に布団を掛け直すと、書斎に入って鍵をかけた。

携帯で富本に架電する。

「俺だ。輝の警護はどうなっていた」

誰かが付いていたはずだった。それなのに、こんなことになった。

『大変申し訳ございません。碓井《うすい》が付いていたのですが、身重の嫁から腹痛を訴える連絡が入ったそうで、代わりの者が着くまでに空白の時間が発生しておりました』

碓井はまじめで面倒見もよく、みんなに慕われている若衆だった。田舎から当時はまだ彼女だった嫁を駆け落ち同然で連れてきて、ずっと大切にしていることも、嫁が一人目を妊娠していることも報告を聞いて知っていた。しかし、碓井が持ち場を離れたことで輝は危険な目に遭った。

「……碓井の嫁はどうなった」

『病院に運ばれたそうで、碓井もまだそちらに。陣痛だったようで、出産予定日よりもかなり早いですが産まれたそうです。しばらくは母子ともに入院になると』

一つ息を吐く。

「……出産祝いを用意してやれ」

『よろしいんですか』

「出産祝いは碓井にじゃない。嫁と子どもにだ」

『碓井への処分はいかがいたしますか』

「それも、嫁と子どもが落ち着いてからだ」

碓井はそんな状況でもきちんと連絡を入れていた。代理が来る前に持ち場を離れたことは問題だったが、その一点だけを見てはいけない。

電話を切り、寝室に入る。

輝は気持ちよさそうに眠っていた。

（……輝）

輝と出会う前の三崎だったら、すぐに碓井を呼び出して処罰していただろう。しかし今はそんな気にはなれなかった。

（気持ちを切り替えないといけないな）

この稼業は甘いだけではやっていけない。しかし、不思議なほど凪《な》いだ気持ちだった。

＊＊＊

「ん……」

目を開ける。瞳には今日も何も映らない。

（んー……）

なんだかいつもと様子が違う。肌に触れるシーツ。感じるぬくもり。

「起きたか」

「あ――お、おはようございます」

そうだ、三崎の部屋で世話になっているのだ。いつもならあり得ない、急激な覚醒。

左手首に触れる。けれど腕時計はしていない。

14

「すみません、今何時ですか」

「まだ朝の八時だ。もう少し寝た方がいい」

　ベッドに入った時間は同じはずなのに、三崎の声はしっかりしていた。

「いつから起きてたんですか」

「何時だったかな。かわいい寝顔の子がいたから」

「……梅ちゃんが遊びに来てるんですか？」

「まさか」

　三崎が笑うと、布団が揺れた。それで、一つのベッドで寝ていたのだと実感する。

　体を起こし、腕を突き上げるように伸ばす。

「すっごく上等なベッドで、ぐっすり眠っちゃいました」

「よかった。ああ、何かあるぞ」

「え？」

　枕の右隣だ、と言われて手探りする。

　大きな四角いものに手が触れた。

「なんですか？」

　手探りすると、それはファイルのようだった。

「待て、その手では持たない方がよさそうだ」

　三崎がファイルを、輝の膝の上に置いてくれた。表面を撫でてみる。点字が貼られていた。

「え、え、これ！」

「わかるか」

「もちろんです！」

以前ラジオで紹介されて、読んでみたいと思った本だった。しかし点字になる予定があるかどうかさえわからない、と三崎にぽろっと言ったもの。

「どうして……」

表紙をめくり、指を這わす。確かに小説だった。

「今日はクリスマスだ。枕元にあると言えば、サンタからじゃないか。ベッドの下にも同じファイルが五冊置いてある」

絶対に三崎だ。三崎以外にあり得ない。昨夜輝がプレゼントを渡した時にくれることだってできただろうに、わざわざこうしてサプライズをしてくれた。

「隆司さん……！」

「そういや、夜中に誰かが部屋に入ってきたな。確か、打ち間違いがあっても許してほしい……と言っていた」

「え、え……これを!?　点字翻訳してくださったってことですか!?」

「俺じゃないよ」

誰だろうと、三崎が手配してくれたのだ。

「年末年始は俺も少し行かないといけないところがある。その間に読んでいてくれるか」

「ありがとうございます……！」

信じられなかった。ただのプレゼント以上のもの。しかも、だいぶ前から渡そうと——おそらく輝が本の話をしてからすぐに製作を始めてくれたのではないだろうか。

「大切にします。大切に……もったいなくて読めないくらいですけど、一文字一文字大切に読みま

14

す！」

「俺が打ったわけじゃないけどな」

「いえ……だって、買えるものじゃないですよ……！」

なんて嬉しいプレゼントだろう。

けれど、自分のタイピンでは釣り合わなくて恥ずかしい。

「すみません、僕のプレゼントなんて、全然……」

「いや、嬉しいよ。買いに行くだけでも大変だっただろうに、店員に相談して選んでくれたんだろう？」

「はい……でもこんな素敵なプレゼントをいただいてしまって」

「だから、俺からじゃないよ」三崎が笑う。「それに俺はその点字図書以上に、輝からもらったタイピンの方が価値があると思ってる。つけているところを見せられないのは残念だが、明日からさっそく使わせてもらう。触れて確かめてくれ」

「はい。ありがとうございます」

痛みのない左手で、大きなファイルを抱きしめる。

「さ、そろそろ朝食だ。何にしようか」

「えっと……」

「言っておくが、ここで輝にできることは何もないぞ。キッチン器具や家電は何もない」

「え、そうなんですか？　フライパンも？」

「フライパンどころか、炊飯器もない。レンジと冷蔵庫くらいか。冷蔵庫の中身はビールと水だけ。あとは昨日輝の部屋から持ってきた牛乳だな」

悪びれることも、恥じらうこともない言い方。これが俺だ、と開き直られている気分。

「三崎さん、あんまり家にいないんですね」

「ここより、輝の部屋の方が家っぽいと感じるよ」

それはそうだろう。声の反響から部屋は広い気がするのに、物がある感じがしない。

「デリバリーを頼もう。何が食べたい？」

「僕はなんでも」

「じゃあパンにしようか。部下に頼むよ」

「え、でもこんな早朝から」

「大丈夫だ」

三崎は先に、輝をトイレと洗面に連れていってくれた。その間に、どうやら電話をしたらしい。

「三十分くらいで届く。一緒にココアも頼んでおいた」

「ありがとうございます。今のうちに院長に電話をしてもいいですか。そろそろ院に来てると思うので」

「じゃあ俺は寝室にいるよ」

「いえ、いてください。あの、もし説明を求められたら――」

「ああ、そうか。そのときは電話を代わろう」

すみません、と言って院長の携帯に電話をかける。

『北川くん？　おはよ。メリークリスマス』

「おはようございます。すみません、実は――」

昨日火事があったこと、避難する際に手を捻挫してしまったことを話す。

『え、大丈夫なの？　今は家？』

「まだ住めないので、今は知り合いの家でお世話になってます」

『そう……大変だったね。じゃあ、このまま年末の休みに入っちゃって。こっちのことは大丈夫だから。それより困ったことがあったら電話しておいで。石和くんにも言っておくから、急用のときに俺が電話に出なかったら石和くんを頼って』

「すみません」

『いいって。それよりお大事に。また来年、元気な顔を見せてね。本当に、些細なことでも困ったことがあったら電話してね』

　重ねて礼を言って電話を切る。

「休んでも大丈夫そうだな」

「はい。本当にみんなよくしてくれてます」

　携帯を充電させてもらい、ソファの上で膝を抱える。

　届いたパンでの朝食を終えると、早めにケーキを取りに行こうという話になった。

　源一郎おすすめの、いちごたっぷりのホールケーキ。

　それを食べ終え、部屋の中を案内してもらうと、すっかりすることがなくなってしまった。

「まだ十四時だ。昼寝でもするか」

「いえ、起きてます。太っちゃいますし」

「あれだけ食べたら寝てても起きてても変わらないんじゃないか」

　くつくつと笑われ、顔が熱くなる。

14

「そうですよね、しばらく仕事もないし、気を付けなきゃ」

「もう少し増えた方が健康的なんじゃないか」

「ズボン、買い直しになると覚え直すのが大変ですから」

「そういえば、どうやって服を買ってるんだ？」

「行きつけのお店が駅ビルにあるんです。事前に電話で行く時間を伝えておくと、担当の人が付きっ切りで接客してくれて。色違いの服とかはタグに切れ目を入れたり、ボタンをつけてくれたりもします。僕が買った服を全部メモしてくれていて、持っている服と合うかどうかとかも、いろいろ考えてくれるんです」

「それは助かるな」

コーヒーを飲み続けている三崎の隣にまったりと座っていると、次第に眠気がやってきた。

頭にのせられた手が、ゆっくりと輝の髪をすくように動いている。

「ン……三崎さん……」

「ああ、起きたか」

「あ……すみません——え、え!?」

頬を支えていた温かいもの。手で触れると硬いところがあり、三崎の脚だとわかった。慌てて体を起こす。

「すみません、僕っ」

「ふらふらしてたから、俺が引き寄せたんだ。昨日はよく眠れなかったんだろう」

「すみません、ほんと……」

膝枕。三崎はずっと動けなかっただろう。

14

「今何時ですか」

「十七時過ぎかな」

「そんなに！　すみません、足はしびれてないですか」

「大丈夫だよ」

三時間も寝てしまって、三崎はずっと退屈だっただろう。しかし起こすことも、どかすこともせずに寝かせてくれた。

（しかも、頭……撫でてくれてた、よね……）

迷惑をかけたというのに、声を掛けずに少しその感触を味わえばよかった、なんてことを思ってしまう。

「胃もたれは大丈夫か」

「全然ないです」

「さすがだな」

三崎が笑う。

「どうせ食いしん坊ですから……」

「夕食のオードブルを取りに行ってくるよ。もう少し寝るか？」

「お邪魔でなければ一緒に行かせてください」

気持ちを落ち着けるため、外の空気を吸いたかった。

＊＊＊

14

「オードブルを頼んだ店までは十五分くらいだ」

　助手席に座った輝が嬉しそうに頷く。

　しばらく走ったところで、輝の携帯が伊万里院長からの着信を告げた。

「車を止めようか。外に出ているよ」

「いえ。大丈夫です」

　聞かれて困るようなことはないからと言われ、運転を続ける。

　設定音量が大きいようで、相手の声ははっきりと聞き取れた。

『お疲れ様。その後、いろいろどう？』

「気持ちはすっかり落ち着きました」

『よかった。今、ちょっといいかな』

「はい」

『さっき周藤さんが来たんだけど……北川くんにって、差し入れっていうのか……』

　周藤。その名前を輝から聞いたことはない。院長からの電話だし、患者なのだろう。

『ごめんね、冷蔵品だったらと思って中身見ちゃったんだけど、野菜なんだよね』

「え、野菜……ですか？」

　無言でハンドルをさばきながら、三崎も眉を寄せた。

　差し入れなら、よくあるのはお菓子だろう。それとも農家なのか。

『スーパーの袋で、にんじんとじゃがいも、あとはたまねぎ。その他にもココアの粉と牛乳。野菜が好きとか、欲しいとかって言ってあった？』

　漏れ聞こえるだけでも、院長の困惑が伝わってきた。

「いえ……え、にんじんにじゃがいもにたまねぎ……？」

『うん。にんじんは二本入りの、普通にスーパーで売ってるやつ。たまねぎはネット入り』

「なんで……ですかね？　え、それを僕にって言ったんですか」

『うん。北川さんに渡してくださいって』

「周藤さんって、あの周藤くんですよね？」

『周藤克明さん。あの若い子』

「……なんででしょう？」

『さあ……カレーを作るって話をしたとか？　どうしようか？』

　そんな話はしてないんですけど……と輝がつぶやく。

「とりあえず、早いうちに取りに行きます」

『わかった。じゃあ牛乳は冷蔵庫に入れておくね。でも明後日には休みに入っちゃうから』

「わかりました」

『あと……さ、周藤さんに、北川さんは大丈夫でしたかって訊かれたんだよね。なんか、火事があったことを知ってたみたいで。アパートの場所とか名前とか、教えてあった？』

「いえ、教えてないです。けど実は周藤くんが院に来て以降、たまに帰り道に青信号を教えてくれる人がいたんです。なんとなく声で周藤くんかなって思ってて。だから近所に住んでいて、僕がアパートに出入りしているところを見ていたのかもしれません」

『うーん……家って近かったかなぁ……まあ、それならいいんだけど』

　電話が終わり、輝が携帯を下ろした。

「――どうした？」すべて聞こえていた、とは言わずにおく。「電話、料理の相談か？」

14

「あ、いえ。なんか患者さんから差し入れが届いたそうなんですけど、中身がココアと牛乳と野菜らしくて。あと、その方が僕のことを大丈夫だったかって、心配してくれてたみたいで」

「変な差し入れだな。それにアパートも知られてたのか」

「そうなんです。ちょっと不思議ではあるんですけど……すみません、今日か明日のうちに取りに行かないといけなくて……」

　連れて行っていただけないでしょうか、と心底申し訳なさそうに頼まれる。

「もちろん。だが予約の時間がある。先にオードブルを取りに行って、その後でもいいか。三十分はかからない」

「はい。すみません」

「いいんだ」

　本当は、予約の時間などどうでもよかった。少しでも早く、できればイマリ鍼灸治療院に着く前に周藤の顔を確認しておきたい。

　三崎は赤信号だと思わせるように減速し、車を路肩に寄せて止めた。

　富本に院付近に設置した隠しカメラを確認して該当の男の写真を送るように、そして今すぐ輝のアパート付近に人を飛ばすようにメールで指示をしてから、車を流れに戻した。

「それにしても、不審な差し入れなんて少し気味が悪いな。食品だろう」

「まぁ、そうなんですけど……」

　かといって、職場に置きっぱなしにもできないということだろう。

　輝が黙り込んだとき、再び携帯が鳴った。音声が伊万里院長からの着信を告げる。

『何度もごめんね』

14

「いえ。用事を済ませてから行くので、三十分前後で着きます」

『あ、そう？　じゃあそのときでいいかな』

「何かありましたか？」

『今、車？』

「はい」

『じゃあ今のうちに話しちゃおうかな。石和くんが周藤さんのカルテを確認したらさ……彼のアパート、北川くんの家とは正反対だったんだよね。っていうか、区外。電車で三十分以上かかる』

「え……え？」

三崎も違和感を覚えたが、黙っておく。

『周藤さんが青信号を教えてくれてたって言ってたよね』

「はい。でもそれは確認したわけじゃなくて、たぶんそうなんじゃないかって気がしてただけですけど……」

『そっか。でも北川くん、声ですぐ相手を判別できるよね。間違ってない気がする』

院長が言葉を切った。おそらく、三崎と同じことを考えている。

『まさかあの子、ストーカーじゃないよね？　部屋に入られたりしてないよね？』

「え――」

輝の体が硬直したのが横目にもわかった。運転中でなければ抱きしめてやれたのに、と悔やむ。

『カレーやシチューを作ろうとしてたとか、牛乳を切らしてたとか、ない？』

輝がぶるっと体を震わせた。目も見えない中、どれほどの恐怖か。

「――大丈夫か」

つい、口にしていた。

輝がハッとした様子で送話口を手で覆う。

「あ――は、はい。すみません。大丈夫です」

輝が電話に意識を戻した。

「えっと……いえ、ないです。や、ないっていうのは、僕はまだ知人の家でお世話になってますし、それに野菜や牛乳も家にありました」

『そう……じゃあ違うか。ごめんね、怖いこと言って』

「いえ！　やっぱり、信号の件は僕の勘違いだったんだと思います。野菜を差し入れっていうのはちょっと変ですけど……」

『そうなんだよね。ココアと牛乳ならさ、休憩時間に飲んでねって感じかなって思うんだけど。北川くんの甘党は有名だし……まぁ、とりあえず待ってるね。気を付けて来て』

輝が礼を言い、電話を切る。

「何かおかしなことでも？」

輝はなんと言ったらいいかわからない、という様子で言いよどんだ。

「えっと……さっき言った患者さん、家が遠いそうなんです。だから青信号を教えてくれてたのは違う人だったのかなって」

「――そうか」

周藤克明。院長はそう言っていた。

すべて聞こえていたとは知らない輝が、院長との会話を話してくれた。

「――その患者は、輝が甘党だということを知っていたのか」

14

「一度しか施術してないので僕は話してないんですけど、ほら僕、週に四日しか出勤してないじゃないですか。だから僕が休みの時に来て、誰かから聞いたのかもしれません」

　しかしそれは、自分に言い聞かせているようだった。まるでそれが真相だと思いたいかのように。

「そうだな。きっとそうだろう」

　しかし輝の顔色は優れなかった。

「若い男か」

「そうですね。確か二十歳くらい……だったと思うんですけど」

　普段の輝であれば、患者の個人情報など口にはしなかっただろう。それくらい、不安に襲われている。

「……実は、その人もそうなんです。前に話した、新規で指名の患者さんって」

「大丈夫だ」

「え……」

　もう、周藤を確保させることに決めていた。しかしそれを輝に伝えることはできない。だが尋問をして、問題がなければ解放すればいいだけのこと。

「俺がいるだろう？」

「隆司さん……」

　洋食店の駐車場に車をとめ、輝を車内に残して店に入る。

　会計を終えた時、携帯が震えた。添付されていた写真を確認する。

（こいつが周藤か……）

　ビニール袋を提げた若い男。警戒していないのか、帽子やマスクはつけていない。量販店に売っていそうなダウンにデニム、スニーカーといういでたち。

車に戻り、イマリ鍼灸治療院に向かう。

駐車場に着くと、輝が膝の上でぎゅっと手を握っていた。

「大丈夫だ」

「……はい。ありがとうございます。すみません、ちょっとお待たせしちゃうかもしれないんですけど」

「時間は気にしなくていい。火事のこともあって、職場の人も心配しているだろうから。気分転換にもなるし、あちらの時間が許す限りゆっくり話しておいで。みんなが忙しくても、慣れた場所に座っていたら気持ちも落ち着く」

恐縮しきりの輝を出入り口まで送り届け、携帯を耳にあてながら車に戻る。

いつもどおり、富本はワンコールで出た。

『お疲れ様です』

「彼のアパートには着いたか」

『はい。現時点で異変はありません』

「警戒を続けろ。周藤が現れるかもしれん」

電話を切る。

（ストーカーか……）

自宅付近での親切な声掛け。おそらく輝に張り付いていたからこそ、火事のことを知っていたのだろう。

輝は中性的な、かわいらしい顔立ちをしている。しかも本人がそれを知らないのでわざとらしさもないし、どこか無防備さを感じさせる。それが、男心をくすぐる。守ってやりたいと思わせる。ストーカーがいてもおかしくはない。

五分ほど経った頃、反対車線の歩道にイマリ鍼灸治療院をじっと見つめる人影があることに気が付いた。街灯と近くの店舗からの明かりしかないが、服装は写真の周藤と酷似している。

富本に架電し、アパートにいる者をすぐにこちらへ寄こすように伝えて様子を窺う。全力で走れば五分程度で着くはずだ。

男はキャップ帽を被っていた。顔はよく見えない。しかし視線の先がイマリ鍼灸治療院であることは確かだった。

(周藤だな……)

差し入れをすることで、輝をおびき出したのだろう。

静かに外に出て、交差点を渡って背後につく。

男は輝の確認に夢中なのか、三崎がいることには気付いていないようだった。

まだ若衆の到着には時間がかかるだろう。男の背中を見ながら少し待つ。

「そこの患者かな」

「えっ、や、その」

そろそろいいかと背後から声を掛けると、男の体は漫画のように跳ね上がった。

「私もそこの患者だ。用があるなら院長を呼んでこよう」

「い、いえ! 俺は別にそういうんじゃ」

「――もしかして、周藤さんじゃないか?」

「え……」

どうして知っているんだ、と表情が暴露していた。

「私は北川くんの知り合いでね」

輝、まだ戻ってくるなよ、と心の中で念じる。

「彼が、君に礼を言いたがっていた。青信号を教えてくれていたそうだね」

「あ――」

男の顔が驚きに染まった。何かを言わないと、しかし言葉が出てこない、というように口を何度も開閉させている。

三崎の視界の端に見慣れた車が映った。こちらに向かって減速している。いいタイミングだった。

「ああ――あと、もしかして君じゃないか？　北川くんにひったくりで怖い思いをさせたのは」

周藤の顔色が一瞬で変わった。それからハッとして駆け出す。

しかし車から飛び出してきた若衆の方が速かった。即座に周藤を後ろ手で拘束し、さも友人を迎えに来たような顔で後部座席に押し込める。

後部座席から富本が降りてきた。

「お疲れ様です。あれが周藤ですか」

「お前も来てたのか。あれが輝にひったくりをした犯人だ。素人だがな」

「素人、ですか」

「リュックを背負って買い物袋を手に提げた相手から、その袋だけを奪った」

普通ならその場合、金目のものはリュックにある。プロならまず狙わない。

今回の差し入れは、そのときにひったくったものだろう。輝は以前、ひったくりに盗られたものは野菜や牛乳などだと言っていた。

14

富本が苦笑する。

「それは——お仕置きをしないといけませんね」

「警察にはまだ渡すな。俺が話す」

「承知しました」

「そろそろ彼が戻る。行け」

富本が後部座席に乗り込むと、車は角を曲がってすぐに消えた。

（さてどうするか……）

火事はおそらく放火だった。その犯人も独自に探らせてはいるが、まだ見つかってはいない。

（さすがに周藤が火をつけたわけではあるまい）

輝に危険のないよう、周藤は青信号をわざわざ教えていたのだ。

ひとまず倉庫に連れて行け、と富本にメールで命じ、駐車場に戻りながら源一郎に架電する。

「少し輝を預かっていただけないでしょうか。二時間ほどで済むとは思うのですが」

『何があった』

「例のひったくりを捕まえました。輝の周りをうろついていたものですから。今、富本が倉庫に運んでいます」

『わかった。梅助と遊んでもらおう。連れてきなさい』

礼を言って電話を切り、イマリ鍼灸治療院の出入り口に近づく。

ちょうど、輝が出てくるところだった。

「輝」

「隆司さん！　すみません、長くお待たせしちゃって」

「いや、かまわないよ」

輝の手を取って腕を握らせる。助手席に座った輝は、足の上にビニール袋を置いた。

「それが差し入れか」

「はい。封を開けられてる様子はないって院長たちは言ってたんですけど……」

輝がシートベルトを装着したのを確認して車を出す。

「すまない、少し用事ができた。祖父の家で梅助と遊んで待っていてくれないか。そう長くはかからない。牛乳は冷蔵庫に入れておくよ」

「わかりました。すみません、いろいろと……」

「いいんだ。梅助もずっと会いたがっていたようだし、喜ぶよ」

「僕も梅ちゃんに会えるのは嬉しいです。おじいさんもいらっしゃいますか」

「ああ、いると思う。年寄りの長話に付き合わされないといいんだが」

「おじいさんの話、面白くて好きですよ。花子さんの話とか」

「何が面白いのかわからないな」

三崎のため息に、輝が笑う。

「おじいさんも、隆司さんはまったく話を聞かないって言ってました。僕は聞いてて楽しいんですけど」

「そこだけは相容れないな。適当に聞き流して、甘い物でも食べていてくれ」

屋敷に着くと、先ほど富本が乗っていた車がとまっていた。おそらく源一郎が富本に連絡してこちらに向かわせたのだろう。ここで尋問をすれば、輝を放置する時間が短く済むと考えたのだ。

「梅ちゃん、元気でしょうか。僕のことは忘れちゃったかな」

14

また行くね、と電話で話してから、もう何か月も経ってしまったと輝が落ち込んだ声を出す。

「覚えていると思うよ」

輝を連れて玄関に向かうと、たいそう機嫌のいい源一郎が出迎えた。

「やあ！　よく来たね。さあ、お入り。寒かっただろう。ホットチョコレートを用意しておるよ」

「こんにちは。年末のお忙しい時期にすみません。お邪魔します」

周藤からの差し入れを部屋住みに預け、前回と同じ部屋のソファに座る。

「手はどうだい。まだ痛むのかな」

「三崎さんが使わなくて済むようにしてくださっているので、だいぶよくなりました。火事のときは病院にも来てくださって、あとクリスマスケーキもありがとうございました」

「いいんだよ。こいつはケーキならなんでも同じなんて考える男だからね。口に合ったならよかった」

源一郎自ら、輝にケーキと飲み物を供した。二人が盛り上がる前に腰を上げる。

「輝、すまない。俺は少し席を外すよ。たっぷり食べていてくれ」

「あ――はい。いってらっしゃい」

台所に寄り、預けておいた差し入れを回収して離れへ向かう。

明かりすら入らぬよう完全に外の目を封じたその部屋の中央で、目隠しをされた周藤は椅子ごと縛られて震えていた。

「話は聞いたか」

「いえ、まだ何も」

部屋には富本と周藤を捕まえた若衆、そして殺しと拷問のプロ、近藤がいた。

目が合うと、近藤が邪気のない顔でほほ笑む。

14

「どうも」

「来てたのか」

「橘理事長に呼ばれまして」

年齢不詳で、三十代にも五十代にも見える。わかっていることは近藤という呼び名と、拷問好きで医師免許を持っているということくらい。源一郎が呼んだということは、今日の近藤の支払いは源一郎の方でもってくれるということだろう。源一郎がどれほど輝を大切に思っているかが伝わってくる。

「理事長はなんと」

「三崎組長がいらっしゃるまで待てと。もう殺しますか？」

「まだ待て」

近藤を制し、周藤に近づく。

「彼にしたこと、彼に関する自分の行動をすべて話せ」

周藤は震えでうまく話せないようだった。それでも懸命に言葉をつむぐ。

「ひ、ひったくり、を、けど知らなかったたんです。目が見えなかったなんて……簡単だったなって、でもあまりにも追ってくる様子がないからなんだろうって振り返ったら転んでて、白い杖が見えて、それで……悪いことをしたなって反省して後をつけて……しばらく悩んで、けど勤め先に行って——

—行きました」

「止まるな。話せ」

「えっと、それで……その、困っていることはないかって訊いたら信号とかって言ってたから、お詫びのつもりで帰り道で信号を教えて……」

そこまで聞いて、ふと思い立った。

「もしかしてお前、神奈川でも何かやったか？」

「え？」

周藤はぽかんと口を開けた。それから慌てた様子で首を振る。

「何も！　何もしてません！　ひったくりだって北川さんにしたのが初めてだったし、それ以降はしてないです！　あれっきりです！」

様子から、嘘はついていないらしいと悟る。神奈川県警の古賀田が張っているのは輝ではなく周藤だった、ということも考えられるかと思ったのだが、はずれたようだった。

「クリスマスイブの夜のことは。なぜ火事のことを知っていた。お前が火をつけたのか」

「ちがっ！　違います、人のせいにしないでください。俺は通報をしたんですっ！」

「人のせいにするなとはどういう意味だ」

「え……あの、あなたたちではないんですか」

「は？」

「ひっ！　ちが、だってヤク……ヤクザ、ですよね？」

「そうだ」

「火をつけた男のうちの一人が、もう片方を兄貴って呼んでたから……だからてっきりヤクザなのかなって」

「兄貴？　他には何を見聞きした」

話せば解放されると思ったのか、周藤は饒舌になった。

「え……いや、なんだったかな……少し離れたところにいたので……。あ、男は二人でした。一人が兄貴って呼ばれてて、兄貴の方はそいつをお前って……いや、待てよ……えっと……イワサ……って呼んだ気がします。イワサ……たぶん、イワサです。『イワサ、早くしろ』って『イワサ』。心当たりはなかった。

富本に視線を向ける。

「調べます」

富本が慌ただしく部屋を出ていく。

室内には三崎と周藤、近藤と部屋の出入り口に控えている若衆だけになった。

「他に覚えていることは。外見は」

「いや、暗かったから……でも新聞紙みたいなのを北川さんの部屋の前にたくさん積んでて、通路の奥の方にも往復してたから、最初は住人が大掃除してんのかなって思って、北川さんももう出てきそうにないから帰ろうって……でも背後から変なにおいがしてきて戻ったら燃えてて……」

「警察には」

「いえ、言ってません……その、なんであそこにいたんだって言われたら……」

たとえ通報者でも身分証の提示を求められる。まったく関係のない住宅地にいれば、ストーカーをしていたことまで白状しなければならなくなると恐れたのだろう。友人の家があるなどといくらでも嘘はつけるが、そんなことにも思い至らぬほど動転していたと考えれば納得できた。

火事については、それ以上引っ張れる情報はなさそうだった。

「どうして急にひったくったものを返した。これはお前がひったくったものだろう？」

持ってきたビニール袋を揺らして音を立てる。

「あ――もう、今年も終わるから。それで終わりにって……思いました。それにその……火事の後、アパートにいなかったから……心配だったし……」

それで突然差し入れをして輝を誘い出したのか。

近藤に近づき小声で話す。

「もう二度と彼に近づかないようにしつけてくれ」

「最後は殺しますか」

「この程度で殺していたら処理が面倒だ。傷は残すな。今後もし彼に近づいたらどうなるか、徹底して覚え込ませろ」

「わかりました」

続いて若衆を呼ぶ。

「今のうちにやつの実家を調べておけ。近藤が仕事を終えたらそちらに送るんだ」

「はい」

近藤と若衆に任せて部屋を出る。

もう周藤はこの町からいなくなるだろう。もともと区外に住んでいると言っていた。寄り付かなくなればそれでいい。

(イワサ……)

輝以外の部屋の玄関前にも火をつけたというが、それは明らかにフェイクだった。しかしなぜ部屋に直接火をつけなかったのか。輝は全盲だ。燃えた紙をドアポストから滑り込ませても、すぐには気付かれなかったはずなのに。

まだ情報が足りなかった。

三崎は足早に母屋《おもや》に戻ると、近くにいた部屋住みにビニール袋を渡した。

「まったく同じものを買ってこい。牛乳は冷蔵庫で保管し、俺が帰る時に無言で玄関に持ってこい。釣りは小遣いだ」

一万円札を受け取った男が一礼して飛び出していく。

三崎はリビングに入り、縁側に座る輝の隣に腰を下ろした。

輝はにこにこしながら梅助の体を撫でていた。

「ただいま」

「あれ、隆司さん？　早かったですね」

三崎を見た梅助がふんと鼻を鳴らす。

「思ったより簡単な仕事だった」

「そうでしたか。お疲れ様でした」

「ありがとう。梅助は輝を覚えてたか」

「はい！　へへ、すっごくかわいいです。毛も、前に来たときよりふわふわしてる気がして」

「ああ、冬用の毛になってるんだろう」

「へえ、生え換わるんですね。いいなぁ、ふわふわもふもふしてて」

輝に両手で撫でられた梅助が、憎たらしい顔で三崎を見る。

「着ぐるみでも買おうか」

「えっ、隆司さんが着るんですか？」

「どうして俺が。輝が着ればいい」

ええ、と輝が梅助から手を離し、三崎の方を向いた。梅助が不満げな表情を浮かべる。しかし輝の指が鼻先を撫でると耳を平らにし、ご機嫌な表情になって輝の手を舐めた。

「ふふ、くすぐったいよ、梅ちゃん。だって僕が着ぐるみを着てもふわふわを撫でられないじゃないですか」

「じゃあ俺がそれを着たら撫でてくれるのか」

「えっ……」

一瞬で真っ赤に染まる頬。その素直さが愛おしい。

「楽しみだ。何にしようか。やはり犬がいいか」

「えっ、あ、あのっ、えっと……」

「冗談だ。そろそろ中でお茶でも飲まないか」

さっさと帰って二人になりたいが、まだ買い物に出た部屋住みが戻っていない。

「あ、はい。梅ちゃん、また後でね」

梅助が輝の手にぐいぐいと顔をこすりつけた。行かないで、と言っているのだとわかる。

「梅ちゃん……かわいい。また後で来るよ」

「わうぅ……」

悲しそうな鳴き声の後、梅助が三崎を見た。明らかにふてくされている。

(表情豊かだな……)

三崎に向けられる感情は決していいものではないが、犬はこんなにも気持ちが顔に出るものかと驚かされる。

(……かわいげはまったくないが)

しかし、輝にはくぅんくぅんと鳴いてみせる。

「梅ちゃん、本当にかわいい。大好きだよ。後でまた遊んでね」

「あんっ！」

輝は焼き菓子をいくつか食べると、そそくさと縁側に向かった。寒いというのに、梅助と遊ぶ方がいいらしい。

それを見守る三崎の背後に源一郎が立った。

「輝、俺は少し中で祖父と話をしてくるよ。困ったことがあったら呼んでくれ」

「わかりました。ふふ、梅ちゃん、くすぐったいってば」

梅助は耳を平らにして笑顔を見せている。目を離しても、輝に危害を加えることはないだろう。

室内に入り、ソファで源一郎と相対する。

「決着はついたのか」

「今近藤が。手配をありがとうございました」

「なに、北川くんのためだ。火事の後だし、慣れない場所に置いていかれるのは不安だろう」

三崎は改めて頭を下げた。

「話を聞いたところ、周藤が犯人を目撃していました。二人組で、イワサと呼ばれた男がもう片方を兄貴と呼んでいたそうです」

「同業者か」

「名前は聞き間違いで、血縁の兄弟ということも考えられなくはないですが……今、富本が調べています」

十中八九、極道だろう。

問題はそれがどこの組かということだ。

「まさか北川くんがこんな目に遭うとは……狙いはお前か」

「おそらく」

「心当たりは」

頭に浮かぶのは八剱組。

しかし八剱には輝が源一郎の命の恩人であることを伝えているし、何より源一郎から西村を通して釘を刺されているはずなのだ。それを破って手を出してきたならば、それは西村のメンツを潰すことになる。さらに言えば、清家会内部でのいざこざは、破門や組の解散に繋がりかねない。

逆に三崎が八剱を疑い、えん罪だった場合のことを考えると、疑いであっても軽々しく口にすることはできなかった。

「――慎重に調べます」

源一郎が鋭い視線で三崎を見た。

「証拠をつかんだらすぐに連絡を入れるように」

「はい。火災直後から、富本が一課の犬に連絡を取っています。捜査が進めば連絡が入るかと」

「こちらでも調べておるが、有力な情報はまだない。警察は目撃者一人見つけられておらん。その周藤という男の証言が唯一の線になるかもしれん」

気を引き締めて頷く。

輝は三崎の恋人にはなったが、稼業での親父の恩人であることは変わりない。決して傷つけさせるわけにはいかなかった。

「だが、犯人探しに夢中になるなよ。北川くんのケアも怠《おこた》るな。元気そうには見えるが、いつガクンとくるかわからん」

「はい」

振り返り、縁側を見る。輝は掃き出し窓の向こうで梅助を撫でながら笑っていた。

「動物と触れ合うセラピーがあると聞いたことがある。年末年始はお前が顔を出さなければならない行事も多い。梅助を洗っておくから、北川くんを連れてきなさい。次は室内で遊ばせたらいい」

「はい。ですがもし彼を狙ったのが――」

「清家会内部の者だと言いたいんだろう。客間なら誰にも会わんし、見張りを立てておけばいい」

その言葉を聞いて、源一郎も八剱を怪しんでいるのだとわかった。

「ありがとうございます」

「――ところで、北川くんを名前で呼んでおったな」

口角を上げた源一郎に、曖昧に「ええ」と答えたとき、ノック音が聞こえた。源一郎が許可すると、三崎が買い物を命じた部屋住みが入ってくる。が、何も言わない。おそらく買い物が済んだのだろう。

「そろそろ引き上げます」

「いつでも北川くんが来られるようにしておく。事前の連絡はなくてもいい。ここでは誰にも手出しさせせん。もし何かあればわしの名前を出しなさい。後のことはこちらでどうにでもする」

「ありがとうございます」

深く頭を下げてから縁側に向かう。掃き出し窓を開けると、輝は笑顔のまま三崎を振り返った。

「輝。すまない、待たせた」

「隆司さん。梅ちゃん、すっごくふわふわですよ」

「ああ。そのようだな。だが輝は毛皮がなくて冷えただろう。さぁ、風邪をひく前に家に帰ろうか」

「はい。梅ちゃん、遊んでくれてありがとう。またね」

「わうっ！　わううっ！」

「ふふ、引き留めてくれてるの？　ありがとね」

「また近々来る」

「そうなんですか？」

「ああ。年末年始はここに来ないといけない用事があるんだ。一緒には過ごせないが、梅助と待っていてくれないか。梅助を洗っておいてくれるらしいから、室内で遊べるよ」

「わ！　梅ちゃん！　いっぱい遊べるね」

　しかし梅助はそっぽを向いた。輝の手から離れる。

「あれ？　梅ちゃん？　どうしたの？　どこ？」

　輝が腕を伸ばした。梅助が少し下がって輝に触れられる位置に戻るが、まだ背を向けたままだった。

「梅ちゃん？　どうしちゃったの？　痛いことしちゃったかな」

「……もしかしたら、洗われるのが嫌なのかもしれないな」

　梅助が伏せた。当たりだった。

「え、梅ちゃん、お風呂嫌いなの？」

　お風呂の言葉に三角の耳がぴくんと動いた。だが、梅助は無視を決め込んだようだった。輝に撫でさせてはいるが、微動だにしない。

「ふふ。梅ちゃん。じゃあ一緒に入ろうか」

　梅助の尻尾が一度パタと動いた。

「梅ちゃん、一緒にお風呂入ろう？」

　ちら、と梅助が輝を振り返る。

「どうやら輝と一緒ならいいらしい。祖父に伝えておくよ」

「かわいい。楽しみ。梅ちゃん、約束ね」

　輝のことまで無視するほどの風呂嫌いなら、梅助を洗う部屋住みはさぞ大変な思いをしていることだろう。

「さあ、輝。帰るぞ」

「はい。じゃあね、梅ちゃん」

　梅助は一度ぶるぶるっと体を振ると、輝の手を舐めて見送った。


　その夜、輝が眠った後で富本から電話が入った。

『お疲れ様です。先ほど周藤を千葉の実家に送り届けました』

「どうだった」

『家族を人質に取られたと気付いたようで、おとなしかったです。もう北川さんには近づきません、警察にも言いません、誰にも言いませんと何度も繰り返していました』

「そうか。それならいい。ご苦労だった」

『火をつけたイワサという男はまだ見つかっておりません。兄貴と呼んでいたとのことですが、構成員《ゲソつき》ではないのかもしれません』

「引き続き探せ」

『はい』

「それから、年明けには輝がアパートに戻ると言い出すだろう。引き留めるつもりだが、十中八九断られる。アパートの警護の準備をしておけ」

『承知しました』

「放火の直後だ。見知らぬ人間に過敏になっている住人も多いだろう。目立たないようにやってくれ。近くの部屋を借りてもいい。カタギに迷惑はかけるな」

寝室に戻ると、輝は行儀よく眠っていた。

いつでも目を閉じたままの輝は寝ているのかどうかわかりにくいが、耳を澄ますと規則的で穏やかな呼吸音が聞こえてくる。

(もし本当に犯人が極道の誰かだったら――)

相手が誰であっても許す気はなかった。

(……清家会内部の犯行であっても……)

たとえ上席であっても許さない。そのときは源一郎の力を借りることにはなるが、きっと源一郎とて同じ気持ちになるはずだ。

輝の寝顔をしばし見つめてから隣に入る。

「……ン……ぁ……?」

「すまない、起こしたか」

「え……?」

「俺だよ。ここは俺の部屋だ」

「あ……すみません」

「いいんだ。寒くないか」

「はい」

会話にはなったが、どうやら寝ぼけているようだった。ぬくもりを求めるように、輝がするすると三崎に近づいてきて胸に額をこすりつける。

(無防備すぎるな)

だが、このようなことをするのは三崎に対してだけだろう。

出会った当初、人を頼ることを覚えろと平塚医師に言われていた輝に、今は頼ってもらえていると感じていた。

小さな頭を抱き込み、頭頂部に静かなキスを落とす。

「おやすみ」

返事は、すうすうという寝息だった。

15

年末は源一郎の家で梅助と過ごしたり、三崎のマンションでクリスマスプレゼントの本を読んだりして穏やかに過ごした。

元日や二日も三崎は毎日忙しく過ごしていたけれど、時間があるときには輝をマンションの外に連れ出し、最寄りのコンビニになら一人で行けるようにしてくれた。

「そろそろ行く時間ですか」

「ああ。今日は午前中に帰宅できる」

「お昼ご飯、何がいいですか」

できれば料理をしたかったけれど、三崎の部屋のコンロは火だったし、何より調理器具が何もなかった。なので、今日は輝がコンビニに買いに行くことになっていた。

「なんでもいいよ。全部輝が食べたいものにしたらいい。シェアして食べよう」

優しい。胸がぽっと熱くなる。

「じゃあ、焼きそばと焼きそばパンを買ってきます」

「俺は輝が作ってくれた焼きそばが一番好きだ」玄関に向かう三崎を追いかけて見送りに行く。

「お気を付けて」

優しいキス。

三崎のマンションは、鍵が自動で閉まる。だからあっけないほど簡単に三崎は仕事に行ってしまう。

「行ってくる」


(……寂しい)

でも、あと数時間もすれば会えるのだ。アパートにいた頃の、次はいつ会えるんだろうという寂しさはない。

しかし、そろそろアパートに帰らなければならない。窓はもう直ったと連絡がきているし、捻挫ももうすっかりよくなっている。仕事だって明後日には始まるのだ。


(……帰る準備、しておこう)

ここまでいさせてもらったのは三崎の優しさと気遣いに甘えた結果だ。それにこれ以上ここにいては、一人暮らしに戻れなくなってしまう。

寝室に入り、隅に置かせてもらっているリュックに着替えを詰める。


(あっという間だったなぁ)

クリスマスイブの夜にここに来た。今日はもう一月三日。十一日もいたというのに、ほんの一瞬だったように感じられる。

ソファに座り、もらった点字図書に手を這わす。丁寧にゆっくり読んでいたはずなのに、もう残りは半分になっていた。

しばらく読んだところで、本を置いてコンビニに向かう。

エレベーターを降りて、エントランスを出たら左へ。二軒先がコンビニだった。

レジの人に頼んで焼きそばと焼きそばパン、オムライスとカルボナーラを取ってもらい、会計をする。

　マンションのエントランスホールに入ると、エレベーターの方から男性二人の声が聞こえてきた。

「なぁ、聞いたか？　北川さんって橘理事長の命の恩人らしいぞ」

　突然自分の話題が出てびくりとする。思わず近くの壁に体を寄せた。

「それってあれだろ。去年、熱中症で入院された時の」

「そうそう。そのとき倒れてる理事長を見つけて病院に運んだのが北川さんらしい」

　二十代半ばくらいの男性の声。

　どうやら二人は源一郎の知り合いらしい。内容的にも、同姓の他人の話をしているわけではなさそうだった。

「それで橘理事長と三崎組長の庇護下か。一生安泰《あんたい》だな」

「いいよなぁ。俺も橘理事長とお近づきになりたいよ」

「緊張して無理だろ。いざ会ったら話せないって」

　エレベーター到着の音が聞こえた。二人の声がドアの奥に消える。

（……命の恩人。だから、お世話をしてくれてるってこと……）

　いや、恋人になったのだ。三崎はちゃんと、特別な感情を持ってくれている。でも、恋人にする以上に世話をしてくれているのではないか、とも思った。頭に義理と人情という言葉が浮かぶ。

（……そうだ、だって……）

　輝が源一郎を助けたことは、当事者の源一郎と三崎しか知らないはずだ。それなのに他の人たちが知っていたということは、つまりそういう説明を二人のどちらかが――ここに住んでいるのは三崎だから、きっと三崎がそう言ったのだろう。

(恋人じゃなくて、命の恩人って紹介したんだ……)

　胸が痛い。息が苦しい。

　ちゃんと恋人だと信じたい。

「輝?」

　名を呼ばれ、また驚いた。しかし今度は三崎だった。

「隆司さん?」

「どうした? 何かあったのか」

　三崎が輝の手からコンビニ袋を取った。そして腕を握らせてくれる。

　エレベーターはすぐにきた。

「すみません。ちょっとぼうっとして」

「何かあったのか」

　お世話をしてくれているのは、おじいさんを助けたからですか。明日帰ります。どちらの言葉も口から出ていかない。

「輝?」

「いえ——お仕事お疲れ様でした」

「ありがとう。明日は休みだ。何かしたいことはあるか」

　エレベーターを降り、正面の部屋に入る。

　三崎はまっすぐ寝室に入った。

　その後をついて輝も入り、背広を脱ぐ音に向かって言う。

「明日、帰ります。明後日には仕事が始まりますから。長い間お世話になりました」

15

衣擦れの音が止まった。

ゆっくりと足音が近づいてくる。

「このまま一緒に住まないか」

「隆司さん……」

一緒にいたいと思うのは輝も同じだ。しかし、単身用アパートに越してきてもらうことはできない。輝がここに引っ越すとなると、一からすべて、何もかも覚え直さなくてはならなくなる。通勤にも電車が必要だった。

「仕事なら、送り迎えをするよ。時間が合わないときでも、若衆に送らせる」

その言葉がショックだった。だって普通、プライベートの付き合いに、仕事の部下を動員することはないだろう。ということは、やはり源一郎の恩人という立場での発言なのではないだろうか。

「……いえ、みなさんのお仕事は僕の送迎係ではないですから」

プライベートだと思いたかった。ただ三崎がつい発言してしまっただけなのだと——そのせいで、きっぱりした言い方になってしまった。

「……そうか。寂しいな」

粘られなかったのは、部下を使うのは違うと気付いたからか。

「甘えて、本当にずっとお世話になってしまって」

「いや。俺が輝にいてほしかったんだ」

「ありがとうございます」

三崎からの返事はなかった。いつもなら続くはずの着替えの音もしてこない。

「……また指圧してもらいに行ってもいいか」

「ぜひ。でも、もう職場は見てもらいましたし――」

次は家でします、と言おうとして止まった。さすがに恩返しで告白をするような人ではないと思っているけれど、三崎の気遣いのどこまでが義理と人情なのかわからない。アパートに来てほしいと匂わせるようなことを言ってはいけない。

「仕事は別だと言っただろう？　家では焼きそばを作ってほしい」

その言葉にほっとした。

「あ――はい。次は塩味とか」

「楽しみだ」

「本当にありがとうございました」

「やめてくれ。寂しくなる。そうだ、昼飯は何を買ってきてくれたんだ？」

いつの間にか、三崎は着替えを終えたようだった。一緒にダイニングに入る。

「焼きそばと焼きそばパン、オムライスとカルボナーラです」

「全部うまそうだ。皿に取るよ」

三崎と食べられるのも、この昼食と夕食、そして明日の朝食だけ。

(寂しいけど……)

仕方ない。むしろこの十一日間は夢のようなものだった。


「大変お世話になりました」

シートベルトを握りしめながら頭を下げる。

「寂しくなる。また今度、ゆっくり泊まりに来てくれ。ＩＨコンロを買おうかと思うくらい楽しみにしてる」

三崎の冗談に笑いながら答える。

「それって、焼きそばですよね」

「輝が作ったカレーも好きだよ」

結局は食べ物か。しかし、輝が三崎の手土産のスイーツを楽しみにしていたのと同じだろう。

「点字のレシピ本がその辺で買えたらいいのに」

「作らせよう」

「え？」

「小説の点字翻訳を――」

そこで言葉が途切れた。どうしてかは、輝にもわかった。

「サンタさん、やっぱり隆司さんだったんですね」

「失敗した」

可笑しい。寂しさを越えて、素直に笑うことができた。

「どうも輝といると気が抜けてしまう」

「それって」

「褒めてる」

三崎も静かながら笑い、空気が和む。

しかし、もう車から降りなければ。

「ご飯を作ってお待ちしてます。本当にありがとうございました。仕事前なのに、家まで送っていただいてしまってすみません。お仕事、適度に頑張ってください」

「いや――」

休みだと言っていたけれど、昨夜のうちに三崎には急な仕事が入ってしまっていた。そのために荷ほどきを手伝えないことが気になっているようだった。

三崎は玄関まで送ってくれた。ドアを開けて中に入っても、もう焦げ臭さは残っていない。

「本当に助かりました。手もすっかり治りましたし」

「もし何かあったらすぐに電話を。何時でもかまわない」

「ありがとうございます」

輝が頭を下げると、三崎が「じゃあ」と言った。

けれどドアは閉まらない。

(あ……)

輝の左頬を三崎の手が包んだ。

わずかに顎を上げる。

唇に、三崎のそれが重なった。

「また連絡する」

名残を惜しむような額へのキス。

ドアが閉まる。

帰ってほしくない。しかし輝が鍵をかけなければ、三崎はいつまで経っても出勤することができない。

泣きたいような気持ちで施錠をすると、三崎の足音が遠ざかっていく。

（……寂しい）

三崎が仕事の時間以外はずっと一緒に過ごしていた。食事も、寝る時も一緒だった。それが、これからはまた一人。生活が戻っただけなのに、まるで暗い世界に取り残されたような気分。

今玄関ドアを開けたら、三崎は何かあったのかと戻ってきてしまうかもしれない。もう一度会いたいが、ぐっと手を握りしめて居室に入る。

（寂しい……）

昨日の今頃は三崎といられたのに。

しかし義理と人情で世話をさせてしまっていたのなら、それに気付けなかったことは反省するしかない。

荷ほどきを終えてしまうと、すっかりすることがなくなってしまった。クリスマスに三崎からもらった本を読む。

しばらくして、三崎から着信があった。

『もう荷ほどきは終わってしまったか』

「はい。いただいた本の続きを読んでいたところでした。あの、お仕事は間に合いましたか」

『間に合ったよ。その後の予定が急にキャンセルになったんだ。ケーキをもらったんだが、食べてくれないか』

それでわざわざ連絡をくれたのか。ずっと一緒に過ごしてもらっていたので、三崎もようやく一人の時間ができたのだろうに。

「いいんですか？」

『引き取ってもらえたら助かる』

「ありがとうございます。嬉しいです」

三崎は十五分ほどで着くと言って電話を切った。

こんなに早くまた会えるとは思っていなかった。嬉しいが、心配ごとが頭をよぎる。

（……さすがにこのケーキも、おじいさんを助けたお礼のためってわけじゃないよね……？）

マンションの入り口で聞いた、男性たちの会話が耳の奥にこびりついている。でも、会えることが嬉しいと思ってしまう。

（カップ、洗っておこう）

クリスマスの前、三崎用に購入していたマグカップ。結局火事の件があって渡せないままだった物。

（隆司さん用って言わない方がいいかな……）

専用だと言えば重荷になるかもしれない。義務感からこの部屋に来なきゃいけないなんて思わせるのは嫌だった。

ケトルのお湯が沸いた時、三崎が部屋に到着した。

「ただいま」

「おかえりなさい」

「荷物の片付け、手伝えなくて悪かった」

「いえ、そんなにたくさんはありませんでしたし、もう終わりましたから」

「疲れてないか」

「大丈夫です」

ちょっと過保護。でもそれが心を喜ばせる。

15

（出会う前だったら、目が見えないから過剰に心配してるのか、なんて思っちゃっただろうなぁ……）

「――買ったのか」

「え？」

「見たことないマグカップだ」

「あ――はい、えっと、よかったら使ってください」

輝には難しいので、コーヒーは三崎に自分で淹れてもらっている。洗いたてのカップを差し出すとき、緊張で声がうわずってしまった。

マグカップを受け取った三崎が隣に立つ。

「プラスチックじゃないな。もしかして、俺のために買ってくれたのか」

「……はい。でもその、色とかいろいろわからなくて。気に入っていただけると――せめて使いやすいといいんですけど」

「すごくきれいだ。深みのある黒の中に、白に近い淡い黄色い点が三つ……蛍みたいだ」

「光る虫の？」

「ああ。気に入ったよ。ありがとう。持ち歩いて、ここだけじゃなく家や職場でも使いたいくらいだ」

三崎の声色から、本当に気に入ってもらえたのだとわかった。

「さっそく使わせてほしい」

「お湯、沸かしておきました」

「ありがとう。座っててくれ」

すぐにコーヒーの香ばしい香りが漂ってくる。コーヒーを飲みたいとは思わないが、最近では店でこの香りを嗅ぐだけで三崎に会いたくてたまらなくなる。

　コーヒーを淹れ終えた三崎が、居室のいつもの場所に座った。

「ミルフィーユとショートケーキ、ベイクドチーズケーキとモンブラン、チョコレートケーキだ。どれがいい？」

「わ、たくさん！　悩んじゃいますね……」

　思わず漏れた輝の本音に、三崎が笑う。

「ただ食べる順番を決めるだけだよ」

「でも僕一人じゃ食べきれ――」

「ると思うが」

「……じゃあ柔らかくなっちゃう前にミルフィーユをお願いします」

「了解――箱を閉めたよ。手を」

　礼を言って箱を持たせてもらい、冷蔵庫に片付ける。

　フォークを取ると、三崎に止められた。

「手で食べていいぞ」

「でも……」

「行儀なら気にしなくていい。ミルフィーユは見えていても食べにくい。一枚ずつ手で持ってかじった方がいいだろう」

「じゃあ……」

　左手でミルフィーユを押さえ、剥がしたパイ生地にカスタードクリームを付けながら食べる。

「おいしい！」

「よかった」

カップがテーブルに置かれる音。静かな空間に、輝がケーキを頬張る音だけが響く。

（おじいさんを助けた恩返しですかって、訊きたい……）

けれど、怖くて訊けなかった。きっと違うと思う。違っていてほしい。でももし三崎が返事に窮したら。

きっと三崎を好きになる前の自分だったら尋ねられただろう。しかし今は、関係が崩れてしまうかもしれないという恐怖心が先に立つ。

「どうした？」

「――え」

「手が止まってる。口に合わなかったか」

「いえ！　おいしいです」

しかし、ケーキに集中できない。それはせっかく持ってきてくれた三崎にもケーキにも失礼だと思い直した。

かじりかけの生地を置く。

「あの、ちょっとお訊きしたいことがあって」

「何かな」

どう訊けば、失礼にならないだろう。

「えっと……極道屋さんって、義理と人情なんですよね？」

「唐突だな」

三崎が笑う気配。

「院長たちがそう言ってて。あとお祭りのお店とか」

「的屋か。まぁ、ルーツが二つあるんだが、簡単に言えばそうだよ。どうしたんだ？」

「僕によくしてくださってるのって、その……義理と人情……じゃないですよね？」

反応がなかった。聞こえなかったということはないだろう。核心をついてしまったのか、それとも怒らせたか。

「……どうしてそんなことを？」

「え……っと……」

「輝への気持ちは疑わしかったか」

「いえ！　それは……その、大切にしていただいてるなぁって思ってますし……」

「ではどうして？　確かに恩人だという気持ち……というか、感謝の気持ちはいつでもある。だがそれだけでこれまで付き合ってきたわけじゃない。人として、輝が好きだよ」

「ほんと……ですか」

「ああ。だが、どうしてそんなことを？　今までずっとそんなふうに考えていたのか」

つらそうな声色だった。

慌てて首を振る。

「違います！　実はそういう話を聞いちゃって」

「聞いた？　誰から」

「その……隆司さんのマンションで。昨日、コンビニの帰りにエレベーターホールで」

「あのときか……いったい何を聞いたんだ」

「だからその、僕はおじいさんを助けた恩人だから世話をしてもらってる……みたいな雰囲気のことを。そうストレートに言われていたわけじゃないですけど」

「誰がそんなことを？」

「わかりません。でも橘理事長って言ってました。男性が二人、いいなぁって。自分も理事長とお近づきになりたいって」

「……すまなかった。それはうちの若衆だろう。嫌な思いをさせた」

声の向きが変わった。三崎が頭を下げているのだとわかる。

「いえ！　その、すみません……」

輝がその言葉を信じたことは、三崎にとっては裏切られたような思いだっただろう。

「その二人にはしっかりと言い聞かせておく」

「でも、隆司さんが言ったんですよね……？」

「うちに連れ帰ったときはまだ恋人じゃなかったから、恩人だから粗相《そそう》のないようにとだけ言ってあった。だが詳細は話していないよ。おそらく祖父が自慢げに話したのを耳にしたんだろう」

「あ――」

そういえば、そのようなことを前に三崎から聞いていた。知っているのは源一郎と三崎だけだと思っていたけれど、多くの人が知っていたのだろう。完全に早とちりだった。

「嫌な思いをさせて本当にすまなかった」

「いえ！　いいんです。僕こそ……隆司さんのこと信じられなくてごめんなさい。でも、普通に仲良くしていただいているって思ってたから、ショックで……」

「それで急に帰るなんて言い出したのか」

「あ……いえ、それはもともと考えてました。仕事もありましたし」

「そうか……」

「変なことを言って本当にごめんなさい」

けれど、ちゃんと聞けてよかった。わだかまりは、目を背けているといつの間にか抱えきれないほど大きくなってしまう。

「いや、話してもらえてよかった。これからも不安なことや気になることがあったらなんでも俺に話してほしい」

「はい」

三崎の気配が近づき、抱きしめられた。

「好きだよ」

「僕も……」

輝が体を預けると、三崎は褒めるように輝の頭を優しく撫でた。

＊＊＊

一晩輝のアパートで過ごした三崎は、その足で会社に向かっていた。

「組長。橘理事長がお待ちです」

富本の言葉に目を剥《む》いた。

「ここに？」

「はい。組長に連絡はするなと言われておりまして」

「すぐに会う」

15

足早に応接室に移る。

源一郎は満足げな顔でカップを傾けていた。

「おお、来たか」

「理事長……」

「言っておくが、一人で来たわけじゃないぞ。そんなことをすればまたお前にネチネチ言われる。組長付きは車で待っておる。お前の会社内なら危険はなかろう？」

先手を取られた。小言を呑み込み、向かいのソファに腰を下ろす。

「どうかなさいましたか」

まさか孫の職場見学ではあるまい。

「そう急くな。ここはいいな。しつけがちゃんとされておる。お茶とコーヒーどちらがいいかと訊くから、わしは甘党だと言ったらココアを出してくれた」

それで上機嫌だったのか。

「お口に合ったのなら何よりです」

「三杯飲んでも少しも飽きん」

「……そうですか」

本当に、いったい何をしに来たのか。

「まったく。お前はもう少しおおらかに、余裕を持った方がいい」

「……精進します」

ちら、と源一郎が三崎を見て片眉を上げた。

「——それで、本日はどういったご用件で」

「なんだ、孫の顔を見に来ちゃいかんのか」

「……は？」

まったく……と源一郎がわざとらしいため息をつく。

「例の放火の件はどうなった」

「まだ犯人を捜しています。イワサという男が見つかりません」

「湯浅？　イワサじゃなかったか」

「ですから――」

ハッとした。

「……そういうことか」

湯浅。その名前には聞き覚えがあった。

「なんだ」

「犯人がわかったかもしれません。ですがまだ証拠がありませんので。調べがつきましたらご報告いたします」

しかし、間違ってはいないだろう。

「じいちゃんにも隠し事か」

再びため息をつきながら、源一郎が腰を上げる。

駐車場まで送るべく廊下を歩いていると、布のかかった小物を持った富本が足早に廊下を歩いてきた。

源一郎が朗《ほが》らかに片手を上げる。

「おう富本。ここのココアはうまいな」

15

笑みを作る富本の表情がこわばっていた。

「何かあったか」

富本が、様子を窺うように源一郎を見た。

「わしのことはかまわん。話しなさい」

富本は源一郎に一礼すると、背後を振り返って声を掛けた。

「来い」

廊下の曲がり角から、青白い顔をした二人の若衆が姿を現した。三崎のマンションの隣室に世話係として住む稲尾《いなお》と鳴島《なるしま》だった。

「この二名が、エレベーターホールで北川さんの噂話をしておりました」

その背後で、稲尾と鳴島が頭を下げた。

「申し訳ございませんでした！」

富本が手にしていた小物の布を外した。氷水の入った瓶。その中にはビニール袋に入った指先が二つ。

それを目にした瞬間、三崎は富本に向かって怒声を上げた。

「馬鹿野郎！　今すぐ大田原へ連れて行け！　社会復帰できなくなるぞ！」

「申し訳ございません！」

腰を折った富本の後を、稲尾と鳴島が頭を下げてからついて行く。

その背中を見ながら源一郎がにやりと笑った。

「懐かしいのう。わしも昔は酒と塩を持って川に流しに行ったものだ」

「今そんなことをして拾われでもしたら面倒です」

三崎は源一郎に断ってから大田原総合病院に電話を入れ、二人の指を繋げるよう頼んで電話を切った。

源一郎が口角を上げる。

「これで組長から直々に連絡があったと伝わるという算段か。うまくやったな。忠実な部下が二人増えた」

富本もこうなるとわかっていたから、氷水で保存して持ってきたんだろう、と源一郎が指摘する。

「指など金にもなりませんから。それどころか包帯を巻いた手を見られただけで警察に引っ張られます」

「では処分はなしか？」

「まさか。近々ちょうど人手がいるようになりますので」

「ほう……？」

源一郎は首を傾《かし》げながらも、理解したように頷いた。

「まぁ、困ったことがあったら連絡しなさい。それから、暴走はしないように。報告は怠るな」

「はい」

ここでいいと言う源一郎を、その場で頭を下げて見送る。

姿が見えなくなると、三崎は若頭補佐の半田に電話で命じた。

「今すぐ八剱組の湯浅とその兄貴分を調べろ。理事長の恩人のアパートに火をつけた犯人だ」

湯浅。それは八剱に初めて料亭に呼び出された日、三崎の送迎役として出された名前だった。

15

三崎は半田からの報告を受けて湯浅とその兄貴分の渋川《しぶかわ》が放火犯である確信を得ると、すぐに源一郎に話を通した。

清家会館の一室で、上座《かみざ》には源一郎が、議長席には筆頭理事長補佐の稲垣が座っている。

三崎は畳に手をつくと、二人に向かって頭を下げた。

「お手を煩《わずら》わせます」

「いや、大変だったな。詳細は橘理事長から聞いている」

「北川くんはわしにとっても命の恩人だ。稲垣、よろしく頼む」

「よろしくお願いいたします」

三崎が再び頭を下げたとき、廊下から太い声が聞こえた。

「西村理事長補佐、八剱組長の両名がお越しになりました」

「入れ」

源一郎が厳格な声を張り上げた。

緊張した面持ちの西村と八剱が、開けられたふすまの奥で頭を下げている。

「失礼いたします」

二人が示された席に座すと、源一郎はすぐに鋭く言葉を発した。

「清家会長に、今回の処分は一任されておる。しかし今日はわしも関係者側に立つことにした。それ故、わしは立会人にはなれん。そこで稲垣に立会人になってもらうことにした」

言い切った源一郎が、八剱に鋭い眼光を飛ばす。

「西村、八剱。なぜ呼ばれたかはわかっておるな」

「……いえ、その……」

15

八剱が目を泳がせた。一方、西村は困惑の表情を浮かべている。どうやら八剱は、親父分である西村にはなんの報告もしていないようだった。

「立会人の稲垣に、まずは双方の言い分を聞いてもらわねばならん。どうやら西村は何もわかっていないようだ」

西村は、それだけで察したらしい。疑惑の目で八剱を見る。

三崎が口火を切った。

「八剱組長。まずは先日、橘理事長の命の恩人であるカタギの青年の名を出したうえで、私に理事長補佐推薦を辞退するように願われた件、この場でお断り申し上げます」

全員が静かに聞いていた。

「それから、その青年のアパートに火がつけられました。その犯人を見ていた者がおります。その者によると、『兄貴』『湯浅』と呼び合っていたとか」

西村のこめかみに青筋が立った。八剱が脅しのためにやったと理解したのだろう。

「八剱組の渋川と湯浅は、クリスマスイブの夜、どこで何を?」

「組事務所でみんなで飲んでいた」

答えた八剱を一瞥《いちべつ》した三崎は、用意しておいたリモコンを手に取った。

「青年のアパート付近の防犯カメラ映像を入手しています」

テレビに映像が流れる。

拳銃二丁と引き換えに、警察の内通者から入手した映像だった。鮮明とは言いがたいが、知っている人間なら判別はついた。

「西村理事長補佐も、八剱組長が普段運転手として使っている湯浅のことはご存じでいらっしゃるかと思うのですが」

西村の返事はなかった。怒りに燃えた目は八剱に向いている。

一方八剱は、すっかり顔色を失っていた。

「この放火によって、私のイロは怪我をしました。心もひどく傷つき、トラウマになっています」

西村が絶望の目で三崎を見た。

「い、ろ……？」

「はい。八剱組長が狙った青年は理事長の命の恩人であり、私の大切なイロです。カタギのイロに暴力をふるわれて、黙っているわけにはいきません」

「わしも」黙っていた源一郎が口を開いた。「その青年が搬送された病院に行った。手を使う仕事だというのに、捻挫をしていて仕事も休まんとならんかった。生活に支障も出た。しかも八剱はわしの命の恩人だということを知ったうえでの悪逆無道。バレないと思ったのだろうが、目も見えないカタギさんに手を出すなど任侠道《にんきょうどう》の風上にもおけん！」

言葉を切った源一郎が、西村に視線を向けた。西村はさっと目を逸らした。

「おい西村」

「大変申し訳ございませんでした！」

逃げの謝罪だった。畳に額をこすりつける。

しかし源一郎は追及の手を休めなかった。

「八剱の行動について、事前に警告しておいたはずだが」

「この馬鹿はすぐに破門いたします」

この期《ご》に及んで、子を切るだけで済ませようとするとは。しかも破門では、復縁する余地さえある。三崎の怒りのボルテージが上がった。

「たかが破門で済むとお考えですか」

返事はない。西村としては悩みどころだろう。八剱を警察へ逃がせば、使用者責任も問われかねない。放火は重罪だ。しかも極道というだけで一般人よりも罪が重くなる。

黙っていた西村が再度、深々と頭を下げた。

「――処分はお任せいたします」

この世界、子は親に逆らえない。

隣で八剱も頭を伏せた。

慰謝料一億円と八剱の絶縁、八剱組の解散、そして実行犯である湯浅と渋川の処分を三崎に任せるということで手打ちとなった。

一億円と聞いて西村も八剱も卒倒しそうになっていたが、三崎の「うちを経済ヤクザと呼んでいらしたのですから、そのくらいの額を求められることは承知しておられたでしょう」という言葉で決着となった。また立会人の稲垣も正業を持ち、合法的に大金を稼いでいるタイプだったことも後押しになった。

この後すぐに事務局長によって八剱の絶縁状が作成され、清家会の枠を超えて、付き合いのある組織すべてに送られることになる。

稲垣と西村たちが退室した部屋で、三崎は源一郎に頭を下げた。

「本日はありがとうございました」

「いや、よくやった。まぁ、イワサではなく湯浅だったとわかったのはわしのおかげだろうがな」

「はい。理事長の聞き間違いがなければ、今頃もイワサを探していたところでした」

15

頷いた源一郎が相好を崩した。

「ところで、もうすぐバレンタインだろう。北川くんに何をあげるかは決めたのか」

「……私は女ではありませんが」

しかも、バレンタインまでは一か月以上ある。

「器の小さい男は嫌われるぞ。チョコレートでもチョコレートケーキでも、どちらでも喜ぶだろう」

「……はい」

「言っておくが、人気の店のケーキやチョコレートはもう予約が終わっておる」

「……そうですか」

「不憫だなぁ、北川くんが」

「……いろいろと忙しいもので」

「まだ何か問題を抱えておるのか」

「ええ、まあ」

気になって仕方がないという顔をする源一郎に、三崎は古賀田の存在を簡単に説明した。

「そうか。言っておくが、チョコレートは分けてやらんぞ。わしのは花子さん用だからな」

「自分で探しますのでご安心ください」

三崎は視線を逸らしつつ、姿勢を正すと頭を下げてから退室した。

(これでひとまず……)

八剱の件は解決したが、先ほど源一郎に話した古賀田の件があった。

酒処ハツミで三崎の昇格の話をしていた柔道耳。どうして輝のアパートにいたのか、そして神奈川県の交番勤務がなぜ出張ってきているのかが、まだわかっていなかった。

しかしそれらは、輝を三崎の手の内に入れられれば解決できる問題でもあった。セキュリティレベルの低いアパートでは警護に限界がある。

待機していた車の後部座席に乗り込み、シートに体を預ける。

(輝が一緒に住むことを了承してくれたらいいんだが……)

しかし、今の三崎のマンションが輝の職場から遠いことも、彼の性格から、人の手を借りて出退勤することをよしとしないこともわかっていた。

三崎は携帯を取り出すと、自らが経営する不動産部門に電話を入れた。イマリ鍼灸治療院に近いマンションのピックアップを頼み、続けて輝の携帯を鳴らす。まだ仕事中のようで、留守電になっていた。

「お疲れ様。土曜の勤務は昼までだったな。次の土曜、職場に迎えに行ってもいいか。着替えはこちらで用意しておく。少しでも長く一緒に過ごしたい」

きっと輝が断ることはないだろう。次の休みはどう過ごそうか。

(できれば少し、触れたいが——)

16

今日の午後は三崎に会える。そう思うだけで、いつも以上に仕事にハリが出た。

「北川くんの今日の一本目は樋口さんだよ。懐かしいね。去年の秋以来かな」

「樋口さん――え、あの、新規で指名をしてくださった？」

「そうそう。今日は三十分、指圧で」

確か樋口は、あまり体を痛めていない人だった。肩や背中を押してもこりや張りがなかったのだ。しかし本人は楽しそうにしていた覚えがある。

そして今日も、それは変わらなかった。

「痛むところはありませんか？」

「少し腰が痛いかな。移動で車に長く乗っていたんだ」

しかし押してみても、あまり体からの抵抗がない。それでも他に指圧するところもないので、腰を押していく。

「北川くん、元気にしてたか？」

「はい。樋口さんもお変わりありませんか」

「ないよ。元気元気。以前こっちに来たときに知り合いにもらったお菓子がおいしくてね。忘れられなくて買いに来たんだ」

16

「お菓子！　へぇ、そんなにおいしかったんですか。僕も甘党でお菓子大好きなんです」

「そうか、北川くんも甘党か。俺もそうなんだよ。はまってるのはマドレーヌでさ。北川くんの分も買ってきてやりゃあよかったな」

マドレーヌ。忘れられないほどの味。

終了を告げるタイマーと同時に、コクンと輝の喉が鳴った。それが聞こえたのか、樋口が笑う。

「次来るときは買ってくるよ」

「いえ！　そんな」

「本当においしかったんだ。北川くんにも食べてほしい」

樋口はまた来るよと言って、楽しそうに帰っていった。


「おかえり」

「ただいま帰りました」

三崎の部屋に来るのは一週間ぶりだった。それなのに、とても久しぶりに感じられる。

「部屋は何も変わっていないが、トイレと寝室だけでも一度歩いてみるか」

「たぶん大丈夫……だと思います」

まだ体が感覚を覚えている。もし迷子になったら、そのときは三崎に来てもらえばいいだろう。

「輝」

待ちきれない、とその声が言っていた。まだ玄関だというのに、きつく抱きしめられる。

「隆司さん……」

16

名前を呼んだからか、体を離された。左の頬を包まれ、唇を塞がれる。

前回は、ただ触れ合わせるだけだった。けれど、今は下唇をそっと食《は》まれている。

（あ……）

「……輝」

しっとりした声。体の熱が上がる。

「隆司……さん……」

会ってすぐこの調子では、これからいったいどうなってしまうのだろう。この圧倒的な色気に慣れる日がくるのだろうか。

三崎が輝の手を取った。これまでだったら導かれる先は腕だった。しかし、今はぎゅっと手を握られる。

洗面所を借りて手洗いとうがいを済ませ、三崎はコーヒー、輝は三崎が淹れてくれたココアをソファで飲む。

「あの……顔を触らせてもらってもいいですか」

「ああ、もちろん」

カップがテーブルに置かれた。

全盲の場合、相手の顔を知るには手で触れる必要がある。そっと触れて、それぞれのパーツの形を手で感じ取るのだ。それをしたところで、かっこいい、かわいいの基準はわからないが、三崎のことを一つでも多く知りたかった。

「ほら、こっちだ」

三崎の手が、両手を優しく顔へと導いてくれる。最初に触れたのは頬だった。

「……細い」

自分と比べて、だけれど。三崎がシャープなのか、輝が丸顔なのか。

「そうか？」

三崎が笑った。手にその振動が伝わってくる。

「……優しい顔」

「初めて言われたな」

「……たぶん」

ふざけて付け足すと、三崎はまた笑った。

「メガネはかけていないんですね」

「目はいいんだ」

「……髪、硬い」

「あぁ、ワックスで固めている。髪は風呂の後にまた触ればいい」

鼻は高い。唇は薄い。すべて比較対象は自分だけれど、それでじゅうぶんだった。だって輝は三崎の内面を好きになったのだ。

「ありがとうございます」

「わかったか」

「ええ、温かいってわかりました」

「俺も輝に触れていいか」

「えっ……あ、はい……どうぞ」

緊張する。心を落ち着けるように深呼吸をすると、三崎の大きな手が頬を包んだ。

「かわいい」

「……それ、いつも言いますよね」

「かわいいんだ。顔だけじゃないけどな」

「大人ですよ」

「知ってる。子どもに手は出さない」

　手を出す。それは、色事的な意味だろう。

「っ……あ、あの……その、通和散《つうわさん》を使っていただいてもいいですか。できればその、多めに……」

「ツウワサン？」

「すみません。でもちゃんと受け入れようとは思っているので。けど男同士は大悦《たいえつ》って言いますから、その……」

「……なんの話をしているんだ？」

「えっ……その、同衾……」

「ちょっと待ってくれ」

　三崎が黙った。しばらく待つ。

「――すまない、言っている意味がようやくわかった。時代小説で得た知識だな？」

「はい……そうですけど」

「忘れていい。大丈夫だ。通和散は潤滑剤のことだろう？　ローションはちゃんとたっぷり使うし、大悦……俺一人で楽しむつもりもない。今は昔と違って男同士でもちゃんと天悦《てんえつ》だよ。二人で楽しめる」

「あ……」

ほっとした。

「それにしてもすごいな。一人を縮めて大、二人を縮めて天の悦か。勉強になった」

「すみません、僕すっかり誤解して」

「いや、知識がなければそうなっても仕方ない。ちゃんと輝に楽しんでもらえるようにするし、少しずつ教えて、輝が受け入れられるようになってからでいい」

穏やかに言われ、不安と焦りが落ち着いていく。三崎はちゃんと教えてくれるし、輝にペースを合わせてくれる。

「そういうことをするのは、輝がキスを身構えずにできるようになってからかな」

そんな日がくるのだろうか。

「不安そうだな」三崎がくすりと笑う。「大丈夫だ。会う度にたくさんする。今夜寝る頃には慣れてるかもしれないぞ」

「そんなに……！」

驚きすぎて、ついまぶたが開いてしまった。慌てて閉じる。

「ああ、きれいだ。もっと見せてくれ」

「あ……」

きれいとは、本当だろうか。三崎は優しいから、そう言ってくれているだけのような気がする。

「輝」

「……はい」

そっとまぶたを上げる。気配が近づいてきたので、きゅっと閉じると、目元に柔らかなものが触れた。

16

「ありがとう」

「いえ……」

「次は寝起きだな。見るのが楽しみだ」

「え、気付いてたんですか」

「ああ。いつも寝起きだけまぶたを開けるよな」

いつも。では、毎朝寝顔を見られていたのか。

「……もう開けないかも」

「開けてくれ」

三崎が笑い、輝もつられて笑う。

「少し早いが、のんびり風呂にでも入ろうか。入浴剤を買っておいた」

「入浴剤まで！　あ、そうだ、着替えのお金――」

「いらないよ。一応、何にでも合わせやすいものを選んだんだが……まぁ、そんなに枚数は多くない。俺でも管理できるから、安心してくれ」

「すみません……ありがとうございます」

洗面所には、輝一人で行かせてくれた。三崎は後ろをついて歩き、見守ってくれる。

無事に辿り着くと、しかし今度は服を脱がされた。

「自分で脱げます」

「甘やかしたい」

「でも――」

「移動は我慢して手を出さなかっただろう」

16

　そう言われると、抵抗はできなかった。おとなしく脱がせてもらう。

「入浴剤はミルクでいいか。ベリーもある」

「ミルクがいいです」

　輝が裸になった後に、三崎が脱衣する音が続いた。二人で中に入る。

「先に使っていいぞ」

「ありがとうございます」

　てきぱき体を清め、湯船に浸かる。輝が甘いミルクの香りを楽しんでいる間に、三崎が体を清めた。

「のぼせてないか」

「はい。楽しいです」

　詰めてくれ、と言われて前に体を寄せると、三崎が背後に腰を下ろした。これも前と同じく、抱き寄せられる。

「肌が若い」

「見た目が違いますか？」

「いや、触り心地が違う」

　三崎が輝の腹を撫でた。くすぐったくて身をよじると湯が跳ねる。

「ははっ、や、やめてください」

「撫でているだけなのに敏感だな」

「触られ慣れてないんです」

「よかった」

　三崎の手の動きが止まった。ぎゅっと力強く、けれど優しいハグ。

「滑る心配なく入れるの、嬉しいです」

「一緒に住んだら毎日入れるんだけどな」

「あ……」

　そうなったらいい。幸せだろう。けれど、現実問題として難しい。

　自然と丸まった背中に、三崎の体温が触れた。

「輝。ネックなのは、一緒に住むことじゃなくていろんなことの覚え直しということだな？」

「はい。まぁ、家の中のことは、なんとなくやっていけばいいんですけど。職場とかスーパーとか病院とか、そういうところへは歩行訓練士さんにお願いして、覚えるまで一緒に歩いてもらわないといけなくて」

「俺がするのでは難しいか」

「いえ、そんなことはないんですけど」

　三崎の介助は、日に日に的確さを増してきていた。知らない道を覚える際に教えてほしい事柄を伝えれば、歩行訓練士と変わらぬ説明をしてくれるだろう。

「輝の職場の裏手にマンションがある。そこに部屋を買おうと思うんだが」

「えっ……買う？　引っ越すってことですか？」

「ああ。輝はサインだけしてくれればいい。一括で買う」

　言葉が出なかった。住む世界も金銭感覚も違いすぎる。

「そんな……」

「輝に費用の負担は一切求めないよ。それはいらないんだ。だが、いくら職場の近くとはいえ環境が変わる負担はあるだろうから無理強《じ》いはしない。でもそこなら今のアパートより職場に近くなる」

「三崎さん……」

呼び慣れた名前に、三崎が「違うよ」と小さく笑う。

「隆司さん、あの、でもわざわざ買うっていうのは――」

「俺が輝と一緒に住みたいんだ。帰りが遅い日もあるが、寝顔だけでも見たいし、朝には一緒に起きられる」

「でも……」

話の規模が大きすぎて、簡単に頷けるものではなかった。

「毎日輝に会いたい」

輝のこめかみに唇をこすりつけた三崎は、のぼせる前に上がろうと言って立ち上がった。


ベッドに入り、三崎の腕の中に収まってもまだ風呂場での話が耳の奥に残っていた。

（隆司さんと住む……）

絶対に幸せだ。もし目が見えていたら、金銭面のことは気になるものの、頷いていたと思う。

（職場の近くにはスーパーもあるし……）

出掛けるにも、駅は近い。平塚診療所は少し遠くなるけれど行けない距離ではないし――利便性を考えても、職場の近くに越した方がいい。天気が悪い日の出勤だって楽になる。

「眠れないか」

「あ……その、引っ越しのことが気になって」

「言うタイミングを間違えたな」

「え？」

「ベッドでくらい、俺のことだけ考えていてくれ」

　甘えるようにぎゅっと抱き込まれ、顔が熱くなる。

（ど、ど、どうしよう……かわいい……）

　かわいいと言われる度に違和感を抱いていたのに、三崎の気持ちがわかってしまった。

「輝？」

「……隆司さん、おねだりが上手すぎます」

「引っ越し、受けてくれるということか」

「そのことじゃないです」

　わかっていたのか、三崎がくつくつと笑う。

「手ごわいな」

「だって」

「慣れるまでは職場にも送っていくよ。迎えにも行く。買い物は一緒に行けばいい」

「甘やかされすぎて、だめになりそうです」

「料理は丸投げするから大丈夫だ」

「もう……」

　可笑しい。

　穏やかな笑みが浮かぶ。

「だが、片付けはちゃんとするよ。洗って棚に戻す」

「すごく売り込みますね」

「優良物件とは言えないが、悪くないと思ってもらえるように頑張るよ」

前向きに考えてくれるなら、今度部屋を見に行こう、と言われて頷く。

（……なんか、このまま流されて引っ越すことになりそう……）

そういえば今までだいたいいつも、気付くと三崎のペースに持ち込まれていたような気がする。

（……まぁいっか）

無理強いされているわけではないのだ。

ゆっくり考えることにして、三崎にくっついて目を閉じた。


「本当に院から近いんですね」

三崎から引っ越し候補先を見に行こうと電話をもらった時は、もう行くのかと驚いた。しかしいざアパートから徒歩で来てみると、イマリ鍼灸治療院の手前で左に折れて数分という近さにあった。

「部屋は十階と一階に空きがある。何かあったときに避難しやすいのは一階だな」

「選べるんですか」

「ああ。セキュリティを考えると十階の方が安全だが、停電すると十階まで階段で移動しなければならなくなる」

「難しい問題ですね」

と答えて、いつの間にか三崎の会話のペースにはまっていることに気付く。

しかし三崎の普段より楽しそうな声色を聞いたら、無理だとは言えなかった。それに、自分が何より三崎と少しでも長く一緒に過ごしたいと思っている。もう、三崎のぬくもりを思い出しながら一人で寝なくてもよくなるのだ。

「うーん……」

「決めかねるか」

「隆司さんはどちらの方がいいと思いますか」

「三階かな」

「……え？」

「セキュリティも一階よりはいい。停電をしても、階段で上れないほどではない。三階があったら、決断できるよな」

「まぁ……？」

いったいどういうことなのだろう。

三崎がふっと笑う。

「じゃあ、決まりだ。三階に行こう」

なんの説明もされない。が、つまりはそういうことなのだろう。

三崎の腕に掴まりながらエレベーターに乗る。

「……なんだか騙された気分です」

「一階と十階しかないとは言ってない」

「そうですけど……」

「だが、どちらかで迷っていたのなら間を取って正解だろう」

そもそも、本当に引っ越すかどうかという問題があったはずなのだ。それなのに、見事に丸め込まれてしまった。

16

「着いた。エレベーターを降りて正面の部屋だ」

「わかりやすくていいですね」

「そうだろう。間取りもシンプルだ。玄関を入って廊下がまっすぐ。右手に二つ個室があって、正面がリビングダイニングとキッチン、廊下の左手側は風呂やトイレだな」

「覚えやすいです」

話を聞けば聞くほど、わくわくしてしまう。

「……でも、やっぱりお金のこととか」

「いらないよ」

「そういうわけにはいきません」

「――そうか、わかった」

じゃあ一緒に住むのはやめよう、となるだろう。本当は一緒に住みたいけれど、こんなに広いマンションの購入を三崎一人に頼むわけにはいかない。しかし払えるかと訊かれれば、無理だ。

「実はアパートの火事の件で、輝にまとまった金が入りそうなんだ」

「え――」

「最近決まったばかりだから、まだ話していなかった。そんなに金のことが気になるなら、そこから少し出してくれればいい。手続きはこちらでしておく」

しかし、怪我もほとんどなかったのだ。慰謝料なのか損害賠償なのかはわからないが、たかが知れているだろう。駅から五分ほどのマンションを買うためには、雀の涙に違いない。

「毎日輝の飯が食べたい。もちろん、疲れていないときだけでいい」

「隆司さん……」

16

「抱き合って寝て、おはようのキスをしよう」

　三崎の手が左の頬に触れた。三崎からのキスの合図。しかしここは他人の場所。待っていてもキスはやってこない。

「輝」

（隆司さん……）

　意を決して一つ頷く。

　その瞬間、抱きしめられた。

「ありがとう。嬉しいよ。なるべく早く越したいが、負担のないようにしっかりと準備をしよう。デートで家具を見に行って、買った家電には点字を貼ろう」

「本当に……いいんですか」

「嬉しい」

　三崎が心から喜んでいるのが伝わってきた。

「あ、でも使えるものは隆司さんのものを使いたいです」

「新しくしなくていいのか」

「隆司さんが使っていたものがいいので」

　特にベッドは――という言葉は呑み込む。

「わかった。じゃあ主に買うのはキッチン関係だな。マンションの購入は早めに手続きを済ませるよ。サインを頼むこともあると思うが、ローンの申し込みではないから安心してくれ」

「わかりました」

「本格的に引っ越しをする前に、この部屋で過ごす時間を作ろう。ストレスのないように」

慣らす時間を作ってくれる優しさ。これから三崎と一緒に生活できるのだと思うと、顔が勝手ににやけていく。

「ああ、だが一部屋は書斎として使いたいんだが、かまわないか。もう一部屋は寝室にしよう」

「はい。僕は自分の部屋はいらないので」

「なるべく一緒に、リビングと寝室で過ごそう」

寝室。なんだか、同衾しようと言われているみたいでドキドキする。

しかし引っ越しは、楽しいばかりではない。

「あ――えっと、その……いろいろ住所変更の手続きとか」

「もちろん一緒に行くよ。代理人でもいいものは俺が行ってくる」

まだ何もわかっていないので、ひとまず礼を言って話を終える。

しかし外に出ると一気に気持ちが現実に返り、しばらくはまだ別々に暮らさなければならないのだと気持ちが落ち込んだ。

17

八剱組の湯浅と渋川は、源一郎と三崎が共同で所有している複数の場所の中の『黒』と呼ばれる倉庫の床に手足を縛られた状態で転がされていた。

二人の前にしゃがむ三崎の背後には、富本と近藤が控えている。

「お前たちがしたことを話せ。なんと指示をされて、どう行動した」

二人は口を割らない。しかしそれほど長くは持たないだろう。三崎は二人を引き渡された時点で半田に指示を出し、それ以来、最低限の水だけで過ごさせていた。

「言え。もうお前たちが守るものは残っていない」

渋川の挑戦的な目に現実を教えてやる。

「八剱は絶縁、八剱組は解散した」

「そんな――――!」

しばらく二人とも黙っていたが、覚悟を決めたのか湯浅が先に口を開いた。

「……行け、と言われました」

それを、渋川が制する。

「おい、」

「行けって言われたんです。三崎組長のお気に入りを狙えと。明確な指示は受けませんでした。でも殺さず、北川輝が狙われていることが三崎組長に伝わるようにしろと」

「どうして一階すべてに火をつけた」

「そっ、それは……」

二人は無言で震えていた。顔が青ざめている。

「ターゲットの部屋がわからなかった、か？」

輝はひったくりに遭ってから、背後の人の気配に敏感だった。全盲故に何をしても顔を見られる恐れはないが、その代わりに他人の目があった。白杖を持つ青年が不安げに背後を何度も振り返っていたら、周りの人間は必ず不審感を覚える。それを避けたかったのだろう。

普通なら徹底的に相手を調べてから追い詰める。しかし八剱は思考力が欠如していた。行き当たりばったりでも突撃すればどうにかなると思っているタイプだ。そんな命令を突然受けたら、下の者も勢いで飛び出さざるを得ない。

頭の悪い者たちのせいで輝が怖い思いをしたのかと思うと、到底許すことはできなかった。

「さてどうするか……お前たち、近藤のことは知っているな？」

二人の体が恐怖に跳ねた。

振り返ると、近藤が笑みを浮かべて近づいてくる。

「二人も使っていいんですか」

「使う？」

「実験したいことがあったんですよ。死んでもいいやつを探してたんです」

「……そうか」

あまり詳細は聞きたくない。必要なことだけを先に伝えておく。

「ここは『黒』だ。いくらでも汚してかまわない。死体が見つかることはないから、傷も気にしなくていい」

「わかりました」

「後でもう一人来る」

「もう一人？」

近藤が嬉しそうに訊き返したとき、倉庫のドアが開いた。手に包帯を巻いた稲尾と鳴島が、手足を縛られた八剱を運び入れる。

「行きつけの料亭に隠れていました。なかなか見つけられず、遅くなりました」

「ご苦労だった」

「はい」

二人が照れたような笑みを浮かべる。

「並べて置け」

八剱の体が湯浅と渋川の間に落とされた。

「あれ」近藤が首を傾げた。「いいんですか。手打ちになったって聞きましたけど」

「絶縁されて、ようやくカタギになったんだ」

絶縁処分にさせなければ、西村理事長補佐の手前、手を出すことはできなかった。あの条件で三崎が許すはずがないとわかっていたから、八剱も隠れていたのだ。

「じゃあ、やっちゃっていいんですね。時間の決まりは？」

「できるだけ長く楽しめ。近藤の飯は差し入れする。殺す前に一報を入れろ」

近藤と趣味の近い富本に後を任せ、稲尾と鳴島を連れて倉庫を出る。

「死体を捨てに行くときはお前らが動け」

「はい」

　車に乗り込み、シートベルトを締める。

「橘理事長の屋敷に」

「かしこまりました」

　車が動き出すと、三崎の頭の中は輝の笑顔に切り替わった。

＊＊＊

　スタッフルーム。輝の隣の席に、誰かが腰を下ろした。

「最近にこにこだね」

　院長だった。笑っているのが声からわかる。

「何か、いいことでもあった?」

「えっ、や、べ、別に……」

　気を抜くと、つい三崎のことを考えて頬が緩んでしまう。

(隆司さん……)

　心の中で名前を呼べるだけで幸せだった。それなのに、数か月後には一緒に生活をしているのだ。

　先週末は、三崎と家電量販店に行った。テレビは三崎の部屋から持ってくることになり、買ったのは主にキッチン家電。輝の部屋のものはまだ使えるけれど古かったし、何より一人暮らし用のサイズだった。

そしてそれを一昨日、新しい部屋で開封した。一緒に選んだ棚に置いて、三崎が膨らむインクというペンで作ってくれた点字のシールを貼り付けた。

帰り際には来週のバレンタインに会う約束もした。

「――あ、北川くん」院長が思い出したように言った。「明日の夜からしばらく、雪の予報なの知ってる?」

「え、そうなんですか」

何をしていても頭は三崎のことばかりで、天気予報が頭に入っていなかった。

「この辺も積もるっぽいんだよね。十年に一度の大雪だって。もし積もったら、危ないから休んでいいからね」

雪が積もったり、とけた雪がシャーベット状に固まると、点字ブロックを感じ取れなくなってしまう。そうなると、輝一人では外へ出ることができない。

「すみません……」

「大丈夫だよ。うちはお年寄りも多いし、雪だったらキャンセルが入るから。そもそも交通がマヒしそうだしね」

石和が院長に同意する。

「台風だったら院ごと休みにしちゃいますけど、雪ってなると微妙なところですよね」

「そうなんだよね。近所の人や若い子は来られるし。大雪で仕事は休みにはならないからね」

「でもここに来る途中で滑って転んだとか最悪ですよね」

そうなんだよねぇ……と院長がため息をついたところで開院の時間になり、輝は三崎のことを頭から追い出して指圧にいそしんだ。

17

「お疲れ様」

「すみません。迎えに来ていただいてしまって」

院の前から、三崎の車の助手席に乗り込む。明日は三崎も休みということで、今夜は三崎のマンションに泊まる約束になっていた。

「早く会いたかったんだ。それに少し雪がちらついてる」

「積もるでしょうか」

「今日は大丈夫だよ。だが明日の夜はどうかな」

車が静かに動き出す。

「飯は買って帰って、家でゆっくり食べよう。早く二人になりたい」

さらりと言われ、指先まで熱くなる。

けれど三崎はいつもと変わらぬ様子でコンビニに寄ると、お菓子やアイスまで買ってくれた。

夕食を終えると、三崎は食後のコーヒーも飲まずに風呂の支度をすべく席を立った。

今から覚えても、どうせ引っ越したらここへは来なくなる。だから何もしなくていい、というのが輝を甘やかすための三崎の口実だった。

風呂の用意を終えた三崎が隣に座った。

「お待たせ」

手を握られ、顔が緩む。

17

「隆司さん……」

輝の左頬を覆う手。三崎の座る右側を向くと、唇を塞がれた。

「ん……」

「色っぽいな」

「えっ」

「明日――少しでいい、輝を愛したい」

「ぁ……」

だめかと問われて、ＮＯと言えるはずがない。

しかし「愛する」が何を指しているのかはわからなかった。具体的にはどんなことをするのだろう。けれど、そのときになれば三崎は言葉できちんと教えてくれるという信頼があった。

頷くと、もう一度キス。

「かわいい。愛してる」

「隆司さん……」

風呂を終えると、三崎は輝の髪まで乾かし、手を繋いで寝室に入った。

「今夜から、少しずつ触れ合うことに慣れてほしい」

「はい……」

三崎が輝のパジャマを脱がせる。自身も脱ぐと、輝の隣に寝転んだ。

肩に三崎の肌が触れている。

（お風呂と全然ちがうっ）

湯船の中で体を支えてもらうときも、裸同士で触れ合っていた。けれど場所がベッドに変わっただけで、こんなにも感覚が変わるとは。ドキドキと胸が高鳴る。八割は緊張だった。

「抱きしめるよ」

「は、はいっ」

よろしくお願いします、と言うと三崎がくつくつと笑った。

「時代小説ではそういう挨拶があるのか」

「えっ、え、いや、えっと……」

どうだっただろう。でも世話になるのだ。教えてもらうからには挨拶は必要だと思った、ただそれだけ。

「無垢な輝がどれほどいやらしくなるのか楽しみだ」

三崎の肌が輝を覆う。腕枕で頭を、空いた手で腰を抱かれる。

「隆司さん……」

近い。緊張で体温が上がる。

「輝は肌が滑らかだな」

「え、いえ、そんな……」

言葉が出てこない。何をどう返したらいいかわからない。

輝の困惑に三崎が笑う。

「そう硬くならないでくれ。今夜はこのまま寝よう。寒くないか」

そう言って、後頭部まで布団をかぶせてくれる。

「温かいです」

何より三崎の体温がいい。それに寒さはくっつく口実になる。

「寒かったら起こすんだよ。おやすみ」

「おやすみなさい」

どうしても、腰の辺りがひけてしまう。しかしもぞもぞと体を動かすと、三崎の腕の中でのベストポジションが見つかった。

(隆司さん……)

好き。

広い背中に腕を回して目を閉じた。


「雪、降ってますか」

「いや、まだだな」

おやつの時間だよ、と三崎がテーブルにアイスクリームを置いた。

寒い冬の午後に、温かい部屋で好きな人と食べるアイス。これ以上なく幸せだった。

「クッキーもあるぞ」

「困りました。クッキーにアイスをのせて食べたら最高においしいってことを、もう体は知っています……」

悩ましげだな、と三崎が笑う。

「食べたらいい」

「さすがに太りそうで」

「運動すればいい」

17

「でも——」

運動。三崎が言っている運動とは、もしかしたら閨事《ねやごと》のことかもしれないと気付いた。

輝が黙ったことで、どうやら意味が通じたと思ったようだった。三崎が笑う。

「冗談だ。だがまぁ、筋トレくらいなら見えなくてもできるだろう」

「そうかもしれないですけど……」

筋トレはあまり好きではない。

「じゃあ、一緒に運動しようか」

三崎の手が輝の左の頬に触れた。

キスの合図。けれど三崎の気配が遠い。

「隆司さん、どこ……」

「ここだ」

返事とともに近づいてきた気配。頬にあった手が顎に動き、わずかに持ち上げられる。

優しいキス。

すぐに顔が離れる。

「甘いな」

「おいしいですよ、アイス」

照れ隠し。

「それを食べ終わるくらいまでなら待てる。ゆっくりでいい」

そんなふうに言われて、のんきにアイスを食べ続けるなんてできない。蓋を閉じて、冷凍庫に戻す。

「隆司さん……」

今三崎はどこにいるのだろう。腕を伸ばすと、少ししてその手を握られた。

「いいのか」

「……教えてくださるんですよね」

「ああ」


「セックス自体は知ってるな？」

三崎に導かれ、ベッドに腰掛ける。三崎もすぐ隣に座った。

「性交は知ってます。でも、やり方はわかりません。女性器に男性器を入れて射精するってことは、なんとなく。でもその、女性器に入れたら、それだけで射精できるんでしょうか」

「……自慰をしたことはないのか」

「あ……ないわけじゃない、というか……でも成功したことはないんです」

目が見えないせいか、興奮することがない。だから性交について学んだ頃に、好奇心にかられて少しいじってみただけだった。

「学校では習わなかったか」

「はい。こうしたら子どもができます、みたいなことは教わりましたけど、具体的なことは何も」

「そうか……目が見えなくても体は健康な男だ。つらかっただろう。これからは二度とそんな思いはさせないよ」

「ありがとうございます。なんか、行為のことが触れて学べる人形みたいなのがあるって聞いたことはあるんですけど……盲学校では性的なことってタブー扱いみたいなところがあったっていうか

17

……こちらも恥ずかしいし、誰にも訊いたり相談したりなんてできないしで」

「大丈夫だ。これからは俺が教えていく」

「すみません。お手数を」

「嬉しいよ。輝に俺のやり方だけ教えていける」

「隆司さんのやり方……」

「人それぞれだからな。新しいことをするときは、なるべく言葉で説明してからにするよ。輝にしてほしいことがあるときも」

「はい。僕も隆司さんに触れたいので、よろしくお願いします」

「こちらこそ」

三崎が輝の髪の生え際にキスを落とす。甘やかされている。

「セックスはベッドで、裸でする。ただ男の場合、どちらかが受け身になる」

「それは僕ですよね」

「俺は受け身は無理だから、輝に頼みたい。だが痛みは与えないようにするし、ちゃんと気持ちよくするよ」

大悦ではなく、天悦。嬉しい。

まずは脱ごうか、と言って三崎が輝を裸にさせた。その後、隣から衣擦れの音がする。

「輝」

抱き寄せられて触れた胸。三崎の素肌。

「隆司さん……」

一晩触れていた肌。輝もたくましい体に腕を回す。こうして肌が触れ合うだけで気持ちいい。

「……えっと、この後はどうしたら……」

「ベッドに横になろう」

三崎が輝を導き、並んで寝転ぶ。

しかしまたすぐ、どうしたらいいかわからなくなってしまった。

「えっと……」

「今日繋がるのは無理だろう。まずは一緒に気持ちよくなって、輝は射精を目指してみようか」

「……はい」

しかしそのためにどうしたらいいのかはわからない。

「硬くならなくていい。だがまぁ、俺が突然海外の民族儀式に参加させられるようなものか。右も左もわからないよな」

「すみません……」

「いいんだ。セックスは、輝が慣れるまでは正常位にしようと思ってる。輝がベッドで仰向けに寝て、その上に俺が覆いかぶさる形だ。だから今からするのも、同じ体勢でしてみよう」

「はい」

三崎が輝の上に覆いかぶさった。

「これはあくまで俺のやり方だが――このまま何度も繰り返しキスをするよ。それから、全身に愛撫をする。愛撫というのは手で肌を撫でたり、体にキスをしたり」

言いながら三崎が輝の肩に触れた。唇へのキスの後、耳や首筋にも唇が触れていく。

「ン……」

三崎が鎖骨を吸った。骨の出っ張りを舐め上げるように下から上に押し上げられる。

17

「つふ、」

　そうしている間に、三崎の手が乳首に触れた。

「ぁっ……」

「乳首、気持ちいいか」

「なんか、ぞわぞわします」

「最初はそれでいい。性感も徐々に覚えていこうな」

「アッ――」

　三崎が乳首を口に含んだ。舌で突起を舐められ、もう片方は指でこねられ、初めての快感に腰が跳ねる。

「んぅっ……ッ、隆司さっ……！」

　刺激が強い。体が勝手に膝をすり寄せる。

　何かにすがりたいが、どうしたらいいかわからない。

「あっ、りゅうっ、隆司さんっ……！　やめ、待っ……」

「――怖かったか？」

「ぁ……」

　乳首を開放され、ほっと息を吐く。

「いえ、あの、手は……手はどうしておいたら……」

「ああ……目に入りそうなときは避けるし目をつぶるから、心配せず動かしていい。シーツを握っていてもかまわないが、俺がこの辺りにいるときは背中に回してくれ」

　三崎が上に体をずらした。気配がぐっと近くなる。触れていないのに、体温まで伝わってきそうだった。

「キスをしたいと思ったら引き寄せてくれたらいい」

　そっと背中に腕を回し、力を入れてみる。

　三崎は輝の左頬をさらりと撫でた後、唇を合わせてくれた。

　下唇を舐められ、隙間から舌が入ってくる。

「ンッ……」

　輝の舌を三崎のそれがからめ取る。輝が三崎の背に回した腕に力を入れるとキスが深くなった。

さらに腰を撫でられ、その手が内腿《うちもも》に触れる。

　どこもかしこも気持ちいい。体中に三崎があふれる。

「ぁ……は、隆司さん……」

「かわいい」

　三崎の体が下に動いた。手で追いかけようとすると、ぎゅっと繋がれる。

「まずは勃起しような」

「僕はどうしたら――」

「何もしなくていい」

　額への一瞬のキス。三崎が輝のペニスを握った。

「んっ、ふ、うぅ……ぁ、」

　三崎の手がペニスを揉む。

「輝。『あ』の口を開けてごらん。声は出るままにしておけばいい」

「あ――アッ」

三崎の言うとおり、声は勝手に出た。それに、声を出すことで体が楽になる。

「そうだ。それでいい」

「あっ、あっ」

半起ちだったペニスが硬くなっていく。

「上手にできてる」

「隆司さんっ……」

性的な興奮とは、こういうことを言うのか。こんなにぞくぞくして、体が芯から疼くのか。初めての感覚に戸惑う。

「輝のペニスを口に含むよ。フェラチオだ」

「えっ、えっ!?」

「セックスでは必ずすることだ。足元の方に移動するよ。手は繋いでいようか。片手は使いたいから、もう片方の手はシーツでも握っていてくれ」

「えっ、えっ――」

情報量が多すぎた。どちらの手をどうすればいいのだろう。

手をさまよわせていると、右手を握られた。ひとまずほっとする。

「セックスにマニュアルなんてない。ゆっくり俺たちのやり方を見つけていこうな」

「はい――あっ……!」

排泄《はいせつ》にしか使わない場所を三崎が舐めている。根元は手でしごかれ、先端の敏感なところは舌でこすられる。

「ああっ、あっ、アアアッ！　だめですっ、だめっ……！」

初めての快感。もっとしてほしいと思いながら、このままではいけないと体が訴えていた。

三崎がペニスを解放する。

「輝？」

「あ……その、漏らしてしまいそうで」

「それは射精だ。口に出していい」

「えっ!?　いや、そんな……」

「恋人の精液だ。飲みたい」

「えっ……や、そんな、だって……」

汚いところから出るものだ。

「あ、あの……その」

「まだ早いか」

「……すみません」

心の準備ができていない。大切な人の口に体液を出すなんてできない。

三崎の体が上に動いた。体をぎゅうと抱かれる。

「無理強いはしないよ。今日は俺のと一緒にしごこう」

「僕はどうしたら――」

「気持ちよくなってくれればいい」

三崎のペニスが輝のそれに重なった。二人のペニスを三崎の大きな手がそっと包む。

「あっ……」

「腕は俺の背に」

言われたとおりにすると、褒めるようなキスが二つ降った。

「痛くはないはずだが、もし痛みを感じたら言ってくれ」

三崎がペニスを握る手を動かし始めた。

「あっ、あっ……んっ、ふ」

「輝……」

感じ入った三崎の声。熱い吐息が耳に触れる。

「りゅう、あっ……！」

三崎の熱をダイレクトに感じる。

「痛くないか」

「ないっ……！　きもち、アッ」

ペニスを握る力は強くない。しかし撫でるように触れられるだけでも体の芯に快感が駆け上がった。

「あっ、隆司さんっ！　隆司さっ……！」

「イきそうか」

「い——えっ？」

「射精しそうか」

「んっ！」

必死に頷くと、三崎の手の動きが早まった。

「射精することを『イく』と言うんだ。言ってごらん」

「んっ、ふっ、はっ——！」

「イく、だよ。輝」

「あっ、イく、イくっ」

　イく、とうわごとのように繰り返しながら精を放つ。

「あっ――ぁっ……！」

　自分が自分でなくなるほどの快感だった。

「あ……は、あ……」

　呼吸が整わない。息苦しい。三崎の体にすがりつきながら必死に酸素を体に取り込む。

「は、ぁ、隆司さんっ……」

「上手だった。大丈夫だ、ちゃんとイけたな」

「んっ……」

　ようやく呼吸が落ち着いてくる。

「輝、かわいい」

　顔全体に触れる三崎の唇。

「すごい……すごい気持ちよかった……」

　こんなの初めてでした、と伝える。

「最初は快感の流し方がわからなくて苦しいかもしれないが、そのうち慣れる」

　三崎はそう言うけれど、これほどの快感に慣れる日がくるとは思えなかった。

「まだ完全には萎《な》えてない。もう一度付き合ってくれるか」

「ぁ……」

　今のをもう一度。

動悸が落ち着くと、心身に飢えを感じた。

（もっと……）

もっとしたい。もっと気持ちよくなりたい。

「ん……してほしいです」

「次は一緒にイこう」

三崎が再びペニスをこすり始めた。さっきより握る力が強く、速い。

「あっ、アッ、隆司さんっ、あっ！」

一度射精したせいか、体が快感を期待している。またさっきの、射精する時の強い快感を味わいたい。

「輝……かわいい。気持ちよさそうだ」

「ぁ、隆司さんっ」

「射精しそうなときは教えてくれ」

「んっ、あ、あっ」

今にも絶頂しそうだった。しかしまだ終わらせたくない。もっと気持ちよくなりたい。

「あ、や、りゅうっ、隆司さんっ、もっとっ」

「ああ。たくさん気持ちよくなろうな。これからもたくさんしよう」

「んっ――あっ、ああっ！」

なぜか勝手に足が開いてしまう。かかとをシーツにつけて、ペニスを三崎に押しつける。

「輝、かわいい。そろそろイこうか」

「んっ、ああっ、あっ」

三崎の息が荒くなり始めていた。伝わってくる体温が高い。

「隆司さんっ」

「輝、愛してる」

僕も――その言葉は嬌声《きょうせい》に呑みこまれ、吐精《とせい》した。

「ぁ……あ……あ……隆司さ……」

広くて厚い胸にすがりつく。

「かわいい。上手だったな」

「ン……」

「初めてなのに、二回も射精できた」

褒めるような柔らかいキスを受けていると、次第に睡魔がやってきた。

「ぁ……隆司さん……」

「眠そうだな。眠っていいぞ」

「でも……」

「体を拭くだけだ。しておくから、眠ってごらん」

「……すみません……」

行為中は感じなかった激しい疲労。体が重い。眠りたくないのに――。

「おやすみ」

「ん……」

目が覚めた時、輝の体は三崎の腕の中にあった。

そっと耳を澄ます。寝息は聞こえない。

「隆司さん……？」

「ああ、起きたか」

「すみません、寝ちゃって」

「射精は疲れる。それでいいんだ」

頭を撫でる優しい手。輝の大好きな、三崎の右手。幸せなまどろみ。

でも、この人と性的なことをしたのだ、とつい意識してしまう。

（すごかった……）

夢だったのではないかと思うほどの快感だった。それに三崎はいつも以上に優しくて、けれどすがりついたその腕はとても太くて――。

「……輝？　眠いか」

「あ、いえっ……その、あ、隆司さんって、右利きですよね」

「気付いてたのか？」

「その……あのとき、いつも……」

「あのとき？」

「……キス……その、左の頬に触れるから……」

「ああ」

こうだろう、と言うように左の頬を大きな手に包まれた。

（あ……）

顔が近づいてくる気配。恥ずかしくて逃げたいのに、顎を引くこともできない。

ふわ、と柔らかな口づけ。

三崎の唇はすぐに離れた。

「これで利き手がわかったとはな」

「……だって……」

左の頬は、もう輝の中でスイッチになっている。これから三崎に愛を与えられると教えてくれるもの。

三崎の手が左耳に触れ、それから首筋、肩……と下りていく。

「ぁ……」

「この手で輝の全身に触れてる」

「ぁ……もう一回……？」

「何度でもしたいところだが、明日もしたいんだ。今は我慢するよ」

「明日……」

そういえば今何時なんだろう。今日は何日なんだっけ。

三崎が輝の頭をくしゃりと撫でてからベッドを抜け出した。カーテンが開く音。

「明日は休みになるんじゃないか」

そうだ、雪が降る予報だった。

「積もってますか」

「ああ。まだ二十時なのに一面真っ白だ。泊まっていくだろう？」

「でも隆司さんも仕事が——」

三崎がベッドに戻り、輝の体を抱き込んだ。

「休みにできる」

「ずる休みはだめですよ」

「忘れてた、最初から休みだった」

「もう……」

輝が笑うと、左の頬を包まれた。

口を閉じると、すぐに穏やかな口づけ。

さっきした行為が一気に頭の中に流れ出す。

「ン……」

「輝」

「……でも、朝にはとけてるかも……」

「とけないよ。このまま降り続くとニュースになってる」

じゃあ、泊まりを断る理由なんてない。雪の降る寒い夜に、一人でなんて寝たくない。

返事を態度で表すべく、三崎に抱きつく。

三崎もきつく抱きしめ返してくれた。


翌朝輝は、三崎の携帯の着信音で目を覚ました。

触れ合う肌が離れていく。

「すまない」

「いえ……」

まだ眠い。が、電話がかかってきてもおかしくない時間なのだろう。普段より寝坊したことになる。

三崎はその場で電話に出た。まるで隠し事はないと言われているようで嬉しい。

「はい――わかりました」

なんだかあまりいい話ではなさそうだ。相手の声は聞こえないけれど、三崎が嫌がっているのが声色でわかる。

「輝。今日少し、祖父の家に付き合ってくれないか」

「何かあったんですか」

緊急事態だろうか。まさか源一郎に何かあったのか。

「梅助が雪に興奮して手がつけられないらしい。もし北川くんが休みなら遊び相手になってやってもらえないかと」

「ふふっ」

そうだったのか。

きっと源一郎は、輝のために電話をくれたのだろう。

「お邪魔したいです」

答えた輝は久しぶりに衣類を身にまとった。


「あんっ！　あんっあんっ！」

「ははっ、梅ちゃん、ほらっ！」

雪を丸めて遠くに投げる。それがどうなったかはわからないけれど、梅助はずぼずぼと雪を踏みしめる音を立てながらそちらに向かって走っていく。

「あんっ！」

そして戻ってきては、輝の体に雪のついた顔を押しつけた。

途中で昼食をごちそうになり、フロランタンも食べた。午後からも梅助と遊び、そろそろ帰ろうかと三崎がトイレに立った際、入れ替わるように源一郎が外にやってきた。

「梅助もようやく満足したようだ。相手をしてくれてありがとう」

「いいえ、すごく楽しかったです」

まさかこの年になって雪遊びができるとは思わなかった。庭が広いので、もう少し積もれば雪だるまやかまくらも作れそうだという。

「隆司から聞いたが、北川くんは和食が好きだそうだね」

「はい。和食も、和スイーツも好きです」

「酒は飲まないんだったかな」

「体に合わないってわけではないと思うんですけど、酔うと転びやすくなりそうで、飲まないんです」

「そうかそうか。いい居酒屋があるんだ。ノンアルコールのお茶やジュースもあるから、一度隆司と行ってごらん。創作和食がとてもおいしい」

「へぇ。近くにあるんですか」

三崎はきっと飲みたいだろう。しかし遠いと、車の運転が困ってしまう。

「この辺りからは少し離れるが、タクシーを使うなり代行を使うなりしたらいい。酒処ハツミというんだ。魚もうまいよ」

「わかりました。隆司さんに伝えておきます」

　ちょうど三崎が戻ってきたので、輝も手を洗わせてもらい、梅助に別れを告げて車に乗った。

「あっという間でした」

「そうか。寒かっただろう。体調は大丈夫か」

「すごく元気です。梅ちゃんも風邪ひかないといいんですけど」

「梅助は平気だよ。今日も帰りがけにふてぶてしい顔をしていた」

「ふてぶてしい？　おじいさんはにこにこしてるって言ってましたけど」

「あいつは俺にだけ態度が悪い」

　不満そうな言い方に笑う。

「一緒に遊ばないからじゃないですか」

「俺は犬と遊ぶより、楽しそうな輝を見ている方がいい」

　甘い言葉。三崎はすぐにそうやって輝を喜ばせる。

　しかし今日はこのままアパートに帰らなければならない。輝は明日も休みだけれど、三崎は仕事。これ以上、輝の生活に合わせさせるわけにはいかなかった。

　車がアパートに着く。

「――あ、そうだ。おじいさんが創作和食のおいしいお店を教えてくれました。今度隆司さんと行ってごらんって」

「この辺りなのか？」

「いえ、少し離れてるそうなんですけど、タクシーとか代行を使えばいいって。酒処ハツミっていうお店だそうです」

「ハツミ？　本当にそう言ったのか」

知っている店だったのだろうか。三崎の声がこわばっていた。

「はい。『酒処ハツミ』って。お魚もおいしいって言ってましたけど」

「――そうか。わかった。じゃあ今度行こうな」

口調は戻った。しかし、刺すような鋭い空気感は残っている。

「あの、何かありましたか」

「俺の知り合いもそこに飲みに行っているんだ。それで、有名な店だったのかと思って驚いただけだ。こぢんまりとした小さな店だと聞いていたから」

「そうでしたか。おじいさん、スイーツ以外のお店にも詳しいですよね」

まだ違和感はあったけれど、問い詰める気にはなれなかった。礼を言って車から降りる。

「二日間ありがとうございました」

「本当は今夜も泊まっていってほしかったんだが」

「でも隆司さんはお仕事ですから」

離れがたくなるからここでいいです、と伝えて車を降り、部屋に戻った。

一人ぼっちの部屋はしんとして寒く、寂しかった。

＊＊＊

そうか、そういうことだったのか――。

輝が施錠する音を確認した三崎は、源一郎の屋敷へと車を向けた。

「おう、どうした。忘れ物か」

「いえ。少々お話が」

人払いをし、源一郎と二人きりになる。三崎は正面から源一郎を見据えた。

「古賀田は理事長の手駒でしたか」

源一郎は返事をせずにお茶に手を伸ばした。

「以前から、八剱組長が私を目の敵《かたき》にしていることをご存じだったんですね」

源一郎は不敵な笑みを浮かべた。その顔を厳しい目で見つめながら続ける。

「理事長は極龍会と虎城組の盃を前に、清家会の膿《うみ》を吐き出したかった。そのために私を利用することを思いついた。違いますか」

きっと、三崎の昇進を知っても八剱組が動かなければ膿にはならないと判断したのだろう。

「利用とは心外だな。わしはお前に上に行ってほしいだけだ」

「八剱組とのいざこざの解決をもって、私の極道としての実力を他直参組長に示し、昇格を納得させようとなさったのでしょう？　内部統制と私の昇格で一挙両得。そうお考えになったが、なかなか八剱組長が行動に移さない。そこで理事長が古賀田に命じて、西村組のシマで私の昇格の話を流させたんでしょう。わざわざ神奈川の交番勤務を使ったのは、すぐに身元が判明しないようにするため。その後も輝の近くに現れたのは、見守るためですか」

「どうだったかのぅ」源一郎が人差し指で頰を掻《か》いた。「いやぁ最近とんと記憶力が」

「遊びじゃないんですよ。どれだけうちの傘下が動いたとお思いですか」

「わかっておる。そちらに手がかかりすぎて北川くんのことがおろそかになっていると思ったんだ。だからヒントをやっただろう。まぁ、ハツミで噂を撒《ま》いたと調べておったのはさすがだな」

この老人は。

三崎は怒りを隠すことなく立ち上がった。

「部屋住みに、しばらく甘いものは一切出さないように伝えます」

「おい、待て――」

「大田原の院長に言えば診断書くらいは出るでしょう。健康のためと言えば部屋住みとて勝手なことはできません。祖父の体を心配する孫として伝えておきます」

「いや、隆司、それは――」

源一郎が慌てて立ち上がろうと片膝をついた。

しかし許す気にはならなかった。

「失礼します」

18

電話が鳴った。慌ててチョコレートを飲み込む。

「もしもしっ」

聞こえる三崎の笑う吐息。

『食事の時間じゃないな。お菓子か』

「食べてたの、わかりますか」

『なんとなくな』

「チョコレートをもらったんです。それで」

『バレンタインだぞ』

「はい。院長の奥さんが毎年くれるんです」

『そうか。じゃあいい』

じゃあいい――もしかして、嫉妬してくれたのだろうか。

「あの、隆司さんは会社の人とかからもらいましたか」

『もらってないよ』

「本当に？」

『欲しい相手は一人だけだ』

「ぁ……」

たぶん、断ってくれたのだろう。おいしいおいしいとパクパク食べていた自分が恥ずかしい。

『だが、甘い物は食べない』

「……あの、僕」

一応、用意しています。そう言おうとしたとき、チャイムが鳴った。

「あ、すみません、ちょっと折り返します」

いったい誰だろう。

玄関を開けると、突然「こら」と叱られた。けれどそれは、大好きな三崎の声。

「チェーンロックをしたまま開けないとだめだろう」

「あ——すみません。忘れてました」

「危ないぞ」

輝の頭にポンと手をのせた三崎が部屋に入ってくる。

「あっ」

まずい。テーブルの上に、チョコレートの箱が置いたままになっている。しかし部屋に入ったのは、三崎の方が早かった。

「今日もらったのか？」

「はい……」

「食べすぎじゃないか」

「つい……」

「じゃあ、これは食べられないか」

「え？」

持たされた箱。重い。

「チョコレートだ。バレンタインだからな」

「わ、ありがとうございます！」

チョコレートというにはかなり重量があった。

「これ、チョコレートなんですか？」

「今輝が持っているのは一番下の箱だ。その上に四箱のってる」

「え、じゃあ五箱も!?」

そんなに買ってきてくれたのか。頭を下げてからテーブルに置く。

「ありがとうございます。大切にいただきます」

「期限はどれも五月頃だ。その前になくなるだろう」

「……はい」

日付まで聞く必要はなさそうだった。もう一度礼を言って、それから用意しておいたコーヒーの箱を棚から出す。

先日、駅ビルの輸入食品店に行って買ってきたものだ。

「あの、僕もこれ……コーヒーなんですけど」

「用意してくれたのか」

「そんな大したものじゃなくて、心ばかりなんですけど」

それでも三崎は嬉しいと心のこもった声で受け取ってくれた。

「さっそくいただきたいところだが、今すぐ連れて帰りたい。驚かせるために早く仕事を終わらせたんだ」

　それで約束より三十分も早い時間だったのか。

「これは持って帰るよ。家で飲む」

「はい」

　着替えも日用品も三崎の部屋に置いてあるので、特に用意するものはない。けれど食べたくなる気がしたので、三崎からもらったチョコレートをリュックに入れた。

「家にもあるぞ」

「え？」

「買っておいた。食べたくなると言いそうだなと思って」

「……お察しのとおりです……」

　リュックから箱を取り出し、携帯と財布だけを入れて外に出た。


　三崎はコーヒーを、輝は牛乳にチョコレートをとかしたホットチョコレートを飲みながらソファで過ごす。

　けれど、輝はずっとそわそわしていた。

（今日もする……かな）

　先日三崎とした、初めての性行為。緊張したし、何がなんだかわからないまま始まって終わったようなものだったけれど、すごく気持ちよかったことは体が覚えていた。

（だめ……）

18

思い出すと勃起してしまいそうになる。

職場では平気だったけれど、家では毎晩三崎との時間を思い出しては勃起してしまっていた。

しかし自分でしようにもうまくできず、結局もやもやは溜まっていく一方だった。

「輝？　どうした」

「え？」

「トイレか」

「あ、いえ……」

こないだの行為は、いったいなんと言うんだろうか。セックス——ではないだろう。挿入を伴っていない。

「それ、甘すぎたか？」

「いえ、おいしいです」

「だが進んでないぞ」

「あ……」

三崎にはなんでもお見通しだった。

「……その、今日も、その……」

「うん？」

三崎はいつもと変わらない。きっと慣れているからだ。輝のように、いちいち相手の気配を近くに感じてドキドキするようなことはない。

「……なんでもないです」

触れ合いたい。触れてほしい。一緒にベッドに入ってほしい——気の利いた誘い文句はわからなかったし、そういうことばかり考えていると思われるのも嫌だった。

「そうか。ところで」

三崎がカップを置いた音。ドキドキする。

「今夜は前回より深く、輝に触れたいんだが」

「ぁ……」

三崎もそういうことを考えてくれていたのか。指先まで熱くなる。

「もし進むのが怖ければ、前回と同じようにしたい」

「……いえ、その、僕も……」

触れてほしいと思っていました、と小声で伝える。

「よかった。落ち着かないようだったから、前回のが怖くてどう避けようか考えているのかと思っていた」

「いえ！　全然……っていうか、その、家でも思い出しちゃって……」

しかし気持ちよかったことしか覚えておらず、行為の復習はできなかった。自分がどういうふうにしていたのか、まったく覚えていない。

「気持ちよかったと思ってもらえてたか」

恥を忍んで頷く。

「……はい」

「輝は行為を知ったばかりだから、しばらくは『またしたい』という気持ちに襲われると思う。でもそれは正常なことだから、気にしなくていい」

「そうなんですか？」

異常なわけではなかったのか。


「本当なら、自慰を覚えた頃にそうなるんだ。回数を重ねると落ち着いていく」

「よかった……」

「俺も安心した。緊張を強いていたから、もうしたくないと言われるかもしれないと思っていた」

「緊張はしますけど……っていうか、どうしたらいいか、いまだによくわからないっていうか」

「ゆっくり覚えていけばいい。輝は知識がゼロな状態で最初から目隠しプレイをされているようなものなんだ。不安や緊張は当然のことだ」

「はい。ありがとうございます」


三崎も安堵したらしいことが声のトーンからわかった。内容は違えど、三崎も緊張してくれていたのだ。それが嬉しい。


「そのうち緊張もしなくなる」

「そうでしょうか……」

「大丈夫だ。前回はうまくできただろう？」

「でも失敗しちゃうかも」

「失敗？　失敗なんてない」

「そうなんですか？」

「むしろ何をもって失敗なんだ？」

「よくわからないですけど……その、僕だけ先に射精して寝ちゃうとか」

「かまわないよ。俺は輝が二、三回射精した後でいい。そのとき輝が疲れて眠っても、また次がある」

「え、そんなに……」

そんなに、と言いながら、できるかもしれないと思っていた。だって三崎に触れてもらうと、この世のものとは思えないほどの快感がある。

「きっとあっという間だ」

「……でも僕は何をしたらいいんでしょうか」

今日は前回より先に進むのだろう。自分も何かしなければならない、と思うものの、知識は少しも増えていない。

「痛いときや怖いときにそう言ってくれればいい」

「でもそれだけじゃないですよね？　何をしたらいいんでしょうか」

「それはおいおい教えていく。今は輝が触られると苦手なところを教えてくれるだけでいい」

「たぶんない……です」

前回の触れ合いを思い出しながら告げると、三崎は「そうか」と優しく笑った。


二人で裸になり、ベッドの中に潜り込む。

「あったかい……」

「すまない、冷えたか」

「いえ……」

二人で愛し合うためには準備がいる、と三崎は教えてくれた。体内をすすいだことで体は疲れていたけれど、指先一本まで三崎が気を遣いながら触れてくれていたことはわかっていたので、かまわなかった。

「少しこのまま体を休めよう」

「大丈夫です」

「だめだ。今夜は先が長いぞ」

「ぁ……」

　そんなにたくさん愛し合うのか。

　まだ行為自体よくわかっていないのに、多少何か失敗をしても、三崎なら許してくれるだろうという安心感があった。

「ほら、おいで」

　抱き寄せられ、三崎の腕の中に体を落ち着かせる。そっと背中に腕を回すと、大きな手が疲れた体を癒やすように輝の腰を撫でた。

「寒気は？」

「大丈夫です。温かい」

「体温が高い方が気持ちよくなれる」

「そうなんですか」

　返事はなかった。けれど後頭部まで布団が引き上げられる。

「落ち着くのに、ドキドキします」

「そうだな」

　普通にしていては感じられない直接的なぬくもり。

「今日は、前回と同じ体位で一つになりたいと思ってる。正常位だ。輝の上に、俺が覆いかぶさるよ」

「はい」

「だがその前に、もう少し輝の中を慣らす。風呂でもしたが、もう少しな。ローションはたっぷり使うよ。だが痛いときはちゃんと教えてくれ」

「はい」

正常位は一度体験させてもらっていたし、行為の前に言葉で教えてもらえるので安心できた。

「それから——何が知りたい？　何がわかっていれば安心できる？」

「何がわかってないかもわからないんですけど、抱きついていてもいいですか」

「もちろん。初めてだし、激しくはしない。ゆっくり時間をかけて愛し合おう」

「はい」

三崎の手が腰から離れた。布団から腕が出ていく。

「ローションを取るよ。このままの体勢で少し慣らす」

「……よろしくお願いします」

「俺の腰に左足をのせてくれ。膝は曲げて、楽な姿勢でいい」

言われたとおりにすると、布団の中でアナルに細く硬いものが入ってきた。そこから出されたローションが体内を濡らしていく。

「ぁ……」

「ローションを注入するアプリケーターだ。もう抜くよ」

普通なら、誰にも触れられることのないところに三崎の指が触れた。体に勝手に力が入る。

「さっきも触れただろう？　大丈夫だ」

「……はい」

三崎の胸に額をあてて、ゆっくりと息を吐く。

18

指が、中に一本入ってきた。本来なら閉じているところを開かれるという背徳感に、熱がこもる。

「ぁっ……」

「痛みは？」

「大丈夫です」

「もう一本増やすよ」

指を一度抜かれた。しかしすぐ、太くなって戻ってくる。

三崎はなじませるためか、しばらく動きはしなかった。けれどしばらくしてから、ゆっくりと指の出し入れを始める。

「アッ……」

「痛いか」

「いえ……でも少し……陰茎《いんけい》が苦しいです」

「陰茎か。かわいいな。だが輝は、もっと他の呼び方の方が似合うんじゃないか」

「他の？」

「わからないか？」

考えてごらん、と三崎が輝の頭頂部に唇をこすりつける。

猶予《ゆうよ》を与えるためか、三崎の指は中に埋まったまま動きを止めていた。

「マラ……ではないんだろうなとは思ってます」

三崎が笑い、体が揺れる。

「輝はつくづく俺を煽るな。輝らしくて愛らしいが、時代小説の知識は一度忘れようか」

「すみません……」

「いいんだ」

「他に呼び方は知らないか？」

「ペニス……とか、おちんちん……？」

顔が熱い。口にするだけで体が勝手に反応するなんて。

「かわいい……輝にはそっちの方が似合ってる」

「あの……もう……」

「そうだな。俺も輝がかわいすぎて限界だ」

三崎が指を増やした。風呂でも時間をかけてもらったからか、痛みはない。体がさらに熱っぽくなる。自分の体が三崎を受け入れる準備を進めている。

「もう少し広げるよ」

三本の指を中で広げるように動かされた。痛みはないが、圧迫感はひどかった。それでも三崎と繋がるためだと、風呂で教わったように息を細く吐き続ける。

「上手だ。ちゃんとできてる」

「んっ……隆司さん……」

名前を呼ぶと、指を抜かれた。

三崎が輝の上で体を浮かせた。それによってできた胸の隙間に、冷たい空気が流れ込んでくる。

輝の体がぶるっと震えたと同時に、三崎の唇が輝のそれを覆った。

「んっ」

突然唇を舐められ、驚き口を開けると、その隙間から舌が入り込んでくる。

「んん……」

18

ゆっくりと輝の舌先に触れてくる。まるで怖くないよ、と優しく言い聞かせるかのよう。

「つは……りゅうじ、さん……」

「かわいい。もっとしようか」

三崎の声が艶《つや》っぽい。

「ん……もっと……」

「輝、かわいい」

「あっ！」

三崎の指が乳首に触れた。変な感じがする。

「ぁっ、ゃ、」

この感覚はなんなのだろう。ぞわぞわする。

「気持ちよくなってきたかな」

乳頭を揉まれ、ぞわぞわしていただけだったものが快感に変わっていく。

「あっ、あぁ……」

あまりの気持ちよさに声が止まらない。恥ずかしい。けれどかわいいと言われるのが嬉しいし、初めて知る快感に、もっと強い刺激を欲してしまう。

「あっ、もっとっ！」

つい、声に出してしまった。慌てて口を手で押さえたけれど、その手の甲にキスを落とされた。

「それでいい。セックスの最中は思っていることをすべて言っていいんだ」

「そうなんですか……？」

「そう。だからもっと輝の思っていることを教えてくれ」

「……隆司さんが好き」

思っていることを口にしていいと言ったのは三崎なのに、返事をしてくれなかった。手の動きもピタリと止まってしまい、さっそく失敗したのかと不安になる。

「……隆司さ――わっ！」

急に、ずしりとした重みを体に感じた。そしてぎゅうう……と強い抱擁。痛いくらい――嬉しい痛み。

「輝、輝。俺も好きだ。愛してる」

「隆司さん……」

体の前面が三崎の肌と重なっている。好きと言い合って心が満たされているはずなのに、ペニスがぐいと頭を上げていく。

(隆司さんにあたっちゃうっ……)

はしたないと思われないだろうか。三崎は心が広いから、仕方ないなと笑って許してくれるだろうか。

「りゅ、隆司さん……」

腰を引きたいけれど、仰向けなのでそれもできない。

「ああ、待ちきれなかったな。一度先にイってみようか。イく感覚は覚えてるか？」

「いえ……」

「じゃあ、思い出してごらん」

三崎の体が横にずれた。唇を重ねられた状態で、ペニスを手で握られる。待ちに待った刺激。腰が勝手に揺れ動いてしまう。

18

「輝……」

唇を触れ合わせたまま、色っぽい声で呼ばれる。

唇がこすれ合う快感。

三崎の手が、輝のペニスをしごき始める。

「あっ、あっ」

「かわいい。怖くないな？」

「んっ、気持ちっ……！」

三崎の背中に腕を回し、もっともっとキスをねだる。

「隆司さんっ」

「少し痛みがあると思うが、入れてもいいか」

「大丈夫っ……ぁ、アッ」

少しくらい耐えられる。何よりもう我慢できない。早く三崎と一つになりたい。

「コンドームをつけてから入れるよ」

カサ……と軽い音がした。それから無音。

その後で、三崎が輝の脚に触れた。

「少し腰を上げてくれ。クッションを入れる」

それをされると尻が上がった。恥ずかしい。三崎がどこを見ているのか気になるけれど、訊けない。

「入れるよ」

「はい――ぁっ……」

ぬるっとしたものがアナルを開いた。まだ痛みはないけれど、苦しい。

「は、はぁ、は、」

「輝っ……」

　名前を呼び返す余裕はなかった。三崎に抱きつき、挿入が進むのを待つ。

「はぁ、は、ふっ、は」

「痛いか」

「へい、きっ……」

　苦しい。少し痛い。でも幸せが胸を満たしている。

「輝……今、一つになってる」

「んっ、すごいっ……」

　こんな日がくるなんて。

「輝の中、すごく熱い」

　三崎が輝をあやすように口づける。

「んぅ、んっ、は、」

「もう少しだ」

「はい――あっ」

　ずるっと奥に入ってきた。三崎の動きが止まる。

「この辺までだな」

「え……？」

「最後までは入らない。だが、いいんだ。奥は痛むから、少しずつな」

「ん……」

今すぐこれ以上受け入れることは無理そうだった。ひとまず繋がれたことに安堵する。

「苦しいだろう。萎えてる。少しこっちで気持ちよくなろうな」

三崎が輝のペニスを手に取った。やわやわと揉まれ、形が変わってきたところでしごかれる。

「あっ、アッ」

忘れていた快感に喘《あえ》ぐ。快感を拾う度に体内に埋まった三崎の熱を意識する。

「あっ、りゅうっ、隆司さんっ」

「このままイけるか？」

「ぁ、あっ、でもっ」

「イってごらん。その間にアナルがなじむ」

そうなのか。それなら射精した方がいいのか。

ペニスとアナルに意識を向けながら快感を追いかける。

「アアッ、あっ！　隆司さっ、しゃせ、イくっ」

「ああ、イってごらん。ちゃんと見てるよ」

「ぁ、や、あっ――ああっ……！」

先端を親指でこすられながら射精した。どくどくと全身が脈を打つ。

「大丈夫か」

「は、い……はぁ、すごかった、です……」

呼吸が整わない。三崎に抱きついたまま息を落ち着かせる。

（すご……い、すごかった……）

一つになったままの射精は、ペニスをいじられるだけよりも何倍も気持ちよかった。

「精液もしっかり出せてる」

「ぁ……や……恥ずかしい……」

「恥ずかしいことじゃないだろう？　慣れたらフェラチオで射精しような」

　三崎の腰が動いた。ゆっくりとペニスが抜けていく。

「あ、隆司さんっ？」

「抜かないよ。ペニスを動かすだけだ」

「んっ」

　三崎は動きづらいだろうに、輝に上半身を抱きつかせたままにしてくれた。

「あっ、あっ」

「輝は抜かれるときの方が好きか」

「わかんなっ」

　しかし、三崎の言うとおりだった。入ってくるときよりも、出ていくときの方が快感が強い。

「この辺りだと思うんだが――」

　三崎がわずかに輝から体を離した。それによって角度が変わり、感度が上がる。

「ぁっ！」

「まだ抜く方がいいか――この辺か？」

「なに――アッ……！」

　体の髄を突き抜けるような刺激があった。

「ここか。前立腺だよ。男ならみんな気持ちよくなれるところだ」

「あ、や、こわっ……」

「大丈夫。ゆっくりするから慣れてごらん」

三崎がゆっくり体を引き、中に入れた。再び怖いほどの快感に襲われる。

「アアアアッ！」

「きつすぎてもちそうにない。次は一緒にイこうか」

「んっ、もうっ」

ペニスを握られたら、それだけで射精してしまいそうだった。

「もちろん、先にイってかまわないよ」

三崎が前立腺にペニスを押しつけたまま、輝の勃起をこすった。下半身から脳に快感が押し寄せ、気付いたら悲鳴のような声を上げて絶頂していた。

「あああああああ……！」

「敏感だな。かわいい」

「あ……隆司さんっ」

まるで自分の体ではないみたいだった。射精したはずなのに、まだ快感を求めている。

「隆司さんっ、隆司さんっ！」

「ん？　このままもう一度イけそうか」

三崎が励ますように輝の額にキスを落とした。それから腰を引き、再び動き始める。

「あっ、ああっ、アッ」

「すごく気持ちいい」

「あっ、ほんっ、とっ？」

「ああ。今度こそ一緒にイこう」

三崎がぎりぎりまでペニスを引き抜くせいで、アナルが開閉を繰り返す。それでいて気持ちのいいところを突くから、三度目の絶頂もあっという間に訪れた。

「隆司さんっ、また射精っ……！」

「ああ。俺もイきそうだ」

腕を伸ばすと、三崎がその間に体を埋めてくれた。きつく抱き合い、唇を重ねながら吐精する。

「んんんっ――！」

輝が絶頂した後も、三崎は数回腰を動かした。その後で、奥まで埋めて動きを止める。

「輝――」

幸せだった。幸せすぎて、おかしくなりそうだった。

「隆司さんっ！」

きつい抱擁。しかし頭を撫でる手は優しい。

「輝。ありがとう」

「僕、ちゃんとできましたか」

「ああ。かわいかった。ちゃんとできてたよ」

「よかった……」

何をしたわけでもないし、もうすっかりどんなふうにしていたかも忘れてしまった。それでも三崎が射精してくれたことが嬉しかった。

今度こそ、行為の後は幸せな気分でいちゃいちゃしたい。そう思っていたのに、気付けば輝の体はすっかりきれいになって三崎の腕に収まっていた。

「隆司さん……？」

「ああ、起きたか」

「すみません、僕また寝て――」

「いいんだ。頑張ってくれてありがとう」

「ん……」

腕を伸ばすと、さらりとした肌が触れ合う。

「もう少し眠ってごらん」

「隆司さんは？」

「寝るのがもったいない」

「すみません、初めては一回しかないのに」

「行為に疲れて眠ってしまうというのもかわいいんだ。疲れるほど感じてくれたということだろう？」

「それは……」

認めるのは恥ずかしかった。返事の代わりにぐりぐりと頭を胸に押しつける。

「飲み物もあるよ。喉は渇いてないか」

「もう少しこのまま……あの」

「ん？」

聞き返し方も、後頭部を撫でる手も優しい。

この幸せを三崎にも味わってほしい。味わってもらえるようにしたい。

「あ、あの……みんな、どうやってその、閨事を学ぶんですか」

「閨事か」三崎が笑う。「エロ本とかAVとかかな」

「エロ本？　AV？」

聞いたこともない単語だった。

「いやらしい写真が載った本とか、セックスを撮影したビデオだよ。今はDVDやネットの動画が主流だが」

「春画《しゅんが》ってことですね。あの、動画は他人の性行為を見るってことですか？」

「そうだよ。そういう職業があるんだ」

「え？」

聞けば聞くほどわからなくなっていく。

(他人の閨事を見る仕事？)

「輝はそういうことができなかったから、つらい思いをしただろう。だがこれからはたくさんしような」

「隆司さん……」

「一人でする必要がないくらい、二人でしよう」

「はい」

「まぁ、一人でしてるところも見てみたいけどな」

「えっ……」

「自分でするると、好きなところを好きなタイミングで好きなようにいじれる。輝がどういうふうにされるのが好きか、すぐにわかるだろう？」

「いえ……たぶん自分では気持ちよくなれないっていうか、隆司さんにしてもらう方が好きです」

「そうか。じゃあ、一緒に住んだら毎日しようか」

「えっ、え……」

したい。けれど仕事に響きそうだ。

「冗談だ。輝の仕事が休みのときだけでいい。でも休日はたくさん愛し合おう」

「はい。よろしくお願いします」


翌日の午後は、買い物に出た。新居で使う棚を追加で注文し、なんとなく新居に足を向けた。

まだほとんど空っぽなリビングに立つ。

「引っ越しの日なんだが、来月、輝の三連休の日でいいか。祝日があるんだ」

「はい。準備、しておきます」

「二日目は荷ほどきをしながらゆっくりして、次の日に少し外を歩いてみよう。出退勤はしばらく徒歩で送り迎えをするから安心してくれ」

そうして、約一か月後に引っ越すことが決まった。

19

「しぶといな。まだ生きていたか」

三崎は床に転がる八剱を見下ろした。全身がひどくやつれ、面影さえ残してはいない。

その背後には、紐でくくられた二メートル弱の細長いブルーシートが二つ並んでいた。

三崎の視線に気付いた富本が言う。

「渋川と湯浅は昨日と一昨日、絶命しました」富本の視線が八剱に向く。

「これもそろそろかと思います」

「そうか」

ベルトに挿しておいた拳銃を取り出す。ベレッタ92FS。

控えていた稲尾が八剱の体を起こして離れた。

安全装置を外し、銃口を八剱に向ける。

八剱は口を真一文字に結んだまま三崎を睨《ね》めつけた。

謝罪するつもりはないらしい。

引き金に掛けた人差し指に力を入れる。

――その瞬間、三崎の右後方から銃声が上がった。

八剱が後ろに倒れ込む。

「――富本」

「申し訳ございません。処分は謹んでお受けします」

振り返ると、右手に拳銃を持った富本が深く腰を折っていた。

隣で苦笑している近藤に問う。

「どういうことだ」

近藤が視線だけで富本を見た。

「三崎さんには北川さんがいるからって」

富本は頭を下げたまま動かない。

拳銃を握ったままの己の手を見る。

(……どうせ、真っ黒だ)

しかし直後、輝の無邪気な顔が浮かんだ。

「過去と未来は違いますから」

近藤に言われ、三崎は倒れたままの八剱を見た。

生命の消えた物体。こんなものに、輝は怖い思いをさせられた。許す気にはなっていない。

それでも、どこかほっとしている自分もいた。こんな感覚は初めてだった。

一つ息を吐き、気持ちを切り替える。死んだ男を二度は殺せない。

「――鳴島、稲尾」

「はい」

「処分は任せた。近藤、ご苦労だった」

「またいつでも呼んでください」

鳴島と稲尾はブルーシートを広げ始め、近藤は上機嫌で出口に向かった。

いまだ頭を下げたままの富本に向き直る。

「富本」

富本が上体を起こした。覚悟を決めた顔。

「はい」

「帰るぞ」

「っ……！」

目を見開いた富本に背を向け、出口に向かう。

「――礼を言う」

20

今日から、毎日三崎に会える。

輝は胸が高鳴るのを感じた。

しかし嬉しい反面、数えきれないほどの時間を三崎と過ごしたこの部屋に、もう来ることはないのだと思うと寂しくもあった。

輝の部屋の家電はすべて処分することになっていた。そのため輝の引っ越しは業者を使わず、衣類や食器などを車で運ぶ。

段ボールを車に運んだ三崎が戻ってきて、輝の隣に立った。

「荷物は全部積んだよ」

「ありがとうございます。掃除、ちゃんとできているでしょうか」

「きれいなものだ。問題ないだろう。寂しいか」

「はい。長く住みましたから」

見えないけれど、室内を見回す。家具も家電もない部屋は、知っている匂いしか残していない。

「すまない」

「いえ」思いを振り切るように首を振る。「僕が隆司さんと離れたくなくなったんです」

「寂しい思いはさせないよ。仕事が立て込むことはあるが、必ず帰る」

三崎が、輝の体を腕に包んだ。その背に手を回し、ぎゅっとしがみつく。

「思い出深いです」

「そうだな」

「隆司さん、たくさんお土産を買ってきてくれました」

「これからも買って帰るよ」

「いいんです」

とっておいた保冷剤はすべて運んでもらった。思い出はちゃんと残っている。

「そろそろ行こうか」

「はい」


荷物は多くなかったし、大きな荷物はすでにすべて揃っていた。何度も新居に来て空間も把握できていたので、片付けは半日もかからずに終わった。

「疲れたか」

「いえ。何より楽しみというか、わくわくが大きくて」

「そうだな。これからもよろしく」

「こちらこそよろしくお願いします。いろいろ頑張ります」

「いろいろ？　何を頑張ってくれるんだ」

「料理とか……掃除とか。何を想像したんですか」

輝が問い詰めるように言うと三崎が笑った。

20

「さっそく頑張ってもらおうかなと思ったんだ」

きっと、いやらしいことだろう。

でも輝だって、今夜はそのつもりでいた。だって、初めてこの部屋で愛し合うことができるのだ。ようやく新しい生活が始まる。

「頑張るので、教えてください」

「ああ。輝とたくさん触れ合いたい」

膝の裏に手を差し込まれ、ふわりと浮かぶ。

「ねえ隆司さん」

「ん？」

「大好きです」

ベッドに入ると、三崎は輝をきつく抱きしめた。

「ああっ……！」

「輝……輝、愛してる」

裸の三崎の手が、敏感になった肌を撫でる。

もう射精したい。けれど三崎は、まだ決定的な刺激をくれてはいなかった。

「今日はいつもとは違う輝を見たい」

「え……？」

射精欲にとらわれ、頭がほとんど回っていない。

「後背位と騎乗位、どちらがいい？　輝が四つん這いになって背後から繋がるのと、俺が仰向けに寝て、輝が上に乗って繋がる体位」

どちらでもよかった。なんでもいいから、早く射精したい。

「輝？」

「隆司さんが、決めて……」

「じゃあ後背位にしよう。騎乗位はまだ難しいかもしれない」

コウハイイ——それは、どうすればいいんだったか。

動けずにいると、輝の上で三崎が笑った。

「四つん這いになってごらん」

三崎が腰を掴み、転がしてくれた。両手両膝をベッドにつく。

「腕は曲げて、肘で体を支えた方が楽だ」

言われたとおりにすると、腰が上がったように感じられた。恥ずかしい。きっと本当なら隠しておくべきところが丸見えになってしまっている。

「ああ……かわいい」

感じ入った三崎の声。尻を撫でられ、腰の辺りがぞくりと震える。

「入れるよ」

もう準備は終えていた。ローションをまとった三崎のペニスが輝の体内を埋めていく。

「あ……あ、あ……！」

いつもと違うところにあたる。それにねだるような自らの体勢も刺激的だった。

「りゅうじさ、アッ」

「痛くないか」

「んっ！　痛くな——ああっ！」

「この辺が好きそうだな」

三崎が、輝の感じるところを的確に突いた。ぎゅうっとアナルが締まり、ペニスが疼く。

「隆司さんっ！　もうっ……もう無理っ、イきたいっ」

「後ろだけでイけるか？」

「む、り……前、もっ」

して、と言葉にならない声でねだる。

しかし三崎は輝の背に腹を重ねるようにして覆いかぶさり、シーツを握る輝の両手をそれぞれ包んだ。

「ぁあっ！」

結合が深くなり、胸がのけぞる。

「輝……輝」

「隆司さんっ、りゅうっ、もうイきたいっ」

「もう少し頑張ってごらん。我慢だよ」

「やぁっ」

どうして。いつもだったらすぐにペニスに触れて、射精させてくれるのに。

三崎がゆっくりとペニスを引き抜き、そして押し込む。

「あああああっ！」

強い快感。けれど射精ができず、息苦しい。

「苦しそうだ」

わかっているなら、してくれたらいいのに。どうして今日はしてくれないのだろう。しかも声が

楽しんでいるように聞こえる。

「隆司さんっ！　おねがっ……！」

「後ろだけでどれくらい気持ちよくなれるか試してごらん。乱れた輝が見たい」

「そんな、ああっ！　あ、あ、アッ！」

　三崎が内部を刺激する。絶頂欲は高まるのに、どうしてもその一線を越えることができない。

「ああっ！　あああ！」

　悲鳴のような嬌声が喉から飛び出していく。

　三崎が肩甲骨《けんこうこつ》の辺りにかじりついた。そのわずかな痛みさえ官能的な刺激になる。

「あーっ！　アアッ、隆司さんっ！」

「一緒にイこうか」

「んっ、イくっ！　イきたいっ！」

　もう射精できるならなんでもよかった。三崎の手をぎゅっと握り、衝撃に近い快感に耐える。

「ああっ！　ああっ、ああっ、ああっ、あ、あっ……！」

　ペニスはまだいじってもらえない。けれどそういえば、自分が三崎の手を拘束している——そう気付いた時に、射精欲が跳ね上がった。体が絶頂の準備を始める。

「あ、あ、あ！　隆司さっ、隆司さんっ！　ああ——あああ！」

　もうイく、と思った時にペニスを握られ、激しくこすられた。

「あああああああ！」

　全身に力が入った。これまで経験したどの絶頂よりも強い射精感。ぎゅうぎゅうとアナルが締まり、三崎の勃起を締め付ける。

「輝っ――」

　三崎が奥深くまでペニスを挿入し、動きを止めた。

「ぁ……あ……あ……」

　ふわふわする。何も考えられない。

「りゅう……じ、さ……」

「輝……」

　首筋や背中に無数のキスが降った。ペニスを引き抜かれ、仰向けに寝かされる。

　輝の呼吸が整わないからか、キスは一瞬触れただけだった。けれどきつく抱きしめられ、頭頂部にキスを受ける。

「輝……愛してる」

「あ……はぁ、隆司さん……好き……気持ちよかった……」

　正常位とは刺激が違った。どちらも気持ちいいけれど、今日のは特にすごかった。

「大丈夫か」

「ん……」

　三崎が、輝の頭を抱き込んだまま隣に寝転んだ。呼吸でせわしなく動く背中を撫でてくれる。

「隆司さん……」

　甘えたくて、広い背中に腕を回して胸に顔を押しつける。

「すまない、つらかったか」

「いえ……すごかった……」

　どうにかなってしまいそうだった。それくらい激しい絶頂だった。

三崎がかすかに笑う気配があった。

「頑張ってくれてありがとう」

お礼を言いたいのはこちらなのに。

でも、心も体も一つになれたと感じていた。

「かわいかった」

三崎が輝の額に唇を押しつけたとき、携帯の呼び出し音が鳴り響いた。

三崎が舌を打つ。

「祖父だ」

「どうぞ、出てください」

三崎はすまないと断ってからその場で応答した。

大した用事ではなかったのか、一言二言話して電話は終わったようだった。

「祖父が、引っ越し祝いを送ったそうだ」

「お礼を言わなきゃ！」

いったい何をくれたのだろう。見合うお返しを用意できるだろうか。

「気にしなくていい。いつものスイーツだ」

どうやら、引っ越し祝いというよりも輝に対しての甘やかしのようだった。しかし、源一郎にとっては三崎も大切な孫のはずなのに。

（まぁ、たぶん僕を甘やかすことで隆司さんをからかってるんだろうけど……）

源一郎には、そういう茶目《ちゃめ》っけがあった。それが三崎に伝わっているかどうかは別として。

「あの……」

「ん？」

優しい訊き返し。もう機嫌は直ったらしい。

「あの、どうして隆司さんはおじいさんに敬語を……？」

心臓が破裂しそうなほど緊張した。もし三崎にとって嫌な質問だったらどうしよう。触れてはいけない部分だったら――。

輝の頭を撫でる三崎の手が止まった。

「覚悟……かな。うちの組は祖父の組の下部組織だし、俺は祖父の組の若頭も兼務している。祖父は俺の上司に当たるんだ。親族だからといって甘えていては務まらない」

答えの内容は厳しい。けれど声色はとても穏やかだった。それは、その決意をしてから長い時間が経っていることを、そして普段から意識している身近なものであることを表していた。

「大変な世界……なんですね。近い親族に敬語を使うなんて、想像もつかないです」

三崎は、そういう世界に生きている。

まだ輝には、極道の世界がどういうものなのか理解できていない。けれど罪を犯すことや、怪我をするようなことにならないでほしいと願うしかない。

「――だが、輝といるとほっとする」

「本当ですか」

「ああ。どちらの仕事も気を張っているからな。輝に癒やされてる」

「よかったです。でも体の疲れは別物ですから。指圧もしますからね」

「ありがとう。だがそのときは院に行くよ」

「だめです。あっちだと気軽にしゃべったりできないじゃないですか。それに家でならそのまま眠れますから」

「ありがとう——だがそういえば」

口調が一転した。三崎がふっと笑う。

「敬語を使うといえば輝も同じだな」

「え？」

「俺は輝と家族になったつもりなんだが」

「えっ……え、あ、えっと……」

「恋人だよ。だが一緒に暮らしてるんだ。家族でもあるだろう？　なのに輝はずっと俺に敬語を使ってる」

「あ——そう、ですね……」

しかし今さらため口は使いづらい。もう敬語に慣れてしまったし、三崎は年上で頼れる、尊敬する人なのだ。勇気と話すように気軽にというわけにはいかない。

「セックスのときは普通に話してくれるんだけどな」

「えっ」

そうだっただろうか。思い返してみるが、記憶にない。口調うんぬんではなく、与えられる快楽に応じるのに精いっぱいで、そのときの自分がどうしていたかなど覚えていなかった。

「じゃあもう一度、試してみるか」

「隆司さん——」

三崎の手が輝の頬を包んだ。流れるようなしぐさで唇を塞がれる。

「引っ越しの片付けは終わった。明日も休みなんだ。手加減はいらないよな」

「ぁ……そんな……」

「そろそろ慣れてきただろう？」

三崎が本気を出したらどうなってしまうのだろう。

でも、それを知りたいと思う。

「輝。したい」

輝の返事は、三崎の口内に消えた。

エピローグ

「樋口さん！　ご無沙汰してます。今日もよろしくお願いします」

　いつもと同じ、奥のベッドに樋口を促《うなが》す。

「ほらこれ、約束の」

　渡されたのは紙袋。中に箱が入っている。

「わ、ありがとうございます！　以前お話しされていた、マドレーヌですか？」

「さすが、よく覚えてるね」

　本当に買ってきてくれたのか。気遣いが嬉しかった。

「俺が北川くんに食わせたかっただけだから」

　樋口が笑いながらベッドに寝転がる。一度失礼して、スタッフルームにお菓子を置きに行く。

「よかったら、北川くんもおすすめの店教えてよ」

「えっと、この辺だと……」

　源一郎に教わった店や、三崎がお土産で買ってきてくれておいしかった店を挙げていく。

「おお、そこは俺も人にもらって食べたことがあるよ。本当に甘いもの、好きなんだね」

「はい、大好きです！　パンでも飲み物でも、なんでも」

「それなのに太ってなくて羨ましいな」

「友達には、いつまでも今の代謝は維持できないよって言われてます」

「違いねえ！　俺も昔はさ――」

楽しく話しながら、施術を始める。

しかし今日も、樋口の体にこりや不調は感じられなかった。

それでも来てくれた以上は患者だった。丁寧に指圧を続け、タイマーが鳴ったところで手を止めた。

「お疲れ様でした」

「ありがとな。こっちに住んじまおうかなぁ。そしたら毎日通うのに」

なんとなく感じてはいたが、樋口はこの辺りとは違うところに住んでいるらしい。気になったが、もう会話をする時間は残されていない。

服を直す衣擦れの音。

受付の前まで見送りに出る。

「楽しかったし、気持ちよかった。本当にありがとな」

「僕も楽しかったです。お気を付けて」

「うん。へばね」

「え――はい、お大事に」

（へばね？）

首を傾げながらスタッフルームに戻ろうとすると、受付にいたらしい院長がつぶやいた。

「樋口さんって東北出身だったんだ」

「そうなんですか？　訛《なま》ってないですよね」

「俺も津軽弁と標準語のバイリンガルって言われてるもん。最後にへばねって言ったでしょ。あれ、東北の方では『またね』って意味だよ」

＊＊＊

驚かせないよう、インターフォンを押してからマンションの部屋に入る。

帰宅する度に輝に会える。それが三崎の何よりの喜びだった。

しかし、普段なら出迎えに来てくれるはずの輝がいない。

「輝？　輝！」

何かあったのかとリビングに駆け込む。

「――はい、ありがとうございます。ふふ、大丈夫です。今帰ってきました」

携帯を持った輝の顔が三崎の方を向いた。

「じゃあ、また。はい、ぜひ」

敬語でもリラックスしている。相手は源一郎だろう。

「――おかえりなさい、すみません」

「いや。祖父だろう？　付き合わせたな」鞄を置きに書斎に入る。「帰り、スーパーには行けたか」

開けっ放しのドアから焦った声が飛び込んできた。

「あっ！　すみません、まっすぐ帰ってきちゃいました……」

大方、帰宅中に源一郎からの着信があって慌てて帰ってきたのだろう。

「卵だけだろう？　かまわないよ」

「でも、隆司さんの好きな焼きそばですから。ちょっと行ってきます」

「じゃあ、一緒に行こう」

　買ってくるよ、と言えば、きっと輝は傷つく。すでに料理を始めていれば「すみません」と言いながら頼ってくれるが、視覚障がいをまだ輝自身が気にしており、自分が一緒だと遅くなるとか手間が増えるなどと考えてしまうような気がしていた。

　何より三崎自身、ようやく今日の仕事が終わったところだ。輝と離れたくはない。

「車で行こう。もうアイスがなかっただろう」

「へへ。ラッキーって思っちゃいました」

「いいんだよ、それで――ん？　祖父が来たのか？」

　ダイニングテーブルの上に、見覚えのある箱が置かれていた。以前源一郎に、輝に届けるように言われたパン屋のマドレーヌ。

「あ、違います。それは今日、患者さんがお土産に持ってきてくれて。前に来たときに、買ってきてくれるって言ってたんです」

「そうか。よかったな」


　スーパーは、退勤時間に重なったせいか混雑していた。輝がきゅっと三崎の腕を握ってくる。

「大丈夫だ。なるべく空いている通路を選ぶよ」

　安心させてから、カート置き場に向かう。

　せっかく車だから、と重い大根やにんじん、たまねぎも卵とともにかごに入れて、アイスコーナーに向かう。

「抹茶は三つでいいか」

「それ、高いやつですよね？　もっと安くて大きいのがいいです」

「そちらも買えばいい。食後は小さい方がいいだろう」

どうせ食べるのだから、と輝がよく食べている味のものを二つずつかごに入れていく。

「ああ、新発売のアイスがあるよ。アップルシナモンパイだ」

「おいしそう……」

「じゃあ二つ。うまかったら今度また買いに来よう」

アイスのカップを二つかごに入れる。

「あ——りんごって聞いて思い出しました。隆司さん、へばねって言葉、知ってますか」

「聞いたことがないな。方言か」

話の邪魔はしたくなかった。輝に好みの確認はせず、その隣にあったクリスピータイプの抹茶アイスもかごに入れる。

「はい。うちの院長、青森出身なんですけど。今日来た患者さんが、帰りがけに『へばね』って。僕はなんのことかわからなかったんですけど、院長が東北ではまたねって意味だよって教えてくれて」

「そうなのか。知らなかった」

東北。ただの偶然だろうと思いながらも、なぜか引っ掛かった。

「その患者は年寄りか。最近の若い子は方言を使わないだろう」

「ええ、まあ。おじいさんと同じくらいか、少し下くらいだと思います。あ、その患者さんです。

お菓子くれたの。人からもらって、おいしくてはまってるんですって」

「へえ……そうか。そういえば、マドレーヌはトースターで温めて、バニラアイスを添えるのもいいんじゃないか？」

「わ！　わ！　隆司さん！　それ絶対おいしいです」

輝の喉がコクンと鳴る。そんなかわいい顔は、外では見せないでほしかった。手早くかごにバニラアイスを三つ追加する。

「ところで、その患者はよく来るのか」

「いえ、今日が三回目でした。初めて来たときは十月の始め頃だったかな。少し前にも一度来てくださって……でも今回は、もしかしたらわざわざお菓子を届けに来てくださったのかもしれません」


四月の頭、本部長の喪が明けた。

和装に身を包んだ三崎は、清家会館にて執《と》り行われる昇格式に出席していた。

「三崎組三崎隆司組長を清家会理事長補佐に任命する」

「謹んで拝命いたします」

儀式を終えると、三崎は源一郎の屋敷に移り、祖父であり新たな上席となった源一郎と相対した。

「引っ越しは落ち着いたか」

「はい。輝も一人で出退勤できるようになりました」

「そうか。それはよかった。だがストレスは知らぬうちに溜まる。あの子は頑張り屋だ。それが魅力でもあるが、お前が疲れに気付いてやらねばならん」

「承知しています。ところで理事長」

「なんだ、怖い顔をして。さっそく北川くんに愛想を尽かされたか」

「輝の勤め先に患者を紹介しましたね」

「……はて」

源一郎があからさまにとぼけた顔をする。

しかし調べはついていた。輝から東北の患者の話を聞いた後、三崎は富本にイマリ鍼灸治療院のカメラを確認させていた。

「どうして私に何も言わずに」

三崎が言い切ったせいか、源一郎はふんと口をへの字に曲げた。

「その頃はまだお前と付き合ってはいなかった。別に言う義務はないだろう。今はお前にとってはイロでも、北川くんとの付き合いはわしの方が長い。それに患者として紹介したんじゃなく、北川くんがそこに勤めていると言っただけだ」

付き合いの長さなど、せいぜい一時間かそこらの差だろうと心の中で言い返す。

「極龍会、樋口総長代行の関東入り。私はなんの情報もつかめなかったんですが、それは理事長が裏で手を回していらしたからですね」

源一郎は答えなかった。白々しい顔でお茶をすすっている。

「なぜそんなことを。そもそも理事長が動きを調べるようにおっしゃったのでは」

「そんなことは言っていないぞ。目を光らせておけとは伝えたが」

開き直った源一郎が茶菓子に手を伸ばした。

「輝に、ここには二度と来ないように言い聞かせますよ」

「なにっ！　それはいかん！　梅助も寂しがる。本当にお前は血も涙もない。こんな年寄りと犬にそんな寂しい思いをさせ――」

「理事長」

「……お前がそんなふうだからだ」

「は？」

「花子さんとのデートに出掛ければやれ若衆に声を掛けろ、甘い物は食いすぎるな、と口うるさい」

「……は？」

「忙しくなれば、わしを放っておくだろう」

「まさか、そんな身勝手な理由で――？　私や富本、傘下の組員たちがどれほど調査に動いたと思っているんですか」

「わしは抗争の準備で関東入りしたなどと言ってはおらん。極龍会の人間が関東入りしたのも本当のことだ」

「では、樋口総長代行はいったい何をしに関東へ？　なんの話をしたんですか」

「こちらに来た目的はお前も予想しておっただろう。収監されている幹事長への面会や差し入れだろう」

「それだけじゃないでしょう」

　源一郎が鼻を掻いた。

「……まあ、最初はわしの見舞いかな」

「は？　ですが病室や屋敷にいらしたという話は一度も――」

　そこまで言ってハッとした。源一郎に粘られ、病院の談話室に送り届けて帰宅したことがあった。

「まさかあのとき！　花子さんにお会いになるというのは嘘でしたか」

　源一郎が湯呑を置いた。饅頭を口に入れ、満足げな表情を浮かべる。

「つまり、病室で読んでいた雑誌の東北スイーツ特集は樋口総長代行にお土産をねだるためだったんですね」

「あれはヒントだ。お前はまったく気付かなかったがな。そんなことでは理事長補佐は務まらんぞ」

　理事長補佐は理事長の仕事の補佐をする立場であり、源一郎の遊びに付き合うためのものではない。

「……このようなことは今回を最後にしてください」

「わしとてもう入院などしたくない。梅助もじいちゃんがいないと落ち込んだようだからな。それより、感謝してほしいくらいだ。わしがせっせとお菓子を買って届けさせたからこそ、北川くんとの交際に発展したんだろう」

「……理事長」

「わしは若い頃からキューピッドを演じてきたからの。成功率は結婚相談所もびっくりだ」

「理事長！」

　いい加減にしろと叫びたかった。膝の上でこぶしを握り締める。

「……理事長と樋口総長代行のご関係は？」

　源一郎が頬を掻きながら上を見た。

「兄弟……かな」

「兄貴分は」

「わし……」

怒りで体がすうっと冷たくなるのを感じた。

「……樋口総長代行は、輝を気に入って治療院に通っているようですよ。先日はパン屋のマドレーヌまで手土産にして」

「なにっ!? 本当か! わしですらまだ行ってないのに! しかもわしが教えた店の菓子だと!」

許せん、とわめく源一郎を見ながらふと気付いた。

では虎城組と極龍会の盃の件も、樋口総長代行からの情報か。いや、源一郎は、樋口が関東入りする前からそのことを知っていた。そのような大事な話なら直接会ってするのではないか。

「……理事長の情報源は誰なんですか」

源一郎が三崎を見た。

「なんだ、お前もようやくそういう話に興味を持ったか」

キス・イン・ザ・ダーク【本編・完】

《番外編》消したい記憶

「すみません、わざわざ……」

「いいんだ。ここにいるよ」

　今日源一郎の屋敷に遊びに来たのは、いつもどおり源一郎からおいしいおやつを食べにおいでと誘ってもらったからだった。

　三崎を廊下に残し、手探りでトイレに入る。

　用を足し終えて廊下に出ると、三崎は誰かと話をしていた。

「――少し待ってろ。輝をリビングに連れて帰ってから行く」

　どうやら用事で呼ばれたらしい。相手が「わかりました」と答えるのに被せて伝える。

「すみません、僕一人で戻れますから」

「だが――」

「もう何度もお邪魔してますから、大丈夫です」

　笑みを浮かべて言えば、三崎は「すまない」と言って、話していた相手と去っていった。

（……よし、戻ろう）

　白杖は玄関に置きっぱなしだ。でも目を閉じて歩いていれば、誰かとすれ違うにも相手の方から避けてくれるはず。廊下に物も置かれていないと聞いている。

左側の壁を伝いながら廊下を進む。

（ええと、たしかここを右に……）

三崎が家ではなく屋敷と呼ぶのにふさわしい広さ。けれど人気はなく、辺りはしんとしている。

（たしかこの次の……）

和風建築のようで、触れるのはドアよりもふすまの方が多い。

慎重に進み、目的地。いつも輝がお邪魔している、縁側には梅助のいるリビングだ。

しかしドアのはずの場所が引き戸だった。ふすまとも違い、触れてみるとガラスがはまっている。

（……あれ？）

間違えたか。一つ前の部屋だったたか。

くるりと戻り、今度は右手を壁につけて進む。

無事、ドアの取っ手に触れて安堵した。しかしそのドアは、押しても引いても開かなかった。

（鍵……？）

輝がトイレに立っただけだとわかっている部屋で、源一郎が鍵をかけるとは思えない。

じゃあ、行きすぎたと思ったのが間違いで、手前すぎたのか。

もう一度反対方向に向かって歩いていると、まっすぐ続くはずの廊下が左に折れていた。

（……うそ……）

信じたくないが、これは、たぶん迷子になった。

（これはまずい……）

恥ずかしい。とりあえずトイレに戻ろうと踵を返す。

けれど進めば進むほど、現在地がわからなくなってしまった。十字路のような箇所がいくつもあった。

(広すぎるんだけど！)

普通の家だったら、迷子になっても歩いているうちに目的地にたどり着けたはずだ。けれどここは、とにかく広すぎた。

(そもそも、庭だけでも梅ちゃんが思いっきり走り回れるくらい広いんだもんな……)

その庭に面しているのは建物の一部だという話だから、想像もつかないくらい広いのだ。公共施設くらいあるのではないだろうか。

壁に触れたまま足を止める。これ以上進んでも、トイレに戻ることさえできそうになかった。

(隆司さん……)

電話をすべくポケットに手を入れる。しかしそういえば、三崎と一緒だからひったくりに遭うことはないと、携帯はリュックに入れたままだった。

人様の家だ。大声で助けを呼ぶのは憚られる。

「……隆司さん、近くにいたりしませんか……」

会話より少し小さい声で問う。

「あの、隆司さん……」

返事など、来るはずがない。

(……どうしよう……)

人の気配はまったくなかった。ぽつんと一人、場所もわからない廊下に佇む。

「隆司さん、隆司さん」

少し声を大きくしてみる。

しかしやはり、返事はない。

(……ごめんなさい)

心の中で謝ってから、大きく息を吸う。

「隆司さん！　すみません、どなたかいらっしゃいませんか！」

叫んだ後、少し待ってみる。しかし誰からも応答はなかった。

(……これはもはや遭難……)

血の気が引いた。

数秒前までは、恥ずかしいけれど大声を出せば誰か来てくれるだろうと思っていた。しかしそれが無理だとわかった今、どうしたらいいのか何も思いつかない。

「あの、すみません！　どなたか！」

恥など気にしてはいられない。騒いだことは後で謝ればいい。

「すみません！」

しかしやはり、物音一つ聞こえてはこない。

「どうしよう……」

三崎に、リビングに連れて帰ってもらえばよかった。でもまさか迷子になるとは思っていなかったのだ。人もたくさんいると思っていた。

どうせ誰もいないのだから、迷惑にはならない。そんな思いでその場に座り込む。

(さすがにここで死ぬことはないけど……)

用事を終えた三崎がリビングに戻り、輝が戻っていないことに気付けば探しに来てくれるはずだ。

膝を抱え、その場で誰かが来てくれるのを待つ。

どれほど経っただろうか。体感では十分にも二十分にも感じられた頃、叫ぶような三崎の声が遠くに聞こえた。

「輝……！　輝……！」

慌てて腰を上げ、大声で返す。

「隆司さん！　ここです！　ここにいます！」

複数人の声が聞こえてくる。

「カシラ……！　あっちにはいらっ……ません……！」

「輝……！」

声はまだ遠い。

場所の目安になるよう、続けて声を張り上げる。

「隆司さん！　ここです、隆司さん！」

「輝、輝……！」

遠くに聞こえていた声と足音がどんどん近くなってきた。

「隆司さん、隆司さん！」

「輝！」

遮るものなく聞こえた声。三崎が来てくれた、と思った瞬間、抱きしめられた。

「よかった」

「ごめんなさい、僕――」

「怪我はないか？　転んでないか」

肩を持って体を離された。きっと怪我の確認をされている。

「それは大丈夫です」

「すまない、心細かっただろう」

「隆司さんは絶対探しに来てくれるってわかってましたから」

「当たり前だ。輝がどこにいても絶対に探すと言っただろう？」

「はい」

三崎の奥から源一郎の声が聞こえた。

「北川くん！　ここにおったのか」

「ごめんなさい。リビングに戻るつもりだったんですけど……」

「よかったよかった。怖かっただろう。さあ、戻ろう」

三崎に腕を掴ませてもらい、源一郎の後ろを歩く。

他にも何人もの人の気配があった。

「あの、みなさん、ごめんなさい」

「輝は悪くない。俺がちゃんと送っていくべきだった」

「いえ、僕、本当に自分で戻れるって思ってたんです」

「この屋敷は広いからなぁ。目が見えていても、慣れるまでは迷子になるんだよ。新しい部屋住みはだいたい行方不明になる」

源一郎のフォローがありがたかった。

数回廊下を曲がり、ようやく知っている部屋に着く。ソファに腰を下ろすとほっとした。

「お騒がせしました。探してくださったみなさんにもお礼とお詫びをお伝えください。あと、恥ずかしいので記憶から消していただけると……」

輝の願いに、三崎と源一郎が笑う。聞けば、屋敷にいた全員で探してくれていたらしい。もう忘れてもらうことは無理そうだった。

「おっと、そうだった」

源一郎が縁側に向かって移動した。カラリと窓が開けられる音。

「梅助！　北川くんが見つかったぞ！」

「あんっ！　あんあんっ！」

遠くで聞こえる鳴き声。近づいてくる足音。どうやら梅助にも探してもらっていたらしい。

縁側に出る。

「梅ちゃんも、探してくれてありがとう。でも、もう忘れてね」

「アンッ！」

興奮した様子の梅助を撫でながら、この屋敷では二度と一人では歩かないと心に決めた。

《番外編》消したい記憶【完】

初出一覧

キス・イン・ザ・ダーク　書き下ろし

消したい記憶　書き下ろし

FGマーキュリー
MERCURY

キス・イン・ザ・ダーク

2024年12月24日　第1刷発行

著　者　gooneone

発　行　フリードゲート合同会社

発　売　株式会社 星雲社（共同出版社 流通責任出版社）

印刷所　株式会社 光邦

校　正　花塔 希

ISBN 978-4-434-34933-1 C0093

お買い上げありがとうございます。当作品へのご意見・ご感想をお寄せください。
mail : info@freedgate.com　フリードゲート 編集部